KB085975

좋은생각 에세이 100

1992-2022

좋은생각
에세이 100
1992-2022

POSITIVE THINKING
ESSAY 100

30
YEARS

좋은생각

contents

이야기 선물

우리는 선물을 주고받습니다.

당신이 나에게 주는 선물은 당신의 삶이고

내가 당신에게 주는 선물은 나의 삶입니다.

어떤 이는 '일상'이라는 선물을 갖고 나를 찾아옵니다.

어떤 이는 '경험'이라는 선물을 들고 문을 두드립니다.

어떤 이는 '신비'라는 선물을 들고 달려옵니다.

이 모든 선물은 이야기라는 이름의 상자에 담겨 있습니다.

받은 사람이 상자를 열면 자기에게 꼭 맞는 이야기가 하나씩 걸어 나옵니다.

자, 같이 '이야기 선물' 하나를 풀어 봅시다.

봄이 되어 아이들이 보트를 타고 호수에 나갔다.

아빠는 한참 후에야 작년 가을 보트를 뭍으로 올려 보관시킬 때 발견한 바닥의 구멍이 생각났다.

호수에 나간 아이들이 물을 퍼내고 배가 가라앉고 허우적거리는 모습을 상상하면서 아빠는 울부짖으며 호숫가로 달려갔다. 그러나 아이들은 보이지 않았다.

어느덧 뉘엿뉘엿 해가 질 때 멀리에서 노랫소리가 들렸다. 아이들이었다.

보트에 올라 바닥을 살펴보니 누군가 구멍을 단단히 막아 놓았다.

지난겨울 동안 보트를 보관해 준 사람에게 가서 물었다.

"네, 구멍이 있었지요. 페인트칠을 하다가 보이기에 그냥 막아 두었습니다."

"아, 그렇군요. 고맙습니다. 당신이 우리 아이들을 살렸습니다."

이 이야기가 선물로 다가오는 것은 나도
누군가로부터 받은 선물이 많기 때문입니다.
여기저기 구멍 난 내 삶을 때에 맞춰
턱턱 메워준 선물이 얼마나 많은지 모릅니다.

초등학교 4학년 때 친구들이랑 공을 찰 때, 담임 선생님이 보여 준 칭찬의 미
소를 잊지 못합니다.
중학교 때 국어 선생님께서 '새벽 별'이라는 학급 문집을 같이 만들어 보자고
할 때의 기쁨을 어떻게 잊겠습니까.
고등학교에 들어간 나에게 어린 나이에 약국에 취직한 친구가, 가로등 불빛 아
래서 책가방을 건네주며 "내 공부까지 해 주라"라고 할 때 그것은 가방이 아니
라 그의 가슴이었습니다.

다음은 '좋은생각'이라는 상자에 든 이야기 선물을 받고 좋아한 분들입니다.

벌교의 한 독자는 딸과 함께 회사로 찾아왔습니다. 이분은 세상을 버리기로 작
정하고 서점을 지나가다가 '좋은생각'이라는 제호가 눈에 들어와 궁금해서 읽
고는, 다시 살아 보기로 했다며 기쁨의 눈물을 흘렸습니다.

경남 사천 총각 김상국 님은 '좋은생각'의 공개구혼 편지로 아내를 만나 지금
은 울산에서 '이렇게 잘 살고 있다'고 철 따라 고구마며 미역 등을 회사로 보내
옵니다.

독일에서 살다가 장수군으로 아주 이사 온 박순련 님은 '세상에 이런 책이 있냐'

면서 '좋은생각'을 수백수천 부씩 챙겨 여기저기에 보내느라 늘 바쁩니다.

어디 이 뿐이겠습니까! 수천만 좋은님들이 '좋은생각'에 실린 밝고 따뜻한 이야기를 선물로 받고 사랑의 삶, 희망의 삶, 믿음의 삶을 잘 살아가고 있습니다.

이러한 이야기가 내 안에만 있었으면 그 이야기는 벌써 사라졌을 것입니다. 하지만 그 이야기가 내 밖으로 나가 사람들을 만났기에 이 이야기는 선물이 되어 우리의 삶을 풍성하게 합니다.

나에게 지난 30년은, 이 이야기들이 어떤 일을 했는지 확실히 안 시간이었습니다. 이 이야기들이 우리 사회의 깊고 넓고 촉촉한 토양이 되어 한 사람 한 사람의 인생을 각자의 자리에서 꽃피우고 열매 맺게 한다는 사실을 깨달은 시간이었습니다.

〈좋은생각: 에세이 100 1992~2022〉는 역대 편집장 4인이 편집 현장에서 온몸으로 엮은 생생한 글들인지라 특별한 감동과 메시지가 있을 것입니다. 하지만 내 눈에는 지난 30년 동안 '좋은생각'에 실린 글들은 다 같아 보입니다. 모든 글은 당시 쓴 분들의 절실과 진실이 배어 있기 때문입니다. 그 절실함과 진실함이 에세이 100선이라는 선물로 포장되어 좋은님을 찾아간다고 하니, 이 가을이 유난히 상큼합니다.

창간인 정용철

POSITIVE THINKING ESSAY 100

사랑이 있는 한,
이 세상은 순간순간이
아름다운 것이라고.

Chapter 1

1992
~
2000

표현의 기쁨

며칠 전 퇴근길이었다. 배차 간격이 더딘 버스가 마침 출발하려고 하길래 얼떨결에 버스에 올라탔다. 보통은 버스에 오르기 전에 버스표를 손에 쥐고 타기 마련이지만, 한번 버스를 놓치면 삼사십 분은 족히 기다려야 하므로 지갑 속엔 구태여 버스표가 아니라도 잔돈쯤은 있으려니 여기고 버스에 올라탔다.

그러나 지갑 속엔 정말 거짓말 같게도 버스표는 물론 십 원짜리 하나도 없이 만 원권 지폐만 달랑 두 장 있었다. 순간 아차 싶어 지갑을 다시 뒤지고 핸드백 구석까지 들여다보아도 필요한 것은 없었다. 얼굴이 화끈 달아오름을 느끼며 버스기사의 얼굴을 바라보니 표정이 다소 피곤해 보여 기사분의 양해 구하기를 포기했다.

마침 옆에 서 있던 20대 초반의 아가씨에게 사정 얘기를 간단히 하고 버스표 하나를 구걸(?)했다. 나의 허둥대던 모습을 보고 짐작을 했던지 그 아가씨는 순순히 지갑을 꺼내 버스표 하나를 내게 주었고 덕분에 나는 곤란한 상황을 넘길 수 있었다. 난처한 상황을 넘기고 내가 다시 생각한 것은 고마움을 어떻게든 표해야 한다는 것이었다.

그러나 버스표 하나 갚자고 만나자고 할 수도 없었고 온라인 통장 구좌 번호를 물을 수도 없었다. 해서 다시 핸드백을 열고 그 안을 들여다보니 마침 눈에 뜨인 것은 가방 안에 넣어 가지고 다니며 잠깐씩 읽던 200페이지 가량의 작은 책이었다. "고마웠습니다. 마침 다 읽은 책이 있어서 드리고 싶은데요." 하고 책을 건네니 주저하던 아가씨가 웃으며 책을 받아들고 다음 정거장에서 내렸다.

POSITIVE THINKING ESSAY 100

그 사람에게 내가 준 책이 읽힐지 어떨지는 알 수 없으나 버스를 타고 가는 내내 기분이 좋을 수 있었다. 작다면 작은 210원에 대한 보상으로서가 아니라 주저하지 않고 도와준 마음과 그 고마움에 답할 수 있는 책 한 권이 내게 있었기에 마음이 좋을 수 있었으리라.

이재옥 님 | 국립의료원 1992년 9월 호

아버지의 향수

7월이 되면 항상 기억나는 일이 있다.

저녁노을이 붉게 물들고 날이 어둑어둑해질 무렵 아버지는 힘든 일을 마치고 집으로 들어왔다. 아버지가 세수하는 물소리가 들리면 나는 뛰어나가 아버지 곁에 서 있었다.

그러면 아버지는 검게 그을린 얼굴로 빙그레 웃었다.

항상 고단한 몸을 이끌고 잠에 든 아버지. 그러던 어느 날 나는 그때까지 맡아보지 못했던 이상한 향수 냄새를 아버지의 몸에서 맡았다. 나는 그 냄새가 좋았고 그래서 항상 아버지 곁에서 잠이 들곤 했다. 그 냄새는 하루 종일 일하시면서 흘린 아버지의 땀 냄새였다. 세수를 하고 몸을 씻어낸 후 비누 냄새와 함께 남아 있던 아버지의 땀 냄새는 이 세상 어떤 향수보다 더 좋은 향기였다.

지금은 이제 다 커서 사회인이 되어 있지만 아버지와는 멀리 떨어져 지내고 있다. 가끔 노을이 붉게 물들고 세상이 고요해지는 저녁 무렵이면 나는 아버지의 향기를 맡으며 잠이 들고 싶다.

"내가 제일 사랑하는 그대! 나의 아버지. 아버지가 사랑하고 믿는 딸 덕희는 아버지가 일하시면서 흘린 땀의 양만큼 열심히 살아가겠습니다. 아버지! 사랑합니다."

이덕희 님 | 경기도 이천군 1993년 7월 호

POSITIVE THINKING ESSAY 100

세상이 아름다운 이유

지난 8월, A급 태풍이 온다는 일기 예보가 아침부터 있었고 그로 인해 저녁 자습 시간은 웅성웅성거렸다. 고3병인가? 연일 계속되는 두통과 감기가 나를 괴롭혔다. 더구나 그다음 날은 모의고사가 있어 가뜩이나 신경이 곤두서 있었는데 머리가 깨질 듯 아파오니 눈물이 날 지경이었다. 그럴 때마다 난 엄마를 생각했다.

난 기숙사 생활을 하고 있는데 그날 역시 엄마에게 전화를 걸어 울 먹거리며 내 어려움을 얘기했다. 엄마는 그렇게 아프면 집으로 오라고 했지만 시간도 늦고 내일이 모의고사 치는 날이라 안 된다며 또 징징 거렸다.

다음 날 새벽, 태풍이 절정이라는 보도가 있을 무렵쯤이었다. 새벽에 일어나 태풍으로 전기가 나간 컴컴한 세면실에서 세수를 하고 있는데 누군가 내 이름을 부르는 소리가 들렸다. 난 꿈을 꾸고 있는 줄 알았다. 그것은 엄마 목소리였기 때문이다. 난 얼른 기숙사 문을 열려 했으나 바람이 너무 센 나머지 잘 열리지가 않았다. 간신히 문을 열고 나가자 난 소스라치게 놀라고 말았다. 바람에 찌그러진 우산을 들고 엄마가 서 있는 것이었다. 엄마는 비 때문에 옷이 몸에 달라붙어 있었고 머리는 비에 젖어 엉망이었다. 엄마의 모습을 보고, 난 그 순간 엉엉 울고 말았다.

엄마는 그날 그 태풍 속을 뚫고 내 약을 지어 가지고 왔다. 이 못난 딸이 공부보다는 아프지 말기를 원하는 마음에서······. 나의 눈물은 좀처럼 멈출 수가 없었다. 지나가던 친구들은 말없이 어깨를 감싸 주고

두드려 주었다. 내가 정신을 차렸을 때 엄마는 보일락 말락 나만이 느낄 수 있는 미소로 "열심히 해." 하시며 집으로 돌아갔다.

어느새 태풍이 서서히 밀려갔다. 점점 잦아드는 바람 소리, 가늘어지는 빗줄기 소리에 묻혀 생각했다. 잠시라도 불행하다고 생각한 내 자신을 돌이키며 난 그래도 행복하다라는 생각을 했다. 그리고 그날 오후 태풍이 완전히 멀어져간 후 난 난생처음 무지개를 보았다. 구름과 구름 사이의 아름다운 색깔들 속에 새벽에 달려오신 엄마의 얼굴을 떠올렸다. 그리고 생각했다.

사랑이 있는 한, 이 세상은 순간순간이 모두 아름다운 것이라고.

박진수 님 | 부산시 해운대구 1994년 1월 호

004

우리 집 우체통

남편이 들어오면서 부엌에 있는 내게 한마디 툭 던졌다. "당신이 사람 웃겼어!" 대문 밖에서 오토바이 소리가 나기에 우체부 아저씨인가 보 다 생각했는데, 갑자기 "으허허허!" 하고 한바탕 크게 웃는 소리가 나 더란다. 아무래도 내가 우리 집 우체통에 써 놓은 글씨를 보고 그러는 것 같다는 남편의 말에 나는 빙그레 웃었다.

얼마 전 우리 집은 우체통을 새로 바꿨다. 전에 있던 우체통이 깨진 데다 색까지 변했고, 비만 오면 우편물이 젖기에 오래전부터 시간 날 때마다 예쁜 우체통 하나만 만들어 달라고 남편을 졸랐다.

그렇게 몇 년 동안 끈질기게 남편을 조르다가 서서히 지쳐 갈 즈음, 이번에 남편이 시동생들과 덩굴장미를 심는다며 담장을 정리한다기에 나는 못만 박아달라며 다시 한번 부탁했다. 남편은 마지못해 하는 표정 이 역력했지만 널빤지, 못, 경첩까지 준비한 나를 보고는 결국 작은 우 체통을 만들어 주었다.

그러나 완성된 우체통은 너무나 평범해 보였다. 그래서 겉에다 우리 집 주소, 남편 이름, 큰딸 이름까지 써 넣었는데 그래도 뭔가 좀 허전한 느낌이 들었다. '뭐 좋은 수가 없을까?' 다시 생각하다가 제 이름이 없 다고 잔뜩 심술을 부린 작은애 이름까지 넣어 '행복한 민지네 집'이라 고 써 붙일까도 싶었다. 그러나 궁리 끝에 나는 차라리 우체부 아저씨 가 우체통을 볼 때마다 즐겁고 행복해할 말이 좋겠다는 생각에 새 우체 통에 이렇게 써넣었다. "우체부 아저씨, 꼭 우체국장 되세요!"

김정숙 님 | 경기도 남양주시 2000년 4월 호

세쿼이어
나무의 전설

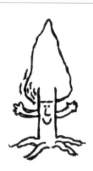

숲에 세쿼이어
나무가 살고 있었습니다.
세쿼이어 나무는 뿌리를 거의
땅 표면에 드러낸 채
땅속 깊이 뿌리를
박고 있지 않았습니다.
그런데도 나무의 가지는 굵게
하늘로 하늘로 뻗어 나갔습니다.

세쿼이어 나무는 그 숲에서
가장 크고 멋진 나무였지만
절대 혼자서 살지 않았습니다.
꼭 여럿이 숲을 이뤄
사는 것입니다.
그런데도 나무의 잎은
크고 윤기가 났습니다.

세쿼이어 나무는
바람이 심하게 부는 지역에서만
주로 많이 자랐습니다.
심한 바람에도
나무는 잘 자랐습니다.

어느 해 거대한 폭풍우가
이 숲을 덮쳤습니다.
바람은 강하게 나무들을 때려
숲의 나무들은 모두 부러지거나
뿌리를 앙상하게 드러냈습니다.

그러나 세쿼이어 나무만은
전혀 흔들림없이
우뚝 서 있었습니다.
이상한 일이었습니다.

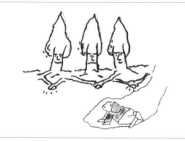

궁금하고 성급한 사람들이
세쿼이어 나무 밑을 파 보았습니다.
그리고 놀랐습니다.
나무 밑속에서 나무들은 얼기설기
그들의 뿌리손을
꼭 붙잡고 있었던 것입니다.

005

친정 엄마 같은 시어머니

언젠가 한번은 이분을 말이 아닌 글로써 자랑하고 싶었는데 기회가 온 것 같아 너무 기쁘다. 결혼한 지 1년 반 갓 넘은 풋내기 아기 엄마인 나는 종갓집의 맏며느리이기도 하다. 난 가끔 내가 결혼한 게 실감이 안 날 때가 많다. 물질적으로 풍부하지 못한 친정이라고 결혼을 치르기까지 말 못 할 어려움이 참 많았던 것 같다. 결혼 날짜를 잡아 두고 모두들 초조해했지만, 그래도 일은 신기할 정도로 하나둘씩 풀려 나갔다.

처음 예물 준비를 하러 갔을 때의 일이다. 친정 엄마는 일 때문에 그 자리에 함께 갈 수 없어서 시어머니, 남편과 함께 갔다. 아무것도 준비하지 못한 내 쪽의 사정도 아랑곳하지 않고 무작정 따라나선 것이다. 정말이지 엄마도 자리에 없고 돈도 없고, 그곳을 뛰쳐나오고 싶었다. 그런 순간마다 내 마음을 읽은 듯이 시어머니는 자상하게 "어떤 게 맘에 드냐? 돈은 생각지 말고 맘에 드는 것으로 하렴." 하며 편안한 미소로 나의 마음을 안정시켜 주고 당신도 함께 보는 것이었다. 나라면 과연 그렇게 할 수 있었을까? 몇 번이고 내 자신에게 묻고 싶어진다.

얼마 후 예약 문제로 함께 예식장에 갔을 때도 시어머니는 그 화려한 분위기에 주눅 들어 있는 나를 다사롭게 감싸 줬다. 우리를 본 누구나 친정 엄마와 딸로 생각했을 정도였다. 예약을 마친 후 착잡하고 쓸쓸한 마음으로 말없이 밖으로 나온 내게 어머니는 말했다.

"너무 걱정 마라. 없는 마음이 더 아픈 거 안다. 엄마한테 이것저것 해 달라고 조르지 말고 걱정 안 하시게 위로해 드려라."

그 순간 마음속으로 얼마나 많이 울었는지 모른다. 각박한 이 세상에 이런 분이 내 가까이 있다는 게 실감이 안 날 정도였다. 결코 당신이 물질적으로 풍부해서가 아니다. 당신이 할 수 있는 것을 둘로 되게끔 하는 것이었다. 그 외에 모든 잔일까지도 이런 마음으로 풀어 나가는 분이었다.

주는 것에 비해 받기만 좋아하는 이들이 얼마나 많은 세상인가. 지나온 짧은 시간 동안 참으로 많이 감사하다는 인사를 드리고 싶었지만, 쑥스러워 어머님 두 손을 꼭 잡고 말해 본 적이 한 번도 없다. 오늘 이 지면을 통해서나마 나지막한 목소리로 전하고 싶다.

"어머니, 며느리라는 존재보다 딸로서 편히 대해 주신 점, 제 몸 아플 때 싫은 내색조차 없이 뒷바라지 해주신 점, 모든 것에 진심으로 감사드립니다. 어머님 보시기에 너무나 부족한 점이 많을 줄 압니다. 나름대로 열심히 노력하고 있습니다. 어머님께서 바라시는 큰며느리로 자리를 굳히는 데 아낌없는 가르침을 주십시오. 열심히 배우겠습니다. 건강하신 모습으로 절 지켜봐 주세요."

김연숙 님 | 경북 구미시 1994년 8월 호

006

화태와 유태

아이들과 함께한 직장 생활이 6년째 접어들었다. 우리 유치원에는 7살 쌍둥이 남자아이가 있다. 한 명은 유태, 한 명은 화태. 얼굴이 너무나 비슷하여 누가 유태인지 누가 화태인지 구별하기가 힘들 정도였다. 키도 비슷한 데다 옷까지 항상 비슷한 것을 입고 있어 재수 좋으면 맞추고 거의 대부분은 헛다리를 집기 일쑤였다. 아이들도 서서히 쌍둥이이기 때문에 겪는 불편함이나 귀찮게 하는 사람들로부터 능숙하게 벗어나는 지혜를 터득해 가고 있었다.

유태보고 "화태야." 하면 그저 "네.", 이번엔 화태보고 "유태야." 하면 그저 "네." 이러니 우리는 더욱 헷갈릴 수밖에……

어느 날 유태가 한 친구를 울려놓고 교실로 재빠르게 숨어버렸다. 누가 울렸는지 알아내기 위해 용의자(?)를 대상으로 조사를 벌였다. 나는 유태가 울렸다는 것을 알고 그 아이를 찾았다. 때마침 쌍둥이 중 한 명이 미끄럼틀 위에 앉아 있었는데 '저 애가 유태일까? 화태일까?' 점찍기가 참으로 힘들었다.

생각 끝에 그 애를 계속 노려보기 시작했는데 그런 나의 눈빛과 마주치자 불안과 억울함이 가득한 동그란 눈으로, "난 유태가……

POSITIVE THINKING ESSAY 100

아……니고요, 나는 화……태거든요. 선생님 난 유태가…… 아니고 화태예요."라고 떨리는 목소리로 말하는 것이었다. 나도 꾀를 내어 "누가 너보고 뭐라 그러던?" 했더니 그 말에 약간 안심이 갔던지 이 녀석이 활짝 웃으며 한다는 말. "그런데 선생님 누굴 찾는데요? 저예요? 화태예요?"

전혜경 님 | 부산시 서구 1995년 2월 호

007

몽순이의 변화

내겐 미정이라는 친구가 있다. 그 애는 좀 미안한 말이지만 참 못생긴 얼굴에 정말 외모로는 볼 것이 없는 애였다. 애칭으로 '몽순이'라는 별명까지 있었으니. 그런데 그 애가 어느 날 호들갑을 떨며 어제 슈퍼에 갔다가 진짜 근사한 남자애를 만났노라고 말하는 것이었다. 우리는 몽순이의 얘기에 그냥 웃고 말았다.

학교를 마치고 집에 가는 길에 몽순이가 "아까 너희들이 왜 웃었는지 안다. 그렇지만 선영아, 난 그 애가 정말 좋다. 그냥 봤을 뿐이지만 느낌이 좋은 애였다."라고 말하는 것이었다. 몽순이의 우울한 모습이 아프게 다가왔다. '그래, 못생긴 애는 좋아할 자격도 없나? 내가 도와줘야지.' 결심하곤 그 남자를 수소문했다. 그런데 알고 보니 그 애는 우리 아파트에 사는 내가 아는 남자였다. '계집애, 눈은 높아 가지고.' 나는 혼자 웃음을 터뜨렸다.

다음 날 몽순이에게 내가 아는 남자애니까 도와주겠노라고 하자 몽순이는 볼이 상기될 정도로 기뻐했다. 그러나 그때부터 내 걱정은 시작되었다. 그 남자에게 차마 몽순이 얘기를 꺼내지 못한 것이다. 이때부터 나의 거짓말은 시작되었다.

몽순이에게는 "그 남자애가 너의 조용한 모습이 괜찮다 하더라.", "너 머릿결이 예뻐 보인대." 같은 하지도 않은 말을 한 것이었다. 나는 이러한 거짓말로 몽순이에게서 라면부터 잡다한 과자를 얻어먹었다. 그러나 날로 커지는 몽순이의 기대에 비해 내 걱정은 커져만 갔다. 그러기를 두 달, 양심에 가책이 되어 도저히 참을 수 없던 나는 그 남자에게 용기를 내어 사실을 털어놨다. 사정을 들은 그 애가 뜻밖에 한번 만나겠노라고 하자 나는 "여태껏 내가 한 거짓말을 잊지 말고 혹 그 애가 물으면 그렇게 대답해라."라고 신신당부를 했다. 그리고는 몽순이에게 으스대며 약속 장소를 알려 주었다. 그때 몽순이의 표정이란…….

드디어 약속한 날, 그날의 몽순이는 그때까지 내가 본 몽순이가 아니었다. 몽순이는 변해 있었다. 조신한 언행이며, 진짜 반짝이는 머릿결하며……. 얼굴은 좀 그랬지만 정말 예뻤다. 그 남자애도 처음엔 얼굴을 보고 실망하는 것 같더니 시간이 흐를수록 호감을 보였다. 결과는 물론 해피 엔딩이었다. 나는 지금 내 거짓말이 몽순이를 변화시켰다고 믿는다. 몽순이는 그 남자애가 좋아하는 여성상이 조용하고 지적인 여성인 것 같아 책만 하루에 3권 이상 읽었다고 한다. 오, 사랑의 힘! 나는 그 남자에게도 고마운 마음이다. 사람의 외면보다는 내면을 보아 주었으니 말이다. 이것은 그 남자애와 나만의 비밀이지만, 글쎄. 만약 이 글이 책에 실린다면 몽순이가 알까? 알아도 상관없다. 나는 캐나다에 있으니 몽순이가 못 올 것이다. "몽순아! 행복하니? 정말 보고 싶구나!"

윤영선 님 | 캐나다에서 1995년 3월 호

008

요술 주머니

내가 피아노 학원에 다니겠다고 했을 때 보수적인 아버지는 공부나 하지 쓸데없는 피아노를 왜 배우냐며 야단을 쳤다. 오랜 설득 끝에 피아노를 배우게 된 지 몇 년 후 이번엔 피아노가 필요했다. 아버지에겐 직접 말도 꺼내 보지 못하고 어머니를 졸랐다. "제발 아버지에게 피아노를 사 주라고 하라."며 어머니를 중간에 내세웠지만 말짱 헛수고였다.

시골 마을인 우리 동네에서 피아노가 있는 집이라곤 거의 없었다. 일이십만 원도 아닌 것을 사 달라며 아버지는 어머니에게 성화였다. 그런 날이 계속되던 어느 일요일, 아침밥을 먹고 난 후 아버지는 한참을 아무 말 안 하다가 장롱에서 무엇을 꺼내더니 함께 나가자고 했다.

뜻밖에도 우리가 간 곳은 피아노 가게였다. 아버지는 내가 가장 맘에 드는 것으로 골라 줬다. 그런데 가격을 치르기 위해 주인과 앉아 있던 아버지는 허리춤에 차고 온 긴 주머니에서 뭉칫돈을 꺼내는 것이었다. 혹시나 잃어버릴까 깊숙한 곳에 넣어둔 것까지는 그렇다지만 만 원짜리 200장이라니……. 나는 그만 얼굴이 빨개졌다. 빙그레 웃기만 하던 주인아저씨는 만 원짜리 200장을 세느라 손가락이 좀 아팠을 것이다.

그땐 그것이 왜 그리 부끄러웠는지……. 그러나 돌이켜 보면 그것은 절대 부끄러운 일이 아니었다. 작은 용돈조차 일일이 어머니에게 타 쓰던 아버지가 그 돈을 모으기 위해 애를 많이 썼을 것이다. 그리고 그 돈을 몰래 모아 놓고 난 뒤에도 어머니의 부탁이 아닌 피아노를 사 달라고 조르는 어린 딸의 목소리를 듣고 싶었던 것이다. 어머니가 그렇게 피아노 한 대 사 주라고 말해도 한사코 거절한 걸 보면…….

아버지가 허리춤에 맨 주머니에서 뭉칫돈을 꺼내던 것처럼 아버지는 마음 한쪽에 나에게 줄 더 큰 사랑의 주머니를 준비해 놓았던 것이다.

고3이라 몸도 마음도 힘들지만 아버지의 주머니가 있기에 든든하기만 하다. 내가 힘들 때면 아버지는 언제라도 그 주머니에서 뭔가 펼쳐 보일 것을 믿으니까.

박명화 님 | 경북 청도군 1995년 5월 호

009

누가 버린 감이야!

'나도 결혼할 수 있을까.'라는 생각을 한 지가 엊그제 같은데 결혼식을 얼마 남겨놓지 않은 지금, 내 마음은 몹시 떨리고 초조하다. 나와 평생 을 함께할 그이는 내가 다니고 있는 회사의 과장님이다. 회사에서 은근 한 눈길을 주고받기를 6개월, 드디어 부모님에게 조심스럽게 그이 얘 기를 꺼냈는데 부모님 모두 불같이 화를 냈다.

그가 꽉 찬 서른의 나이인데다 종갓집 장손이라는 것이 마음에 걸리 신 부모님은 막내로 자란 내가 그런 집안에 큰며느리 노릇을 어찌하겠 느냐는 것이었다. 조금만 부모님을 설득하면 되겠지 하는 생각에 나는 그이에게 이 사실을 숨기고 엄마가 조금 걱정스러워한다고만 살짝 귀 띔해 주었다.

그러던 어느 날, 그의 시골집에 인사를 하러 갔다. 그의 집은 충북 보 은에서 조금 더 들어가야 하는 시냇물이 흐르고 마당엔 황금 알을 낳을 것 같은 토종닭들이 꼬꼬댁하며 먹이를 쪼고 있는 아름다운 곳이었다. 그가 이런 곳에서 자랐구나 생각하니 마음이 찡했다. 감나무엔 빨갛게 익은 감들이 주렁주렁 매달려 있었는데 그가 감을 따 주면서 "너희 어 머님에게 가져다 드리면 좋아하실 거야." 하며 담아주는 것이었다. 이 런 그의 마음을 안다면 부모님도 마음을 돌리실 것 같아 들뜬 마음을 안고 집으로 돌아왔다.

우리 집은 그의 집과는 전혀 다른 아파트촌이었다. 한사코 집에 함께 들어가겠다는 그를 달래어 차 속에서 기다리게 한 후 집으로 뛰어 들어 갔다. 그런데 부푼 내 마음과는 다르게 부모님은 그이의 고향집에서 따

POSITIVE THINKING ESSAY 100

온 감이라고 말하자 "누가 감 먹고 싶냐."고 하면서 창밖으로 감을 홱 던져 버렸다. 순간 서러움이 북받친 나는 엉엉 소리 내어 울면서 뛰쳐 나갔다. 복도에서 눈물을 훔치고 아무 일도 없었던 것처럼 밖으로 나왔다. 한눈에 14층에서 떨어진 감들이 납작하게 널브러져 있는 것이 보였다. 그런데 내가 나오는 것을 본 그가 서서히 내 쪽으로 차를 몰고 오는 것이었다. '혹, 뭉개진 감을 보면 어쩌나.' 하는 생각에 가슴이 쿵 내려앉았다. 차에 올라탄 나는 창 쪽으로 고개를 외면하고 있었다. 운전하던 그가 불쑥 말했다. "어떤 녀석이 감을 길바닥에 버렸냐?" 아무 말도 못한 내 가슴은 콩닥콩닥 마구 뛰고 있었다. 그러나 그는 아무 일도 없었다는 듯 쌩 하고 지나쳤다.

그의 착하고 고운 심성을 안 지금은 어머니, 아버지 모두 '우리 막내 사위' 하며 그를 좋아하지만 내 눈에서 눈물을 쏙 뺄 만큼 반대했다는 사실을 그는 모른다. 그때 감 사건을 안 다면 그가 서운할지도 모를 일이다. 그러나 비록 그가 이 사실을 알았다 해도 그는 오히려 막내딸 시집보내는 우리 부모님의 마음을 더 잘 헤아렸을 것이라고 나는 믿는다.

강선숙 님 | 경기도 군포시 1996년 3월 호

세대의 벽을 넘고 우리 앞에 선 국민가수

노래는 수없이 많지만 함께 부를 수 있는 노래는 흔하지 않다. 요즘의 노래들은 함께 부르기는커녕 따라 부르기도 벅찬 노래들이 얼마나 많은가.

노랫가락에 젖어서 뭔가 늘 부족하고 어려웠던 시절을 더듬어 보고, 노랫말을 곱씹으면서 일상의 무거운 옷을 벗어 던지고 세상이라는 커다란 무대에 올라 이런 저런 삶을 한번 휘둘러 보고, 향기 나는 이야기도 들어 보고….

양희은 님의 노래에는 함께 부르거나 혼자 듣거나, 언제 어디서든지 간에 이런 아름다운 시간을 허락해 주는 마력이 있다.

'아침이슬', '늙은 군인의 노래', '백구', '작은 연못', '하얀 목련', '이루어 질 수 없는 사랑', '한계령', '세노야', '못다한 노래', '내 나이 마흔 살에는' 등등 손으로 다 꼽을 수 없을 정도로 수많았던 그의 노래들. 청바지에 통기타가 제격이었던 그도 그의 노래처럼 어느덧 넉넉하고 편안한 모습의 중년이 되어 우리 곁에 함께한다.

양희은 님을 찾았을 때 그는 겨우 마련한 며칠의 휴가도 제주 공연으로 반납하고 다시 바쁜 일정 속으로 돌아갈 채비를 서두르고 있었다.

"미국에서 아주 귀국한 후로는 늘 그래요. 1년에 스무날 정도의 공연을 위해 8개월은 노래 연습을 하죠. 해마다 봄이 되면 10인 정도의 콘서트를 시작해요. 그 후에는 대여섯 도시를 돌면서 지방 순회 공연을 하는데 그러다 보면 가을이 되죠. 다시 앵콜 공연을 하고 나면 찬바람 부는 겨울이에요."

결혼과 함께 오랫동안 미국 생활을 마치고 돌아온 그는 전집 앨범을 내고 새 앨범 〈못다 한 노래〉를 내놓아 좋은 반응을 얻기도 했다.

그러나 무엇보다 많은 이들이 좋아하는 것은 귀국 후에 꾸준히 이어지고 있는 '양희은 콘서트' 무대이다. 그의 공연은 주로 지난날의 추억에 젖어 들고 싶어 하는 삼사십 대를 위한 콘서트이지만, 아버지와 딸, 어머니와 아들이 나란히 앉아 함께 박수 치는 자리로 유명하다.

마흔이 넘어서 새로 펼치는 가수 생활과 함께 기독교 방송의 〈양희은의 정보시대〉를 진행하며 힘찬 아침을 여는 것 또한 빼놓을 수 없는 그의 일과다. 그의 프로그램은 주부들이 꼭 알아야 할 정치, 경제, 사회, 문화적 교양을 꼼꼼히 챙겨 알려 주는 프로그램으로 재미와 유익함을 동시에 주는 점에서 여느 주부 프로그램과는 다른 색깔을 가지고 있다.

"방송 때문에 매일 오전 여섯 시면 일어나요. 일곱 시 십오 분쯤 도착하면 그때부터 조간신문 일곱 개 정도를 다 읽어요. 아홉 시부터 두 시간 동안 방송 진행을 하고 그리고 초대 손님 코너에 모시는 이들의 시간에 맞춰 녹음을 하는 일이 일주일에 두세 번, 오후에 집으로 오면 노래 연습을 해요. 반주자들이 오면 다시 연습하고 그 사람들 저녁 해 먹이고 그러면 열한 시죠. 쓰러져 자기 바빠요."

연예인으로 드물게 밤 인생이란 게 없다며 수더분한 웃음을 감추지 못하는 그는 그래도 틈틈이 테니스도 치고, 자전거도 타고, 좋은 책도 보고. 공연도 본다고 덧붙인다.

"올해는 특히 가수 생활 25주년을 기념하는 앨범을 준비하고 있어 더욱 바빠요. 이번 앨범은 완전히 새로운 색깔이 될 겁니다. 또 책도 하나 쓸 계획이구요. 이 두 가지를 올해가 가기 전에 꼭 해야 하니까 단 하루의 휴가도 없어요. 25주년이 지나 버리면 안 되잖아요."

미국에서 영구 귀국할 즈음에도 그는 《이루어질 수 있는 사랑》이라는 자전적인 에세이를 낸 적이 있었다. 솔직하게 지난날들을 돌아보면서 썼지만 단지 시작이었을 뿐이라고 그는 말한다. '아침이슬'. '늙은 군인의 노래'. '이루어질 수 없는 사랑' 같은 대표곡이 금지곡이 되어 불우한 가수생활을 해야 했던 지난날. 그때 가슴에 차곡차곡 묻어 두었던 말들을 이제 남김없이 풀어 놓으려는 것일까.

52년 서울에서 태어난 그는 망아지처럼 사내아이들과 몰려다니며 말괄량이 같은 어린 시절을 보냈다. 딸 셋을 세워 놓고 노래 부르게 하는 것을 좋아한 아버지 덕분에 일찍 익힌 노래 솜씨, 노래만큼이나 영어도 잘했던 경기 여중·고등학교 시절, 그러나 그 행복 위로 가정적인 불행이 겹무늬져 그는 우울한 성장기를 보내야 했다. 좌절과 고통을 달래기 위해 불렀던 노래들은 훗날 가정 형편 때문에 가수로 돈벌이 나서는 데 큰 밑천이 되어 주었다.

그의 자전적 에세이에는 아침이슬에 얽힌 이야기. 명동의 오비스 캐빈 부대에서 노래를 불렀던 몇 개월 동안의 가수 생활, 어려운 시절을 함께 했던 많은 사람들과의 일화들, 두 번의 암수술과 뒤늦은 결혼과 함께 시작된 미국 생활 이야기 등도 담겨져 있다. 솔직한 고백이 담긴 그의 삶을 돌아다보면, 시원스런 그의 목소리가 때론 아련한 아픔을 주는 이유를, 편안한 그의 모습 속에 때론 엄청난 무게가 느껴지는 이유를 조금은 알 것 같아진다.

"살면서 가장 소중하게 여기는 것은 인연입니다. 사람들 속에서 모든 일이 엮어지니까요. 제 곁에는 오래된 된장 같은 사람이 많아요."

사람을 소중히 여기고 인연을 소중히 여기는 그이기에 콘서트 중간 중간 이야기꽃을 피울 때도 많다.

"저의 존재가 세대 간의 골을 없애는 데 도움이 되었으면 하는 바람

POSITIVE THINKING ESSAY 100

입니다. 세대 간의 문제가 빈부 격차보다 더 심각해졌어요. 특히 누구보다도 열심히 일하는 중장년층이 누릴 문화가 없습니다. 그들을 위로하고 그들과 함께하는 것은 제 바람을 실천하는 작은 시작일 뿐이에요."

끝으로 「좋은생각」의 애독자이기도 한 양희은 님은 '절망투성이인 현실 속에서 아름다운 얘기를 나누는 것도 좋지만, 더 중요한 것은 좋은 행동으로 이어지는 것이 아니겠느냐'는 말로 못다 한 얘기들을 대신했다.

조선혜 | 가수 양희은 인터뷰 | 1996년 9월 호

삼남 씨와 장미 꽃다발

내가 일하고 있는 이곳은 전남 순천에서 산모들이 분만을 위해 많이 찾는 병원이다. 이곳에서 나는 병원 안내를 담당하고 있어서 분만실을 자주 들른다. 분만실은 탄생의 희비가 엇갈리는 풍경들로 가득한데 가끔 난산을 하는 산모들을 위해 우리 수녀들이 헌혈을 해야 하는 긴박감도 있다.

그리고 무엇보다도 분만 대기실의 제일가는 화제는 아들이냐, 딸이냐 하는 것인데 마치 국회의원 당선장을 방불케 하는 팽팽한 긴장감으로 곳곳에서 진풍경이 펼쳐진다. 분만실 수녀님이 이제 막 태어난 아기를 신생아실로 데려가려고 하면 보호자들이 수녀님 주변을 에워싸고 묻는다.

먼저 "아들이에요? 딸이에요?" 하고 물으면 대부분 시댁 측이고 "산모의 건강은 어때요?" 하고 묻는 쪽은 친정 식구들이다.

오늘은 점심 식탁에서 신생아실 수녀님에게 삼남 씨가 또 셋째 딸을 낳았다는 얘기를 들었다. 어릴 때 딸만 내리 둔 그녀의 부모님이 그녀에게 삼남이라는 이름을 지어 주며 "너는 이다음에 꼭 아들 셋을 낳아라." 했다던데 그녀 역시 세 딸의 엄마가 되었다니 잠시 하나님이 원망스럽기도 했다.

오후에는 삼남 씨 일을 까맣게 잊을 정도로 몹시 바빴는데 복도에서 빨간 장미 꽃다발을 든 한 할아버지와 마주쳤다.

"할아버지. 어디 찾으세요?"

"내 며느리가 딸을 낳았다고 해서."

POSITIVE THINKING ESSAY 100

삼남 씨의 시아버지였
다. 할아버지를 삼남 씨
방으로 안내하니 방에서
시아버지를 뵙게 된 그녀
는 미안해서 어쩔 줄을
몰라 했다.

"아가 순산하고 아기
도 건강하니 고맙구나. 정말 수고했다. 아들이면 안 가져오려고 했는데
네가 딸 낳고 서운해할까 봐 사왔다."

할아버지는 들고 온 빨간 장미꽃을 삼남 씨 앞에 내밀었다.

"아버님……."

삼남 씨는 말을 채 잇지 못하고 눈물을 흘렸고 나도 가슴이 뭉클했
다. 그래서 나는 아직 신생아실 면회 시간이 안 되었지만 특별 면회를
선물하고 싶어 할아버지를 데리고 갔다.

"엄마를 많이 닮았구나."

할아버지가 웃으며 말했다. 며느리가 마실 음료수를 산다며 급히 돌
아서 가는 할아버지의 모습이 더없이 푸근하고 따뜻해 보여 절로 웃음
이 나왔다.

'아! 부럽다. 삼남 씨가 딸을 낳을수록 더 많은 장미꽃을 받을 테
니…….'

김정자 님 | 전남 순천시 1996년 11월 호

자전거와 짜장면

얼마 전 잠자리에서 갑자기 까마득한 초등학교 적의 일이 떠올라 슬며시 웃다가 남편한테 들켜 들려준 이야기가 있다.

읍내 초등학교에 갓 입학했을 때였다. 아버지는 학교가 파할 쯤에 일부러 시간을 맞춰 장에 나왔다가 나를 자전거 뒤에 태우고 집으로 가곤 했다. 키 큰 미루나무가 양쪽으로 늘어선 황톳길엔 봄 햇살이 쏟아져 내리고 있었다. 울퉁불퉁한 길 모양새에 덩달아 내 몸이 조금씩 들썩거리면 설핏 잠이 들곤 했다. '이제 다 왔다.'는 아버지 목소리에 부스스 눈을 떠 사방을 둘러보면 어느새 집에 와 있었다.

그러던 어느 날, 그날도 예외 없이 아버지는 나를 자전거 뒤에 태우고 달리고 있었다. 살랑살랑 볼을 스쳐 가는 바람이 기분 좋게 느껴졌다. 그러다 잠이 든 나는 그만 스르르 자전거를 잡은 손을 놓고 말았다. 그대로 나는 길 위에 나동그라졌고 아버지는 저만치 앞서 달려가고 있었다. 그러다 뒤가 허전해진 아버지가 뒤를 돌아봤고 놀란 나머지 자전거를 팽개치고 나에게 뛰어왔다. 다친 곳 하나 없이 말짱한 나는 졸음이 덜 떨어진 눈으로 배시시 웃고 있었고……

아버지와 함께 떠오르는 그림은 또 있다. 초등학교 3학년이었을 것이다. 부산의 외삼촌 댁을 방문하기 위해 아버지와 나는 시내에 가서 이발을 하고 중국집에 들어가 짜장면 두 그릇을 시켰다. 아버지는 뚝딱 금방 한 그릇을 비우더니 "너 혼자 다 먹을 수 있냐."고 물었다. 속으론 충분히 다 먹을 수 있다고 대답했지만 키 큰 아버지가 겨우 요것 먹고 될까 싶었다. 그래서 얼른 "아버지, 나 그만 먹을래요. 배불러요." 하며

POSITIVE THINKING ESSAY 100

그릇을 밀었다.

　아마도 아버지는 이 일을 기억 못하겠지만 나로서는 대단한 참을성이 필요했다. 아버지가 후루룩 짜장면을 먹는 모습을 보며 나는 창밖을 쳐다보려고 무진장 애를 썼으니까…….

류점숙 님 | 부산시 금정구 1996년 4월 호

아기를 낳으며

진통이 열 시간이나 계속되었다. 처음엔 간헐적이던 진통이 갈수록 심해졌다. 첫 분만이라서 힘겨울 거라고 의사 선생님은 조금만 참으라고 말했지만, 나는 미칠 지경이었다. 그런데 그 긴 고통 속에 떠오르는 얼굴이 있었다. 그것은 지금 이 세상에 없는 엄마의 얼굴이었다.

난 어릴 적부터 건강하지 못해 잔병치레가 잦았는데 그럴 때마다 엄마는 나의 손을 잡고서 당신이 날 낳던 얘기를 하며 울곤 했다. 그때 당시 엄마는 연탄불이 꺼진 다다미방에서 12월의 한기를 온몸으로 느껴야 했고 사람을 데리러 간 아버지는 함흥차사였다고 한다.

그래서 엄마는 추운 골방에서 혼자 세상 밖으로 나오는 나를 받아 손수 탯줄을 끊어야 했다. 또 그렇게 우여곡절 끝에 낳은 아기에게 젖이 안 나와 빈 젖을 물릴 때가 한두 번이 아니었다고 한다. 그래서 엄마는 내가 건강하지 못하고 자꾸 병치레를 하는 게 자기 탓이라며 눈물을 훔치곤 했다.

그런 엄마의 얼굴이 통증을 느끼면서 떠오를 즈음, 아이를 받아야 할 의사 선생님이 밖으로 나갔다. 조금 후 남편이 분만실로 들어오더니 무척 난처한 얼굴로 망설이며 말을 꺼냈다.

"있잖아. 아기가 거꾸로 서 있대. 그래서 당신이나 아기 둘 중 하나만 선택해야 한다는 데……. 당신 괜찮지? 아이는 다음에도 또 낳을 수 있잖아. 그러니 우리 이 아기 포기하자."

고개를 떨구는 남편을 보는 순간 눈물이 핑 돌았다. 그리고 그 고통 속에서 문득 엄마 얼굴이 떠올랐다. 만약에 엄마라면 어떻게 했을까 하

POSITIVE THINKING ESSAY 100

는 생각이 들었다.

엄마는 이보다 더 어려운 상황에서도 날 낳고 고이고이 키워 주지 않았는가. 그런데 난 해보지도 않고 나 하나 살자고 아이를 포기한단 말인가. 그럴 수는 없었다. 그래서 나는 주위의 강력한 반대에도 불구하고 아이를 낳기로 결심했다.

그렇게 어렵게 낳은 아이. 자림이!

자림이는 이유식을 먹더니 금세 쌕쌕거리며 자고 있다. 아마 그때 엄마의 얼굴이 생각나지 않았더라면 자림이가 이처럼 내 곁에서 고이 잠들어 있는 모습은 볼 수 없었을 것이다.

남편은 나에게 고맙다고 말했다. 하지만 남편이 진정으로 고마워 해야 할 사람은 내가 아니라 우리 엄마이다.

김효정 님 | 충남 홍성군 1997년 4월 호

013

잊지 못할 택시 기사

대학교 2학년 때였다. 풍물패였던 나는 어느 날 저녁 연습을 마치고 학생회관 계단을 내려오다가 그만 넘어지고 말았다. 그날은 몰랐는데 다음 날 너무 아파서 아빠랑 병원에 갔는데 깁스를 해야만 했다. 깁스는 갑갑하고 불편했다. 게다가 학교까지 가는 두 시간 30분 동안 차를 세 번이나 갈아타야 했기 때문에 그 고충은 이루 말할 수 없었다.

깁스를 한 뒤로 며칠 동안 목발을 짚고 다녔는데 사람들이 흘낏흘낏 쳐다보며 불쌍한 표정을 짓는 것이 몹시도 못마땅하고 기분이 나빴다. 그래서 나는 불편을 감수하고 과감히 목발을 팽개쳐 버렸다.

비 오는 어느 날이었다. 그날도 시외버스에서 내려 집으로 가기 위해 택시를 잡으려고 택시 승강장에 갔다. '비가 많이 오는 날 하필이면 택시 승강장이 붐빌 게 뭐람.' 게다가 택시가 한 대 오면 서로 합승하려고 달려드는 사람들 속에서 다리가 불편해 뛰지 못하는 나는 자꾸만 뒤처졌다. 내 뒤에 서 있던 사람도 하나둘 나를 앞질러 떠나갔다. 그날따라 팽개쳐 두었던 목발을 다시 찾아 그것을 짚고 있었던 나는 우산을 쓸 수가 없는 상태였다.

그래서 얼추 한 시간가량 묵묵히 비만 맞고 서 있는데 갑자기 택시 한 대가 내 앞에 섰다. 그 택시를 타려고 많은 사람이 몰려들었지만 운전사 아저씨는 아무도 택시를 타지 못하게 막았다. 그리고는 얼른 내려서 내 목발과 가방을 받아 택시 안에 들여놔 줬다. 그때 어떤 사람이 앞문을 열고 그 택시를 타려고 했다. "이 아가씨한테 양보는 못할망정 새치기를 하면 되나?" 운전사 아저씨의 호통에 그 사람은 머리를 긁적이면서 미안하다고 했다. 그래서 겨우 택시를 타고 집에 오게 되었다.

"맞은편에서 30분 전에 손님을 태워서 목적지까지 갔다 왔는데 아가씨가 계속 비를 맞고 서 있기에 내가 달려왔지."

아저씨는 대학에서 국어국문학을 전공했는데 택시를 운전하며 여러 사람을 만나는 것이 책을 읽는 것만큼이나 재미있다고 말했다. 그 아저씨 덕분에 기분이 좋아진 나는 깁스만 풀면 머리를 휘날리며 세게 달려보고 싶다고 했다. 이런저런 이야기를 하다 보니 벌써 집 앞이었다. 아저씨는 차비를 안 받으려고 해서 드리는 데 한참이나 걸렸다. 아저씨는 내게 다시 만나거든 더 많은 얘기를 나누자고 했다.

그 뒤 나는 깁스를 풀고 자유롭게 다니게 되었는데 어쩌다 택시를 타게 되면 혹시 그 아저씨가 아닐까 운전석을 유심히 보는 버릇이 생겼다. 또 몸이 불편한 사람을 이상한 눈으로 쳐다보지 않는 마음도 가지게 되었다. 그 아저씨 덕분에 나는 참 값진 걸 얻었다. 요즘도 가끔 그 아저씨의 너털웃음을 생각하면 마음이 풍요로워진다.

김현진 님 | 울산시 중구 1997년 7월 호

IMF - 1997년 초부터 4년 가까이 이어진 경제위기 상태를 뜻한다. 당시 많은 기업이 문을 닫았으며, 실직자도 대거 발생했다.

사장님! 파이팅

어느덧 직장 생활을 한 지도 벌써 6년이 넘었다. 나는 학교를 졸업하자마자 취직한 회사에 지금까지 몸담고 있다.

몇 년 간은 정말 모든 일이 순조롭게 잘 풀려 회사의 규모가 커지고 직원 수도 많이 늘었다. 직원들끼리 모임을 만들어 한 달에 한 번 친선 운동 경기를 하고 대화도 나누며 간간이 여유를 즐겼는데 그것은 모두 사장님 덕분이었다. 원래 잔정이 많은 사장님이 직원들에게 여러 가지 크고 작은 배려를 했기에 직원들이 여태껏 별문제 없이 즐겁게 일해 올 수 있었던 것이다.

그러나 최근 불어 닥친 경기 침체로 인해 우리 회사도 어려움을 겪게 되었다. 자금 사정도 나빠지고 전반적인 회사 상황이 무척 힘들어진 것이다. 그래서인지 얼마 전부터 사장님이 근심스런 표정으로 의자에 앉아 있는 날이 부쩍 많아졌다. 사장님의 그런 모습이 무척 안타까웠지만 나는 끝내 따뜻한 말 한마디 건네지 못했다.

그런데 며칠 전 점심 식사를 마친 뒤 주머니에 손을 찌르고 힘없이 터벅터벅 걸어가는 내게 사장님이 불쑥 말을 걸어 왔다.

"미스 최, 어깨에 힘 좀 주고 걸어라. 어깨가 왜 그리 쳐져 있노." 사장님은 다른 사원들에게도 앞으로 잘 될 테니까 너무 걱정하지 말고 웃으며 지내라고 말했다.

당신 자신도 무척 힘든 상태일 텐데 오히려 직원들의 사기가 떨어질까 봐 걱정하는 사장님을 위해 나를 포함한 전 직원이 이렇게 크게 외치고 싶다. "사장님, 파이팅!"

최희경 님 / 경남 김해시 1998년 1월 호

014

곰탕을 끓이는 남편

출근 준비를 하다가 서랍장을 열어 본 나는 그만 닭똥 같은 눈물을 흘리고 말았다. 그렇게도 찾아 헤맨 강아지 인형이 거기에 있었기 때문이다.

결혼한 지 두 달이 지났을 무렵 임신했다는 사실을 안 나와 남편은 아기가 생긴다는 기쁨에 들떠 있었다. 내 일기장은 온통 안전한 출산과 육아 계획으로 채워졌고 거리를 걸으면서도 내내 뱃속에 들어 있는 아기 생각에 행복해했다. 그런데 너무 이른 행복이었을까. 갑자기 아기가 유산되었고 난 치료를 받느라 나흘 동안 병원에 입원해야 했다.

잃어버린 아기에 대한 미련을 쉽사리 떨치지 못한 나는 그저 눈물만 흘릴 뿐이었다. 남편은 자꾸만 꺼이꺼이 울어 대는 나를 자기의 품에 꼬옥 안고 밤새 간호해 주면서 이렇게 속삭였다. "영희야, 사랑해. 사랑해." 그래도 내가 울음을 그치지 않자 "치타야, 정말 사랑해. 아니야. 타잔으로 격을 높여서 불러 줄까."라고 말하며 나를 웃게 만들려고 애를 썼다.

다음 날이 되자 남편이 병실에 누워 있는 내게 선물이라며 무언가를 건네주었는데 그것은 다름 아닌 앙증맞게 생긴 강아지 인형이었다. "가게에 들렀다가 예뻐서 샀어. 누구 닮아서……." 장난스러운 표정으로 나를 바라보는 그에게 나는 애써 웃음을 지어 보였지만 그 인형을 보자 유산된 아이가 떠올라 마음이 착잡했다. 머리맡에 둔 그 인형을 볼 때마다 눈물이 나왔다.

그런데 퇴원할 무렵 그 강아지 인형이 갑자기 보이지 않았다. 남편에게 인형의 행방을 물었지만 남편은 고개를 저으며 "누가 치웠지? 그게 어딜 갔을까?"라고만 말할 뿐이었다. 그래서 그냥 퇴원했는데 그렇게 찾아 헤맨 인형이 서랍장 안에 있었다. 내가 그 인형을 보고 자꾸만 우니까 남편이 얼떨결에 서랍장에다 인형을 숨긴 것이었다. 갑자기 남편의 모습이 떠올랐다. 시댁 부모님들이 나를 보러 병원에 와서는 "아가야, 어쩌다가 맹장 수술을 다 했냐? 아프진 않아?"라고 물어봤을 때도 남편이 얼마나 고마웠는지 모른다. 남편은 부모님이 행여 내 마음을 다치게 하는 말을 할까 봐 내가 급성 맹장염에 걸렸다고 애써 거짓말까지 한 것이다.

며칠 뒤 남편은 이른 아침부터 나를 깨웠다. 며칠 동안 곰탕을 끓이다가 실패했는데 드디어 성공한 모양이었다. "영희야, 성공했어." 그리고는 나의 귀에 대고 속삭였다. "우리 그만 울자. 그리고 씩씩해야 돼. 영희야, 알지? 내가 얼마나 너를 걱정했는데…… 이제 아프지 마. 사랑해!"

박영희 님 | 울산시 중구 1998년 3월 호

세상을 향해 원망하는 기분이 들 때가 있다. 또 가끔은 세상이 조금 무서워 보여서 혼자 오만해질 때도 있다. 그때마다 나는 소스라치게 하나의 장면을 떠올리며 나를 다시 추스르곤 한다.

어머니가 돌아가셨을 때의 일이다. 어머니는 그때 일흔아홉 살이었지만 돌아가시기 사흘 전까지도 아주 건강했다. 늦더위의 햇살 속에서 냉방이 잘 된 치과 안으로 들어갔다가 쓰러진 뒤 사흘쯤 앓다가 조용히 눈을 감은 것이다. 충격은 컸지만 나는 평소 어머니가 가르쳐 준 대로 아파트 베란다 천장에 매달아 놓은 하얀 상자를 끌어내렸다. 거기에는 오래 전부터 고운 수의 한 벌이 잘 통풍된 채 보관되어 있었다.

그러나 그다음 일이 걱정이었다. 어머니는 그때 아파트 13층에 살고 있었던 것이다. 어머니는 간혹 말했다. 어디서 들으니 고층 아파트에서 사람이 죽으면 고가 사다리 같은 기계에 의해 지상으로 끌어내려진다는 것이었다. 어머니는 그것이 싫었던 것이다.

그러나 드디어 발인 날이 되었을 때 나는 눈물로 얼룩진 가운데서도 깊은 감동에 휩싸이는 장면을 목격해야 했다. 청년 두 사람이 어머니의 관을 등에 지고 계단을 내려가는 것이었다. 비록 얼마의 사례를 받고 그 일을 한다고는 하지만 그것은 결코 사례 따위로 따질 수 없는 그 이상의 경건함과 뭉클함이 있었다. 삶을 한없이 겸허하게 끌어안는 힘이 있었다. 그리고 죽음을 한없이 가볍게 여기고, 아니 죽음과 삶을 똑같이 뛰어넘는 힘이 있었다. 친 가족에게 조차도 무섬증을 주는 것이 죽음과 얽힌 것들이 아닌가.

POSITIVE THINKING ESSAY 100

나는 언어로 다 형용할 수 없는 언어 이상의 기막힌 상징을 그 모습에서 보았다. 이것은 어머니가 돌아가시면서 나에게 주시는 마지막의 기막힌 화두요 선물임에 틀림없다고 생각했다. 우리들 모두가 죽음을 등에 지고 하루하루 한 계단 한 계단 지상을 향해 내려오고 있는 존재들인 것이다.

그러고 보면 삶이란 허공에 세운 집처럼 저 넓은 이상을 향하고는 있지만 끝없이 흔들리고 어리석은 고통의 바람을 피할 길이 없는 것인지도 모른다. 그러다가 어느 날 드디어 일층에 다다르고 그리고 곧 지상을 떠나 깊은 흙에 이르고 영원히 잠 속에 빠지는 것이다.

정말 삶이란 관을 지고 고층에서 내려오는 것처럼, 고달프고 무섭고 참담할 때가 얼마나 많은가.

지금도 생생하게 어머니의 검은 관을 지고 내려오던 그분들의 그 숙연한 모습을 떠올린다. 그 무엇보다도 뼈아프게 고마웠던 그분들의 모습을.

문정희 님 | 시인 1998년 5월 호

박꽃처럼 환한 미소를 지닌 한국의 어머니

'한국선명회 모금 만찬' 행사장에서 김혜자 님을 만났다. 인사를 건네자, 박꽃처럼 환한 미소가 그녀보다 먼저 달려와 반긴다. 일순간 행사가 한창인 여의도 63빌딩 국제 회의장이 한적한 고향집의 대청마루로 바뀌는 느낌이다. 무릎베개를 하고 누워 푸른 잎사귀들이 바람에 일렁이는 모양을 하릴없이 바라보는 사이, 문득 바람결에 실려 와 코끝을 감싸던 어머니의 냄새…

누구나 그녀를 보면 어머니의 포근한 품을 떠올리는 이유는 무엇일까. 친근한 외모와 타고난 연기력 때문일까. 단지 그 때문만은 아닐 것이다. 우리나라 최고의 연기자로 꼽히면서도 언제나 시선은 낮은 곳에 머무는 그녀의 맑고 순수한 마음과 행동, 그 속에서 우리는 한국의 어머니상을 발견하게 된다.

"어려운 이들을 도울 때, 성경 말씀처럼 남몰래 돕고 싶었어요. 그런데 선명회 '사랑의 빵' 운동을 시작하면서부터 뜻대로 되지 않았죠. 제 역할이 어려운 사람들을 만나고 와서 얘기하는 것이 되다 보니, 자연히 언론의 주목을 받게 되고, 제가 한 것 이상으로 소문이 나는 때도 있어요. 하지만 어느 순간부터 이런 생각이 들어요. 많은 사람들이 나를 좋아하고, 필요로 하는구나. 그래 맞아. 하나님이 나를 이렇게 쓰시려고 세상에 내보내신 거야…"

잘 알려진 대로 그녀는 지난 92년부터 선명회의 '사랑의 빵' 운동에 적극 참여해 왔다. 에티오피아, 르완다, 보스니아, 캄보디아 등 세계 여러 나라에서 따뜻한 온정의 손길을 기다리는 사람들이 얼마나 많은지 알리는 일에 앞장서 왔던 것이다.

"어느 날 선명회 직원들이 찾아와 아프리카에 '사랑의 빵' 성금을 전달해 달라고 부탁하더군요. 외국에서는 유명한 배우나 가수들이 그런 일을 많이 한다면서요. 그래서 처음 방문한 나라가 에티오피아였는데 그때의 충격이 아직도 생생해요. 아프리카 여행을 하는 셈 치고 가벼운 마음으로 갔다가 돌아올 때는 돌덩이처럼 무거운 마음이 되고 말았어요. 그때부터 내가 꼭 이 일을 해야 한다는 사명감을 갖게 되었죠."

지구촌의 어려운 사람들을 도우면서 그녀 자신 또한 많은 변화가 있었다고 한다. 만 원이면 바짝 말라 뼈만 앙상한 아이 한 명에게 한 달간 음식을 대줄 수가 있다는 놀라운 사실도 알게 되었다.

"세상에는 좋은 일을 하는 분들이 무척 많아요. 제가 하는 일은 그중 아주 적은 부분에 불과하죠. 그리고 남을 돕는다지만 오히려 제가 더 많이 받는 것 같아요."

그녀는 '사랑의 빵' 운동을 하기 전에도 십여 년간 남모르게 고아들을 돌보았고, 지금도 기회만 생기면 어려운 이웃을 돕는다. 이제 그녀에게 사회봉사란 생활의 일부분처럼 아주 자연스런 일이 되었다. 올해로 37년째 접어드는 연기 생활에 무슨 어려움이 있을까 싶다.

"그렇지 않아요. 나이가 들수록 더욱 신중해지고 하는 일에 더 책임감을 느낍니다. 특별히 내세울 만한 연기관은 없어요. 세상 사람들은 누구나 하나씩 재능을 부여받죠. 저는 제게 주어진 연기라는 재능에 최선을 다할 뿐이죠."

그녀가 KBS 탤런트 시험에 합격하고 배우의 길에 첫 발을 내딛게 된 것은 대학 2학년 때의 일이다. 그동안 〈전원일기〉〈엄마의 바다〉〈겨울 안개〉〈그대 그리고 나〉 등 여러 편의 드라마에 출연했고, 83년에는 영화 〈만추〉로 마닐라국제영화제 여우주연상을, 88년 연극 〈19 그리고

80〉으로 동아연극상 연기상을, 82년, 88년에 MBC 방송대상을 받는 등 탄탄한 연기력을 인정받는 배우가 되었다.

"아버님이 많이 격려해 주셨죠. 좋은 배우가 돼서 좋은 연기를 하는 것이 다른 어떤 일을 하는 것보다 좋다시면서. 좋은 책을 많이 읽고, 세상에도 관심을 가져야 명배우가 된다는 아버님의 말씀을 지금도 잊지 않고 있어요."

그녀의 아버지는 우리나라에서 몇 손가락 안에 꼽히는 경제학 박사이자, 사회부 차관 등을 지낸 공직자였는데, 돌아가실 때 남긴 재산이라고는 여섯 평짜리 단칸방뿐일 정도로 청렴한 분이었다. 하지만 그녀에게 아버지는 한용운이나 워즈워스의 아름다운 시를 읊어 주던 자상하고 낭만적인 분으로 더 많이 기억되고 있다.

"요즘은 집에 일이 좀 있어서 월요일에 〈전원일기〉 녹화하고, 극동방송의 〈김혜자와 차 한 잔을〉이라는 라디오 프로그램하고, 짬짬이 봉사활동하고 그렇게 지냅니다."

그녀는 벌써 4년째 〈김혜자와 차 한 잔을〉이라는 라디오 프로를 진행하면서 청취자들과 잔잔한 감동을 주는 일상의 이야기들을 나누고 있다. 또 몇 해 전에는 그동안 방문했던 나라의 체험기를 모아《김혜자의 작은 목소리》라는 책을 펴내기도 했다.

끝으로 「좋은생각」 독자들과 나누고 싶은 얘기를 청했다. 그러자 그녀는 먼저 한 편의 시를 들려주었다.

'마음아 마음아/무엇을 머뭇거리느냐/가시나무에도 장미가 피는/이 좋은 계절에'

그리고 '장미나무에 웬 가시냐' 하고 불평할 것이 아니라, '가시나무에 이리도 예쁜 장미가 피다니' 하고 생각하는 것이 얼마나 좋으냐며 활짝 웃던 김혜자 님. 이렇게 조금만 생각을 달리 먹으면 세상이 불

행하지만은 않다는 그녀의 말을 다시 한 번 떠올려 본다. 7월의 따가운
햇살이 성가시지만은 않다.

조서혜 | 배우 김혜자 인터뷰 | 1998년 7월 호

015

땅벌한테 쏘인 영웅

가을이면 시골에는 밤나무, 대추나무, 호두나무, 머루나무, 다래나무 등 열매들이 풍성하다. 내가 막 초등학교 2학년이 되던 해, 추석을 앞두고 동네 아이들은 산으로 들로 밤을 주우러 다녔다.

그날도 우리는 서로 많이 줍겠다고 막대기를 하나씩 들고 숲을 정신없이 휘저으며 밤을 찾고 있었다. 그때 나를 따라온 남동생은 나와 멀리 떨어져서 밤을 줍고 있었는데, 한참 뒤 갑자기 동생이 울부짖는 소리가 들렸다. 돌아보니 동생의 머리 위에 벌떼가 윙윙거리고 있었다. 땅벌집을 건드린 모양이었다. 순간 나는 동생에게 정신없이 달려갔다.

동생은 온몸을 감싸고 웅크리고 앉아 울고 있었다. 그 옆에 있던 친구들은 땅벌이 무서워 모두들 어쩔 줄 몰라 발만 동동 구르고 있었다. 땅벌은 한번 물면 살갗을 파고드는 무서운 놈이었다. 나는 얼른 치마를 벗어 동생 몸을 덮고 두 팔로 동생을 감싸 안았다. 그러자 갑자기 벌들이 허옇게 맨살을 드러낸 나를 향해 몰려들어 여기저기 쏘아대기 시작했다. 하지만 동생을 보호해야겠다는 생각밖에 없었던 나는 아픈 것도 모르고 꼼짝하지 않았다.

곧 친구들은 어른들을 데리러 동네로 내려갔고, 달려온 어른들이 동생과 나를 안고 서둘러 마을로 내려왔다. 그때 난 이미 기절해 있었다. 다행히 동생은 많이 쏘이지 않아서 어른들의 민간요법으로 치료가 됐지만 내가 문제였다. 땅벌한테 너무 많이 쏘여 몸은 마비가 되었고, 의식을 잃은 지 한참이 지났는데도 깨어나질 못했다. 땅벌에 쏘여 죽은 사람도 있었던 터라 택시를 불러 서둘러 나를 병원으로 옮겼다. 그 당

POSITIVE THINKING ESSAY 100

시만 해도 우리 형편에 병원에 가기 위해 택시를 부른 것은 큰 사건이었다.

그 뒤 병원에서 며칠 만에 의식을 차린 나는 하루아침에 영웅이 되어 있었다.

우리는 아직도 그때 얘길 하며 웃곤 하지만 나에게서 어떻게 그런 용기가 생겼는지 아직도 잘 모르겠다.

현선옥 님 | 전북 전주시 1998년 9월 호

어느 날 아들이 대뜸 나에게 "우리 집의 가훈은 무엇이냐."고 물었다. 가훈이라고 정해 놓은 것이 없어 나는 무심코 그냥 없다고 대답했다. 아들 녀석이 실망할지 모르겠지만 없는 것을 있다고 할 수는 없는 노릇이었다.

그로부터 며칠 뒤, 나는 문득 집에 가훈이 있냐던 아들의 질문을 떠올리고는 생각했다. 과연 우리 집에는 가훈이 없는가. 그러자 아득히 먼 옛날 어릴 적 기억이 되살아났다.

경상남도 깊은 산골, 가난한 농민의 아들로 태어난 나는 머리 좋고 공부 잘한다는 얘기를 들었지만 그만큼 말썽도 많이 피웠다. 한번은 중학생이던 자유당 시절, '우리 이승만 대통령'이라는 제목으로 글짓기를 하라는데 삐딱하게 썼다가 교무실로 끌려가 혼난 적도 있었다.

그렇게 말썽 피우는 아들 때문에 잠시도 마음 편할 날 없었던 어머니는 나에게 언제나 이런 말을 했다.

"모난 돌이 정 맞는단다.""달걀로 바위 치기지.""물 흐르는 대로 바람 부는 대로 살아야 하느니라."

돈 없고 힘없는 백성이 살아가려면 그 수밖에 없지 않겠느냐는 어머니의 말은 오랜 인생 역정에서 몸으로 터득한 교훈으로, 그것이 바로 우리 집의 가훈이 아니었을까. 그러나 유감스럽게도 나는 그렇게 살지 못했다.

흔히들 역사는 발전한다고 말한다. 그럼 역사는 어떻게 발전을 하는가. 나는 역사가 모난 돌들에 의해서 발전하고 달걀로 바위를 치는 사

POSITIVE THINKING ESSAY 100

람들에 의해서 발전한다고 감히 말하고 싶다. 끊임없이 달걀로 바위를 치면 언젠가는 바위도 깨진다. 마치 한 방울씩 떨어지는 물방울이 바위를 뚫듯이⋯⋯. 지금도 1990년 3당 야합 때 내가 따라가지 않은 것을 '달걀로 바위 치기'라고 말하는 사람이 있다. 그들은 지역감정의 골을 메우기 위해서 노력하는 나의 행동 역시 소용없다고 말한다.

얼렁뚱땅 쉽게 타협하지 않는 나는 '정을 맞는 모난 돌'일지도 모른다. 하지만 생각해 보자. 정을 맞지 않기 위해 모나지 않게 살아온 사람들, 달걀로 바위 치기를 거부한 사람들에 의해 이 세상은 얼마나 변모했는가.

나는 4.19혁명과 군사 독재의 종말을 가져온 6월 항쟁이 달걀로 바위를 치는 신념에 찬 사람들에 의해서 얻어진 것이라고 굳게 믿는다. 역사의 발전 뒤에는 수많은 사람들의 희생이 따른다. 그 희생은 불가능을 가능으로 바꾸는 씨앗이 된다.

어릴 적 어머님이 늘 나에게 하던 당부의 말, 나는 아무래도 그 말을 가훈으로 삼을 수는 없다는 생각이 든다. 왜냐면 나는 앞으로도 달걀로 바위를 쳐야 하고, 내 자식들도 그래 주기를 바라기 때문이다.

노무현 님 | 정치인 1998년 9월 호

016

아름다운 국어 선생님

고등학교 1학년 새 학기가 시작되고 얼마 지나지 않아 친구들 사이에 국어 선생님이 앞을 보지 못한다는 소문이 돌았다. 그리고 보니 국어 선생님은 교과서를 볼 때에도 몇 쪽에 무슨 내용과 어떤 그림이 있는지 외우듯 수업했고, 교실에 들어오고 나갈 때도 항상 벽에 손을 짚고 걸었다.

그 뒤 우리는 선생님이 몇 년 전부터 갑자기 눈이 나빠져 결국 앞을 볼 수 없게 되었다는 사실을 알았다. 국어 시간은 마치 자율 학습 시간과 다를 바 없었다. 선생님이 수업을 하든 말든 아이들은 책상 위에 다른 책을 펼쳐 놓고, 또 엎드려 자기도 했다.

중간고사를 하루 앞둔 국어 시간이었다. 그날 아이들 대부분은 다음 날 볼 시험에 대비해 부족한 과목을 공부하느라 정신이 빠져 있었는데 갑자기 선생님의 화난 목소리가 들렸다.

"책상에 국어책 외에 다른 책 펼쳐 두고 있는 놈들 밖으로 나가거라!"

우리는 잔뜩 겁에 질려 모든 행동을 멈추었고, 여기저기 밖으로 나가는 친구들의 발소리만이 침묵을 깨고 있었다. 잠시 뒤 교실엔 군데군데 대여섯 명의 학생만 앉아 있을 뿐이었다.

"남은 애들 몇 명이냐?"고 묻는 선생님의 말에 너무 죄송한 나머지 아무도 대답을 할 수 없었다. 그날 "오늘 수업은 여기까지다." 하며 복도를 돌아 계단을 올라가는 선생님의 뒷모습이 너무 쓸쓸해 보였다.

그런데 얼마 뒤 국어 선생님이 바뀐다는 얘기가 들렸다. 지난날 우리의 잘못 때문에 학교를 그만두는 줄 알고 우리는 수업 시간에 그날의

POSITIVE THINKING ESSAY 100

잘못을 용서해 달라고 빌었다.

"그 일은 이미 다 잊어버렸다. 그동안에는 교과서 내용을 다 외우고 있어서 너희들과 함께할 수 있었지만, 이제 새 학기가 되면 교과서가 모두 바뀌니 너희들을 가르칠 수가 없구나. 사람이란 자신이 있어야 할 때와 떠나야 할 때를 잘 알아야 하지 않겠니? 그럴 수 있을 때 아름다운 거란다."

선생님의 검은 뿔테 안경 속에서 굵은 눈물이 흘러내렸다. 여기저기서 훌쩍거리는 소리가 점점 커졌다. 그리고 얼마 뒤 국어 선생님은 학교를 떠났다.

선생님은 우리에게 언제까지나 아름다운 사람으로 기억되고 있다.

황유미 님 | 경남 양산시 1998년 11월 호

우리 가족 가운데 여자는 어머니 한 명뿐이다. 어머니는 아버지와 세 아들 뒤치다꺼리하느라 늘 바쁘다. 특히 날마다 빨아도 끝이 없는 빨래에 지친 어머니가 어느 날 우리 남자들을 집합시켜 놓고 다음과 같이 선언했다.

"이제부터 속옷은 스스로 세탁하고 일반 옷들은 일주일에 두 번으로 제한한다."

우리들은 '그까짓 것' 하면서 별 생각 없이 그 의견에 동의했다.

그 뒤 며칠은 별일 없이 지나갔는데 드디어 문제가 일어나고 말았다. 옷장 문만 열면 늘 가지런히 쌓여 있던 속옷들이 어느새 동이 난 것이다. 출근 시간은 다가오는데 어제 입었던 속옷을 또 입고 갈 수도 없는 노릇이었다. 빨래 바구니에 산더미처럼 쌓인 속옷을 보니 눈앞이 캄캄했다. 그때 동생이 문을 열고 들어왔다.

"형. 혹시 팬티 여유분 없어?"

동생이 내게 난처한 표정을 지으며 슬쩍 물었다. 고개를 저으며 나 또한 난처한 표정으로 대책을 의논하고 있을 때 아버지가 우리 방으로 들어왔다.

"대훈아 오늘 하루만 팬티 좀 빌려주라."

아니, 아버지까지……. 역시 고개를 절레절레 흔들었다. 출근도 못 하고 이리저리 뛰고 있는 남자들의 모습을 가만히 지켜보던 어머니가 "이제야 내 심정 알겠나? 아무리 남자라도 할 건 하고 살아야 될 거 아이가. 쯧쯧." 하며 한 가지 끔찍한 대안을 내놓았다.

POSITIVE THINKING ESSAY 100

"급한 대로 엄마 팬티라도 입고 가라. 이거 부인용이라서 남자가 입어도 별 지장 없을 끼다. 누가 니 바지 벗겨 볼 것도 아이니까 고마 입고 퍼뜩 출근해라."

이게 무슨 날벼락인가. 아무리 급해도 여자 팬티를 입고 가라니. 막냇동생은 "엄마, 변태가 되느니 차라리 팬티를 입고 가지 않겠다."며 완강히 거부했다. 하지만 끝내 우리 네 남자들은 울며 겨자 먹기로 예쁜 꽃무늬가 그려진 엄마 팬티를 입고 출근했다.

일이 그것으로 끝났으면 좋으련만 정작 큰일은 다른 곳에서 일어났다. 내가 여자 팬티를 입었다는 사실을 까맣게 잊고 퇴근길에 씩씩하게 목욕탕에 간 것이다. 탈의실에서 옷을 벗는데 사람들이 여기저기서 키득거리며 이상한 눈으로 날 쳐다보았다. 그제야 내가 엄마 팬티를 입었다는 사실을 깨달았다.

그러나 이왕 들어왔는데, 남자가 그까짓 일로 다시 나갈 수도 없고 해서 남들의 시선을 애써 무시하며 묵묵히 목욕을 했다. 그 두 시간이 얼마나 길던지…… 그런데 목욕을 마치고 탈의실에서 재빨리 옷을 입고 있는데 그 틈에 내 팬티를 본 할아버지 한 분이 아래위로 훑어보더니 드디어 한마디 했다.

"허~ 그 빤쓰 한번 이쁘네……"

그러자 탈의실은 기다렸다는 듯 웃음바다가 되었다.

'아, 내 나이 스물넷에 이 무슨 망신인가.'

그 뒤로 우리 네 명의 남자들은 간단한 빨래는 스스로 하는 습관을 가지게 되었다.

이대훈 님 | 부산시 동래구 1998년 12월 호

018

장인어른의 오토바이

3년 전 겨울이었다. 친정에 전화를 걸었더니 어머니는 기어이 아버지의 오토바이가 고장 나고 말았다며 안타까워했다. 시장에 갔다 오던 아버지는 오토바이가 고장 나는 바람에 추운 날씨에 집까지 두 시간이 넘게 걸리는 거리를 오토바이를 끌고 걸어왔다고 했다. 나는 그 말에 눈물이 핑 돌았다.

친정 부모님은 초등학교 앞에서 작은 문방구를 했다. 처음 문방구를 할 때 아버지는 자전거로 물건을 실어 날랐고, 어머니는 그 물건을 팔아 우리 사 남매를 키웠다. 그러다가 오토바이를 장만했는데 아침마다 씻고 닦는 등 마치 애인이나 되는 것처럼 애지중지했다. 그런데 그 오토바이가 불쑥 고장 난 것이다.

그날 저녁 나는 퇴근한 남편에게 지나가는 말로 아버지의 오토바이 사건을 얘기했는데, 남편은 별 관심을 두지 않는 눈치라 내심 서운했다. 그런데 며칠 뒤 거나하게 술이 취해 들어온 남편이 통장 하나를 자랑스럽게 내밀었다.

"내가 장인어른 승용차는 못 사드려도 오토바이 한 대는 사드려야지."

한 달에 5만 원씩 붓는 3년짜리 적금을 들었다는 것이다. 용돈도 아끼고 술과 담배도 줄일 거라고 했다. 남편도 말은 안 했지만 며칠 전 아버지의 일이 마음에 걸린 모양이었다.

며칠 뒤 다시 친정으로 전화를 걸었더니 아버지는 고장 난 오토바이를 수리해서 타고 다닌다고 하셨다. 오래된 오토바이가 또 고장 날까 은근히 걱정되었던 나는 우리가 아버지에게 새 오토바이를 사줄 수 있

POSITIVE THINKING ESSAY 100

을 때까지만 기다려 달라고 기도했다.

남편은 정말 비장한 결심이라도 한 것처럼 술과 담배를 줄였고 꼬박꼬박 적금을 넣었다. 시간이 지나면서 통장에 점점 돈이 불어났고 어느새 3년 만기일이 다가왔다. 나는 남편이 혹시라도 딴소리를 하면 어떡하나, 친정아버지 오토바이 살 돈이라는 것을 잊어버리진 않았을까 은근히 걱정되었다. 게다가 시댁이 아닌 친정에 돈을 주는 것이 눈치 보였던 난 남편의 마음을 슬쩍 떠보았다.

"여보, 그 적금 타서 우리 딸 피아노 사주는 게 어때요?"

그러자 남편은 대뜸 화를 내며 얼굴을 붉히는 게 아닌가.

"그 돈은 장인어른의 오토바이 살 돈이야. 딴 생각은 아예 말라고."

그 말에 나는 왈칵 눈물을 쏟을 뻔했다.

며칠 전 아버지 생일 때 우리는 3년 동안 부어온 적금을 찾아서 아버지에게 건넸다. 아버지는 처음엔 안 받으려고 하셨지만 남편의 간청에 못 이겨 받으면서 무척 고마워했다.

사위와 장인어른 사이에 오가는 그 따뜻한 마음을 보며 올 한 해는 정말 행복만 가득할 것 같은 좋은 예감이 들었다.

정미숙 님 | 대구시 달서구 1999년 3월 호

019

내가 그리워한 손길

초등학교 시절, 난 그분이 나를 낳아 준 친어머니가 아니라는 사실을 우연히 알게 되었다. 그때 내가 얼마나 초라하게 느껴졌는지 모른다. 이 세상의 모든 것이 거짓 같고 나만 불행한 것 같아 크고 작은 사고를 일으켜 그분을 실망시켰다. 그러나 그분은 나를 말없이 지켜봐 주며 모든 걸 당신 탓으로 돌렸다. 그러던 어느 날 그분이 나를 조용히 불렀다.

"아까운 시간을 허비하지는 말아라. 후에 성공한 사람이 되어서 네 친어머니를 찾아도 늦지 않다."

눈물을 보이는 그분 앞에서 나는 어린 마음에 꼭 그렇게 하리라 다짐했다. 그리고 날 낳은 어머니를 잊지 않기 위해 낡은 어머니의 사진 한 장을 몸에 지니고 다녔다. 이런 사실을 다 알면서도 그분은 내게 늘 잘해 줬다.

친어머니를 찾아가겠다는 생각이 희미해질 즈음 군에 입대하게 되었다. 힘든 훈련소 생활 속에서 가족과 친구들이 한없이 그립고 보고 싶었던 나는 날마다 애써 옛 기억들을 더듬으며 잠들곤 하였다. 그러던 어느 날 처음으로 그분에게서 한 통의 편지를 받았다.

"현구야! 힘들어도 잘 참으리라 엄마는 믿는다. 그리고 먹고 싶은 거 있으면 편지 하거라. 퇴소식 때 챙겨 가마."

비록 짧은 내용의 글이었지만 지금껏 그 누구에게 받아 본 편지보다 소중했고 기쁘고 또 슬펐다. 그날 밤 난 침낭을 뒤집어쓰고 소리 죽여 울었다. 갑자기 그분이 못 견디게 그리웠다. 어느덧 힘든 6주 동안의 훈련소 생활이 끝나는 날, 훈련소에 찾아온 누나가 내 손을 잡아끌며

POSITIVE THINKING ESSAY 100

어딘가로 데려갔다. 정성껏 고기를 굽고 계시던 그분은 나를 보더니 군데군데 상처 나고 두툼해진 내 손을 조심스럽게 어루만지며 눈물을 흘렸다. 나 또한 북받치는 감정에 흐르는 눈물을 감출 수가 없었다. 그리곤 이제껏 그렇게 그리워한 어머니의 따스한 손길이 바로 이것이라는 걸 비로소 깨닫게 되었다.

벌써 2년이란 시간이 흘러 이젠 다시 그분에게 돌아갈 시간이 다가오고 있다. 그동안 나는 그분에게 몇 통의 편지를 썼으나 그분이 처음 보내신 단 몇 줄의 편지 내용에 담긴 사랑에는 못 미치는 듯하다. 그분이 진정한 나의 어머니임을 깨달으며 한 번도 해본 적이 없는 이 말을 이제는 고백하려 한다.

"사랑합니다! 어머니."

이현구 님 | 경기도 고양시 1999년 4월 호

020

엄마, 꼭꼭 씹어서 드세요

어느 날 갑자기 교통사고로 죽은 남편을 햇빛이 잘 드는 동산에 묻고 돌아오면서 나는 앞으로 어린 두 딸아이를 데리고 어떻게 살아갈지 그저 막막하기만 했다.

남편과의 소중한 추억이 담긴 집을 정리하고 서울로 이사를 왔지만, 낯설고 물설어 남편의 빈자리가 더 크게 느껴졌고 홀로 눈물을 흘리는 날이 많았다. 힘들다는 생각만 들고 도대체 사는 재미를 느낄 수 없었다.

그러던 중 큰딸 환희가 수학여행을 떠나는 날이었다. 아침 일찍 일어나 김밥을 싸다 보니 내 밥이 없었다.

"어, 밥이 모자라네. 그럼 엄마 밥이 없잖아."

"걱정하지 마. 오늘은 식당 쉬는 날이니까 엄마 밥은 나중에 하면 돼."

나는 밥 굶지 말라며 걱정하는 딸아이를 안심시킨 뒤 도시락을 가방

에 넣어 주었다. 그리곤 방으로 들어와 다시 잠이 들었다. 점심때가 되어 자리에서 일어난 나는 아침상을 치우려고 밥상보를 들었다. 그런데 밥상 위에는 김밥 몇 알과 작은 쪽지가 놓여 있었다.

"엄마, 도시락에서 김밥 조금 덜어 놓고 가요. 이렇게 두고 가지 않으면 엄마는 틀림없이 아무것도

POSITIVE THINKING ESSAY 100

안 드실 것 같아서. 엄마가 화내실 것 같아 살짝 두고 갑니다. 사랑하는 엄마, 체하지 않게 꼭꼭 씹어 먹고 물 마시면서 드세요."

그 즈음 나는 남편을 잃은 슬픔에 거의 음식을 먹지 않는 날이 많았고 가끔 뭐라도 먹으면 체하곤 했다. 나는 딸아이의 쪽지를 가슴에 꼬옥 껴안고 한참 동안 목 놓아 울었다. 그리고 그 김밥을 꼭꼭 씹어 먹었다.

그날 이후로 나는 아이들 앞에서 눈물을 보이지 않는다. 힘들고 외롭다는 생각이 들 때면 "엄마, 꼭꼭 씹어서 드세요." 하는 딸아이의 말을 떠올리며 힘을 얻는다.

유숙선 님 | 서울시 관악구 1999년 5월 호

021

할수록 좋은 거짓말

나에게는 오늘 일처럼 항상 새롭게 떠오르는 아름다운 추억이 있다. 몇해 전 나의 거짓말로 인해서 한 가정의 화목을 되찾아 준 일이다.

그때 나는 C시에서 조그만 선물의 집을 운영하면서 대학에 다니는 26세의 만학도였다. 이웃에는 내 또래의 며느리가 시부모님을 모시고 살았는데, 며느리와 시어머니는 내가 학교 수업이 없는 날이라든지 학교에서 돌아오는 시간을 어찌 아는지 용케 시간을 맞추어 번갈아 가며 가게에 들러서는 며느리는 시어머니에 대한 불만을 털어놓고, 시어머니는 며느리 흉을 잔뜩 보고 가는 것이었다. 한두 번 이야기를 들어주며 서로의 처지를 이해하다 보니 더 이상 맞장구를 쳐줄 수도 없거니와 상대방의 얼굴 보기가 영 민망해 난처하기 이를 데 없었다.

어떻게 처신을 해야 할까 고민하던 내게 어느 날 좋은 생각이 떠올랐다. 시어머니가 와서 며느리 흉을 보려고 할 때 나는 얼른 며느리 칭찬을 쭉 늘어놓는 것이었다. "어쩜, 시어머님 자랑을 얼마나 하던지 내가 시집가고 싶은 생각이 다 들더라고요." 입에 침이 마르도록 거짓말을 했더니 정말이냐며 의아해하면서도 무척 좋아하는 눈치였다. 그리고 "내가 뭘 한 게 있다고, 난 잘 못하는데." 하면서 겸연쩍어하더니 며느리 자랑을 조금 하고는 그냥 가버리는 것이었다.

얼마 후 며느리가 방문하여 시어머니 흉을 보려는 순간에 나는 또 얼른 시어머님 자랑을 늘어놓았다. "어쩜 그 할머니는 며느리 자랑을 그렇게 많이 하신대요? '며느리가 살림도 잘하고 우리 부부에게도 잘하는데 노인네인 내가 잘 거두지 못해서 항상 미안하구만.' 하면서 몹시

POSITIVE THINKING ESSAY 100

미안해하시는데 내가 꼭 시집가고 싶더라니까요." 했더니 며느리는 정말 그러셨냐고 하면서 얼굴 표정이 밝아져서 되돌아갔다.

그 뒤로 고부가 나란히 가게에 들르는 일이 잦아졌다. 서로가 아끼는 마음이 돈독해지고 가까워지는 것을 보니 내 마음도 흐뭇했다.

벌써 몇 해의 시간이 흘렀지만 아직도 내겐 아름다운 거짓말의 추억으로 남아 있다. 어디에 살고 계시는지 그분들을 한번 만나보고 싶다. 웃음과 희망을 주는 거짓말은 많이 할수록 좋은 것 같다.

김정임 님 | 서울시 성동구 1999년 7월 호

대홍수 사건

"언제쯤 이 녀석을 만날 수 있을까?" 하며 불룩해진 내 배를 쓰다듬는 남편을 보니 지난 일이 떠올랐다.

첫아이 진이를 가졌을 때, 난 한겨울에도 그 비싼 수박을 하루에 한 통씩 먹어치우는 대단한 식욕을 과시했다. 나 아닌 뱃속의 아이가 먹는 거라고 스스로 위로하며 엄청난 가계 지출도 감수했다. 어쩌다 냉장고 안에 수박을 넣어 두고 출근한 날이면 온종일 눈앞에 수박만 아른거려 일이 손에 잡히지 않았다.

8개월쯤으로 접어들던 어느 날, 그날도 남편의 걱정 어린 잔소리를 들어가며 어김없이 수박 한 통을 거뜬히 해치우고 잠자리에 들었는데, 꿈자리가 뒤숭숭했다. 엄청난 물이 우리 집을 덮쳤는데 나는 그 속에서 허우적대며 '살려줘! 살려줘!' 하고 고함을 지르다가 침대 밑으로 굴러 떨어졌다. "왜 그래!" 하며 벌떡 일어나, "괜찮아? 애기도 괜찮아?" 하고 황급히 묻던 그이는 갑자기 "앗, 차가워. 이게 뭐야?" 하고 소리쳤다.

그야말로 대홍수였다. 내 옷이며 침대, 게다가 남편 옷까지 흠뻑 젖어 있었다. "내 당신 수박 먹을 때부터 알아봤다."는 남편의 핀잔에 부끄러웠지만 난 도무지 내가 그 홍수의 장본인이라는 세 믿기지도, 또 믿고 싶지도 않았다. 하지만 혹시나 다른 사람에게 알려질까 봐 협박 반 애교 반으로 남편의 입을 겨우 막았다.

산달이 다 되어갈 즈음에야 나는 이곳저곳 다니며 출산 준비를 했다. 그날은 몹시 피곤했던지 일찍 잠이 들었는데 새벽녘쯤 아랫도리에서 이상한 느낌이 들었다. 나는 또 실수할까 봐 얼른 일어나 화장실에 다

POSITIVE THINKING ESSAY 100

녀왔다. 그런데도 계속해서 소변이 나오는 것이었다. '이상하다. 어제는 수박도 안 먹었는데…….' 남편이 깰세라 조심조심 화장실을 들락날락하다 이젠 됐다 싶어 침대에 누웠는데 소변이 멈추지 않는 것이었다.

언제 깼는지, 남편은 "또야?" 하며 예전의 홍수 사건을 떠올리고 있는 듯했다. "아닌데……. 이상해. 소변이 멈추질 않아." 하며 난 울음을 터뜨리고 말았다. 남편은 우는 나를 달래며 임신에 관한 책을 뒤적이더니, "야, 양수 터진 것 같다. 책에 나오는 내용과 비슷해." 하고 말했다. 하지만 난 내가 알고 있던 것과 다르다며 절대 소변일 거라 우겼다. 결국 동이 트기도 전에 남편 손에 이끌려 병원에 갔는데, 그날 저녁 우리 부부는 한 달이나 빨리 공주를 품에 안게 되었다.

"올해는 홍수가 언제쯤 나려나?" 짓궂은 남편의 말에 눈을 흘기며 살짝 웃어 본다.

조영해 님 | 대구시 서구 1999년 8월 호

023

5분씩 늦었던 이유

고등학교 때 나는 할머니와 학교 근처에서 살았다. 그때 우리 방은 연탄보일러였는데, 주인아저씨가 연탄을 배달하는 분이라 연탄 들여놓는 데는 어려움이 없었다. 다만 연탄재가 문제였다. 집이 비좁아 날마다 연탄재를 5분 거리에 있는 쓰레기장에 내다 버려야 했는데, 날이 조금이라도 추워지면 너무 귀찮아 하기가 싫었다.

내가 학교에 가고 나면 내 방은 동네 할머니들의 사랑방이 되었다. 그리고 할머니는 내가 저녁 먹으러 집에 오는 잠깐 동안에 그날 있었던 일을 전부 이야기해 주어서 나는 동네의 시시콜콜한 일까지도 다 알 수 있었다. 그 중에는 혼자 사는 어느 할머니 이야기도 있었다.

그 할머니 집은 학교 가는 길목에 있었는데, 방문이 곧 대문이라 그 안의 사정을 훤히 볼 수 있었다. 그러던 어느 날 할머니가 연탄재가 든 상자를 들고 허리를 잔뜩 구부린 채 쓰레기장 쪽으로 가고 있었다. 할머니는 숨이 차고 허리가 아픈지 중간중간 쉬기도 했는데, 걸음걸이로 봐서 20여 분은 족히 걸릴 것 같았다.

다음 날 야간 자습이 끝나고 돌아가는 길에 나는 그 할머니 집에 들렀다. 아직 불이 환히 켜져 있었다. 난 소리 나지 않게 연탄재 상자를 들고 나왔

POSITIVE THINKING ESSAY 100

다. 할머니 집과 쓰레기장은 가까웠기 때문에 왔다갔다 채 5분도 걸리지 않았다. 그리고 빈 상자를 제자리에 놓고 돌아 나오며 들킬까 봐 더 조심조심했다.

그날부터 나의 귀가 시간은 5분씩 늦어졌고, 우리 할머니는 궁금해하며 몇 번이나 그 이유를 물었다. 그도 그럴 것이 자정에 야간 자습이 끝나면 꼭 열두 시 10분에 집에 오던 손자가 언제부턴가 5분씩이나 더 늦어지니 할머니는 얼마나 나를 기다렸을까? 하지만 나는 아무 말도 하지 않았다.

얼마 뒤 할머니는 그 혼자 사는 할머니에게 신기한 일이 생겼다며 내게 이야기했다. "이상한 일도 다 있지. 글쎄. 누가 매일 밤 그 노인네 연탄재를 버려 준다는구나."

그 뒤 한동안 할머니가 '누굴까?' 하며 매일 밤 궁금해 할 때마다 나는 빙그레 웃기만 했다.

장창순 님 | 충남 홍성군 2000년 3월 호

024

할머니의 저금 통장

스무 살의 나는 시원한 바람을 가르며 달리는 재미에 푹 빠져 가족들의 충고에도 불구하고 헬멧도 쓰지 않은 채 오토바이를 타다가 사고를 냈다. 부모님은 내게 아무 걱정할 것 없으니 빨리 낫기만 하라고 했지만 때마침 닥친 IMF 한파로 어려운 집안 사정에 내 사고까지 겹쳐 아버지는 병원비 걱정으로 많이 힘들어했다.

하지만 며칠 뒤 난 퇴원해 집으로 돌아왔고 어떻게 병원비를 구했냐고 아버지에게 물었지만 아무 말이 없어서 대수롭지 않게 여겼다. 그런데 집에서 쉬면서 할머니와 단둘이 보내는 시간이 따분하게 느껴진 나는 상처가 회복될 기미가 보이자 부모님 몰래 다시 오토바이를 타기 시작했다.

그러던 어느 날 할머니가 쓰러졌다. 평소 속이 안 좋았던 할머니는 내가 오토바이를 다시 탄다는 것을 알고 신경을 쓴 데다 식사까지 걸러 기력이 약해진 것이었다. 걱정스런 마음으로 병실에 들어서자 아버지가 지극정성으로 할머니를 간호하고 있었다. 한없이 죄송스러워 가슴을 졸이며 옆에 앉아 있었는데 그날 오후 아버지는 아무도 없는 비상용 계단에서 내 어깨를 붙잡고 펑펑 울었다. 불길한 생각이 들어 까닭을 묻자 담당 의사의 말이 할머니가 얼마 못 산다는 것이었다. 나를 끔찍이 아껴 주고 사랑해 주던 할머니가 나 때문에 돌아가실지도 모른다는 생각에 나도 그 자리에서 한참을 울었다.

그날부터 아버지는 병원에서 잠을 자며 할머니를 간병했고, 나 또한 매일 병원에 들러 야윈 할머니의 손을 잡고 얼른 일어나기를 기도했지만 병세는 점점 악화될 뿐이었다. 할머니는 하루 죽 반 그릇도 겨우 먹었고, 배에 물이 차는 증상에 시달리며 힘들게 두 달을 버티다가 결국 돌아가시고 말았다.

3일 간의 장례식을 마치고 동생과 나는 할머니의 옷가지를 정리하다가 낡은 빨간색 통장을 하나 발견했다. 할머니가 평소 "할매 장례 비용은 할매가 번다."라고 입버릇처럼 말하며 온갖 잡일을 하며 힘들게 벌어 저축한 통장이었다. 그 통장을 여는 순간 한 줄기 눈물이 볼을 타고 흘러내렸다. 통장 잔고가 두 달 전 내가 퇴원하는 날 전부 인출되어 있었던 것이다.

지금 나는 간호 학원에 다니고 있다. 가끔 실습 나간 내과 병실에서 할머니와 비슷한 환자를 볼 때면 할머니 생각에 콧등이 시큰해 온다.

임성흠 님 | 대구시 달서구 2000년 9월 호

아버지가 보낸 천사

20년 전, 내가 초등학교 5학년 때 이혼을 한 아버지가 갑자기 돌아가시는 바람에 우리 형제는 졸지에 고아가 되었다. 동사무소에서 다달이 얼마의 생활비가 나오긴 했지만, 나는 어린 동생을 데리고 어떻게 살아야 하는지 전혀 몰랐다. 갈수록 사는 게 어려워져 급기야 점심 도시락을 못 싸게 될 형편에 이르렀다.

그러던 어느 날, 라면마저 떨어져 남아 있던 파와 밀가루를 버무려 파전을 부쳐 먹고 있었다. 그때 옆집 아주머니가 오셨다. "무엇을 그렇게 맛나게 먹노?" 하시던 아주머니는 우리 모습을 보고 한동안 말없이 서 있다 갔다.

다음 날 아침, 아주머니는 도시락 두개를 들고 왔다. 양철 도시락 속에는 보리밥과 단무지무침, 김치볶음, 콩자반 등 반찬이 가득했다. 아침을 못 먹기 일쑤였던 우리에게 그 도시락은 그야말로 꿀맛이었다. 도시락을 들고 나서는 우리는 날개를 단 새였다. 아주머니는 도시락을 씻지 않아도 된다고 했지만 나는 늘 도시락을 깨끗이 씻어 부뚜막에 올려 두었고 아주머니는 아무 말 없이 가져다가 다음 날 어김없이 따끈한 도시락 두 개를 가져왔다. 그리고 언제부터인가 도시락 위에 올려져 있던 백 원짜리 동전 두 개. 아주머니 살림도 넉넉지 못하다는 것을 알고 있던 나는 눈물이 났다. 아주머니는 마치 돌아가신 아버지가 보내 준 천사 같았다.

그 뒤 얼마 지나지 않아 우리 형제는 그 동네를 떠나게 되었다. 아주머니와 헤어지면서 나는 눈물만 흘릴 뿐 감사하다는 인사도 드리지 못

POSITIVE THINKING ESSAY 100

했다. 사랑이 가득 담긴 도시락과 매일 200원씩 용돈을 주셨던 마음 따뜻한 그분, 지금 어디에 살고 있을까? 날로 각박해지는 세상이지만 그분이 있는 곳에는 또 하나의 천국이 이루어지고 있으리라.

1992 - 2000

최근 내가 만든 〈공동경비구역 JSA〉라는 영화에 스위스군 장성 배역이 있다. 한국에 사는 아마추어 배우를 기용하기에는 비중이 큰 역이라 독일에서 프로페셔널 배우를 불러오기로 했다.

　서류와 출연작 비디오를 통한 오디션을 거쳐 크리스토프 호프리히터라는 오십 대의 중견배우를 선발했다. 연극 연출가 겸 배우, 게다가 연기학교 선생 노릇도 한다고 했다. 매우 현명하게 생긴 아저씨라고는 생각했지만 막상 만나 보니 그는 평범한 배우가 아니었다. 통역자도 없이 시간 날 때마다 혼자서 시내 여기저기를 다니면서 한국 문화를 즐기기도 하고 촬영 현장에서도 말 한마디 안 통하는 스태프들과 그렇게 친하게 지낼 수가 없었다. 내가 바흐 예찬자임을 알고는 자기가 들으려고 가져온 〈마태수난곡〉 카세트테이프를 선물하는가 하면, 내가 특히 존경하는 바흐 음악 연주자인 칼 뮌힝어가 자기 옆집에 살았다며 그 동네 공원에서 주워 온 밤 한 톨을 선물하기도 했다. 귀국해서도 내가 선물한 이생강과 김죽파의 CD를 들으며 동양음악의 아름다움에 흠뻑 빠져 지내고 있다는 엽서를 보내오더니, 유럽 수출을 위한 사전 작업이라며 〈슈피겔〉지에 우리 영화 소개 기사를 자기 인터뷰의 형식을 빌어 게재되도록 하지를 않나, 한국 개봉 날엔 아예 자비로 재입국해서 영화를 연거푸 세 번이나 보는 게 아닌가. 그 정열과 교양, 지칠 줄 모르는 호기심과 탐구열은 나로 하여금 인생 후반기의 모델을 설정하도록 만들기에 충분했다. 고대 그리스 비극과 브레히트를 인용하면서 너무나 훌륭한 작품에 출연하게 해 줘 고맙다고, 한국에 머물렀던 한 달은 자기 인생의 절정기였다고 행복해하는 모습을 지켜보며 나 역시 그렇게 뿌듯할 수가 없었다.

그러나 나는 안다. 그가 〈공동경비구역 JSA〉를 보고 그토록 감동했던 건 영화가 뛰어나서가 아니었음을. 그 비밀은 언젠가 그가 내게 들려줬던 이 말속에 들어 있다.

"동구 사회주의 체제가 붕괴되고 있을 때에도 난 독일이 통일될 거라고 믿지 않았어요. 친구들에게 전 재산을 걸고 내기를 해도 좋다고 말할 정도였죠. 그리고 사흘 뒤, 베를린 가는 차에서 갑자기 장벽이 무너지고 있다는 라디오 방송을 듣지 않았겠어요? 갓길에 차를 대놓고 운전대에 얼굴을 묻은 채 하염없이 울었습니다……. 한국인 여러분께 전해 주십시오. 이렇듯 통일은 갑자기 찾아올 수 있다고. 어느 날 아침 일어나 이미 허물어지기 시작한 철책을 발견할지도 모르는 일이라고……."

박찬욱 님 | 영화감독 2000년 11월 호

POSITIVE THINKING ESSAY 100

도움을 받는 사람은 조금 행복하고,
도움을 주는 사람은 많이 행복하다.

Chapter 2

2001
~
2008

할머니와 배

얼마 전, 저녁이 다 되어 집으로 오는 길이었다. 동네 입구로 들어서자 한 할머니가 짐을 옆에 두고 쪽지를 들여다보고 있었다. 길을 찾는 듯해 일부러 그 옆으로 지나가려니 아니나 다를까, 할머니가 도움을 청했다.

할머니는 딸네에 왔다며 쪽지 하나를 내보였는데 가만 보니 동네 사람도 헷갈리기 쉬운 곳이라 직접 안내하기로 하고 짐을 들었다.

찾던 아파트 단지에 다다랐을 때 할머니는 여기부턴 찾아갈 수 있으니 그만 가라고 했다. 그런데 그 아파트에는 엘리베이터가 없어 무거운 짐을 들고 5층까지 걸어 올라가기 힘들 것 같았다.

내가 다시 짐을 들려고 하자 할머니는 여기까지도 너무 고맙다며 극구 만류했다. 한참 실랑이만 벌이다 결국 조심해서 들어가라는 인사를 하고 발길을 돌렸다.

그 순간 할머니가 "학생! 고마운데 우유라도 사 먹어." 하며 천 원짜리 한 장을 손에 쥐어 주었다. 나는 얼른 "저희 할머니 생각나서 도와 드린 거예요" 하고 정중히 거절했다.

그러자 할머니는 보따리를 풀어 시골에서 따 온 것이라

POSITIVE THINKING ESSAY 100

며, 큼직한 배 하나를 꺼내 주었다. 차마 그것까지 거절할 수 없어 감사 인사를 한 뒤 먹음직스러운 배를 받아 들고 집으로 돌아왔다.

현관문을 막 들어서는데 어머니가 급하게 나섰다. 무슨 일인가 하니 오늘이 할머니 제삿날인데 배 하나를 덜 사왔다는 것이었다. 나는 아무 말 없이 손에 들고 있던 배를 어머니께 내밀었다.

기분이 참 묘했다. 할머니는 내가 아주 어릴 때 돌아가셔서 얼굴도 잘 몰랐는데, 그 뒤론 할머니의 모습은 알 수 있을 것 같았다.

이종필 님 | 경기도 성남시 2001년 1월 호

027

피아노

우리 집 거실에는 예쁜 피아노가 한 대 있다. 그 피아노만 보면 입가에 는 잔잔한 미소와 친구의 얼굴이 떠오른다.

그 친구를 만난 것은 여고를 갓 졸업하고 나서다. 두 눈이 동그랗고 맑은, 얼굴도 마음씨도 무척 예쁜 친구였다. 그래서인지 우리는 금방 옥수수 뻥튀기 한 자루를 먹어 가며 밤새도록 이야기를 나누는 사이가 되었다.

그러던 어느 날, 친구가 갑자기 집안이 어려워서 그런다며 돈을 좀 빌려 달라고 했다. 그때 난 가지고 있던 돈을 모두 빌려주었다. 아니, 빌 려준 게 아니라 그때나 지금이나 내 심정은 그냥 주었다고 해야 옳다.

그 뒤 우린 각각 결혼해 아기 낳고, 이리저리 이사 다니며 20년의 세 월을 바쁘게 살아왔다. 그런데 얼마 전 친구가 오랜만에 얼굴 좀 보자기 에 집에 놀러 갔더니 뜬금없이 우리 집에 피아노 한 대를 보내겠다고 했 다. 깜짝 놀라 무슨 말이냐고 물으니, 빚을 어떻게 갚을까 생각하다 자 기 아이 피아노를 사 주면서 이 기회에 아예 두 대를 사서 한 대는 우리 집에 보낸다는 것이었다. 그제야 나는 어렴풋이 옛 기억을 더듬어 냈다.

그러나 아무리 생각해도 그때 내가 빌려준 돈은 지금 피아노 값의 반 도 안 되기에 받을 수는 없다고 사양했다. 하지만 친구 또한 막무가내 였다. 언젠가는 갚아야지 하며 20년 동안 가져온 마음이니 아무 말 말 고 받아 달라는 거였다. 그래야 자기 마음이 편하다고. 나는 까맣게 잊 고 살았는데 친구에겐 오랜 마음의 짐이었나 보다. 그렇게 하여 우리 집에는 생각지도 않은 피아노가 들어오게 되었다. 요즘 피아노 앞에만

POSITIVE THINKING ESSAY 100

앉으면 아이들은 물론 남편까지 '도미솔도' 화음 따라 환하게 웃으며 행복해진다.

최옥분 님 | 경기도 광명시 2001년 1월 호

어느 날 캐나다 발레 학교에 유학 가 있는 중학생 큰딸에게 전화가 왔다.

"엄마, 저 오늘 발톱이 빠졌어요." "오! 축하한다. 아프지 않지?"

이 글을 읽는 대부분의 독자들은 큰딸과 나의 대화가 매우 이상하게 들릴 것이다. 딸의 발톱이 빠졌다는데 엄마라는 사람이 "축하한다."며 응수하다니.

그러나 발레리나를 꿈꾸는 사람에게 있어서 '발톱이 빠진다.'는 것은 매우 특별한 의미를 갖는다. 그만큼 연습을 많이 했다는 증거이고, 빠진 발톱 밑으로 새살이 돋는 것처럼 예비 발레리나로서의 새 출발을 의미하기 때문이다.

발레 공연을 많이 본 독자라면 잘 알다시피 여자 무용수는 발레 공연을 할 때 주로 토슈즈(여자 무용수가 발끝으로 서기 위해 신는 딱딱한 무용 신발)를 신는다. 발가락이 닿는 부분은 딱딱한 석고로 되어 있는데 예쁘게 높이 서려면 발가락을 수직으로 세우고 몸의 균형을 똑바로 잡고 서야 한다. 그래야 관객들은 무대 위를 떠다니는 듯한 발레리나의 아름다운 발놀림을 볼 수 있는 것이다.

그러나 그러기까지 무용수가 겪어야 할 과정은 눈물겹다. 발톱이 빠지고 물집이 잡히고 새살이 돋는 과정을 수십 번 반복해야 한다. 이 말을 들은 어떤 분은 걱정스런 얼굴로 묻는다. "아프지 않으세요?" 몸 구석구석에 신경 세포가 뻗어 있는 생물체인 이상 어떻게 아프지 않겠는가. 하지만 난 무용수 시절 아픈 것보다는 '어떻게 하면 아프지 않게 하

POSITIVE THINKING ESSAY 100

면서 무대에서 예쁘게 춤출 수 있을까?'에만 몰두했던 것 같다. 그래서 발가락 사이에 솜방망이를 두르고 테이프로 둘러싸기도 하고, 빠진 발톱을 보면서 '그래, 발톱이 빠질 때마다 난 발레리나로 커 가고 있는 거야.' 하며 스스로를 대견스럽게 생각하기도 하고…….

사실 아프다고 생각하기 시작하면 발레를 절대 할 수 없다. 발레가 보기에는 부드럽고 사랑스럽지만 사소한 동작 하나에도 온 신경과 에너지를 집중해야 하기 때문에 조금만 긴장이 느슨해지면 부상당하기 쉽다. 공연 중에 실수로 갈비뼈가 부러졌어도, 현란한 테크닉을 앞두고 다리에 쥐가 나도 무용수들은 끝까지 공연을 한다. "어떻게 그럴 수 있어요? 아플 텐데……." 하고 이해가 안 된다며 되묻는 그분에게 나는 미소로 답한다. "우리가 사랑하는 일인 걸요. 사랑하는 일을 하는 가운데 받는 고통은 행복한 고통이랍니다."

나의 딸 리나도 그걸 알고 있다.

"엄마 아프지 않아요. 밑에 새살이 돋아나는 거 같아요."

전화선을 타고 오는 딸의 목소리는 상기되어 있었다.

최태지 님 | 국립발레단 예술감독 2001년 1월 호

028

사장님, 만세!

올해는 유난히 매출이 부진하다. '전년 대비 역 신장'이라는 꼬리표를 달고 하루 종일 사장님 눈치만 봤다. 게다가 오늘은 유난히 매출이 없는 날이다. 그런데 오늘 사장님 주관 종례가 있다고 한다.

'웅성웅성' 직원들 모두 걱정이었다. 지레 겁먹고 매출 부진 원인을 뭐라고 대답할지 나름대로 생각하는 듯했다. 하지만 아무리 궁리해도 뾰족한 대답 하나 떠올리지 못한 채 시간은 흘렀다. 사장님은 아까부터 무슨 자료를 그렇게 분석하는지 컴퓨터 앞에만 앉아 있었다.

업무가 끝나고 전 직원이 한자리에 모였다. 사장님 손에 들려 있는 전년 대비 실적 자료가 확대되어 자꾸 눈에 들어왔다. '이제 올 것이 왔구나!' 단상에 오르고도 말을 시작하지 않는 사장님의 짧은 침묵에 긴장은 배가 됐다. 잠시 뒤 사장님의 종례는 "지금도 그러는지는 모르겠지만 예전 공무원 급여 명세표에는 체력단련비라는 항목이 있습니다."를 첫마디로 시작됐다. 간단한 이야기가 끝난 뒤 우리에게 돌아온 것은 따뜻한 격려의 말과 양복 깊숙한 주머니에서 꺼낸 격려금 봉투였다.

한 사람 한 사람 건네받으면서 모두들 고개를 들지 못했다. 사장님이 걱정한 것은 매출 부진보다 직원들의 사기 저하였던 것이다. 눈시울이 붉어졌다. 나만 그랬을까? 아마 우리 모두 그랬을 거란 생각이 든다. 더 잘해야겠다는 생각도 들었다. 가장 힘든 사람은 사장님일 텐데. 종례 전 걱정했던 마음이 사그라지면서 무안해졌다. 우리 사장님은 10만 원으로 100만 원의 효과를 낼 줄 아는 분이다.

최호용 님 | 경기도 군포시 2001년 2월 호

POSITIVE THINKING ESSAY 100

우체국 소녀

처음 그를 봤을 땐 풋, 하고 웃음이 나올 뻔했다. 짧은 커트 머리카락을 헤어 젤로 착 붙인 채 치수 큰 꾀죄죄한 유니폼 속에서 간신히 건져 올린 얼굴. 그 얼굴에 쬐그만 쥐눈이 반짝이고 있었다. 염소처럼 쉰 목소리로 "어서 오세요!" "안녕히 가세요!"를 외칠 때에는 영락없는 선머슴처럼 보였다. 그러잖아도 우체국에 올 때마다 내 우편물이 엉뚱한 곳으로 가지 않을까, 운 나쁘게도 세상만사 지친 우체부를 만나 어느 숲 속에 파묻힐지도 모른다는 엉뚱한 불안에 시달리는 나로서는 그가 더욱 못마땅했다. 내 우편물이 제대로 분류되는 걸 기어이 확인하고서도 우체국을 나서는 마음이 편치 않았다.

그 아르바이트 소녀는 두 번째에 벌써 나를 알아보았다. 마음속으로 치른 인상 비평이긴 했지만 문득 그 초면의 선입견이 미안하고 부끄러워졌다. 알고 보니 일솜씨도 좋았다. 이를테면 저울 위에 앞사람의 소포를 얹는 동시에 뒷사람이 요청한 우표를 내어 주었다. 누가 먼저 왔는지를 어느새 알아보고 정확하게 그 손님의 일부터 처리했다. 못 쓴다 싶은 필체로나마 눈 어두운 어르신들이나 글씨 쓰기 싫다는 부인들의 대필 부탁까지 선선히 들어주었다. 날래고도 정성껏 일하는 그를 보고 있으면 차례를 기다리는 일이 조금도 짜증스럽지 않았다. 진심으로 전력을 다하는 모습이 아름다웠다.

다른 창구는 한산한데도 그의 창구는 언제나 붐볐다. 나부터도 우체국에 들어서면 곧장 그를 찾게 되었다. 드나드는 이들 모두에게 일일이 아는 척을 해 주고 파도처럼 끝없이 밀려드는 일을 써걱써걱 해치우는 그를 보면 우울증이 다 달아났다. 몸집에 어울리지 않게 커다란 손이 저울에서 책상으로 우편 서랍으로 종횡무진 춤추는 것을 보고 있으면 덩달아 의욕이 샘솟기도 했다.

그는 아마도 하루 종일 서 있었으리라. 좀 도와주면 좋으련만 정식 직원들은 의자에 붙은 듯이 앉아 오히려 잔심부름까지 시켰다. 그는 격무를 호소할 처지가 아니어서라기보다 이미 그런 일에 단련된 듯했다. 그 나이에 힘에 부치는 일을 꽤 해본 것이 틀림없었다. 그의 커다란 손이 그걸 말해 주었다. 그에게 무엇인가 선물을 하고 싶었다. 장갑 같은 것을 생각했는지도 모르겠다. 그의 슬프도록 커다란 손을 유심히 보고 치수를 짐작해 본 것이 그래서였는지도 모른다.

잠깐 스쳐 가는 아름다운 이들처럼 그는 문득 내 앞에서 사라졌다. 그를 본 지 반년쯤 되었을까. 어느 날 우체국에 들어서자마자 이런 말이 날아와 내 귀를 찔렀다. "그 아르바이트요? 그만뒀어요! 걔 찾는 사람들이 왜 이렇게 많아?"

이상희 님 | 시인 2001년 2월 호

029

닭다리가 세 개?

작년 겨울밤, 늦게 퇴근해 집으로 오던 남편은 "아파트 앞에 생맥주 집이 있던데 한잔 할까?" 하며 아이랑 같이 나오라고 말하고는 전화를 끊었다.

'오밤중에 웬 생맥주람······.' 썩 내키진 않았지만 오랜만의 데이트인지라 못 이기는 척하며 아이를 데리고 나갔다. 12월의 쌀쌀한 밤이었지만 포장마차며 통닭집들은 대낮처럼 불을 밝히고 우리 같은 야간 데이트 손님들을 반기고 있었다.

아니나 다를까, 우리가 들어간 통닭집엔 뿌연 담배 연기가 꽉 차 앞이 안 보일 정도였고 손님들로 북적거려 여간해 자리를 잡을 수가 없었다.

"건이 아빠, 다음에 마셔요. 아이 감기 걸리겠어요."

나는 아이를 핑계로 겨우 남편을 설득해 집으로 향했다. 그런데 저만치 걸어가던 남편이 갑자기 잠깐 기다리라며 통닭집으로 되돌아가는 것이었다. 5분쯤 지났을까. 남편은 웃음을 가득 머금고 헐레벌떡 뛰어왔다.

"왜요? 무슨 일 있어요?"

"아니. 그냥 가기 아쉬워서 통닭 한 마리 집으로 배달시켰지. 우와, 겨울밤에 걷는 것도 괜찮은데?"

휘파람까지 불면서 걷는 남편의 얼굴은 어린아이마냥 즐거워 보였다.

집에 도착하고 잠시 뒤 통닭이 배달되었다. 남편과 나는 솔솔 풍기는 통닭 냄새를 음미하며 포장을 뜯기 시작했다.

"어? 닭다리가 세 개네?"

놀라는 내게 남편이 피식 웃으며 말했다.

"내가 '우리 집은 세 식구라 닭다리가 세 개가 있어야 해요.' 하고 협박했지 뭐. 농담이었는데 진짜 세 개를 넣어 주셨네."

남편의 재치에 아이와 나는 배꼽이 빠져라 웃을 수밖에 없었다. 그날 밤 우리 가족은 닭다리를 한 개씩 들고 '누구네 집은 우리 집 때문에 외발로 가야겠네.' 하며 덤으로 따라온 닭다리 얘기로 밤을 꼬박 지새웠다.

지금은 이사를 와서 그곳에 갈 일이 없어졌다. 하지만 작은 닭다리 하나로 우리 가족을 기쁘게 했던 그날 이후로 통닭을 배달시켜 먹을 때면 혹시나 덤으로 따라온 다리가 없는지 살피는 습관(?)이 생겼다.

이정임 님 | 경북 울진군 2001년 3월 호

030

거짓말

몇 년 전, 내가 교사 생활을 하던 어느 봄의 일이다. 새 학기가 되어 새로 한 반이 된 아이들끼리 서로 친하게 지내라는 뜻에서 자기소개와 가족 소개를 하게 했다.

한 명 두 명 아이들은 차례를 기다려 자신과 가족 얘기를 했다. 그리고 어떤 한 아이의 차례가 왔다. 그런데 나는 곧 그 아이가 아버지에 관해 거짓말을 하고 있다는 걸 알았다. 그 아이의 지난해 담임선생님에게서 아버지가 없는 아이니까 그것 때문에 상처 입지 않게 잘 보살펴 달라는 부탁을 받았기 때문이다. 수업이 끝나고 아이를 조용히 교무실로 불렀다.

"얘야, 아버지가 안 계시다고 부끄러워하거나 기죽을 필요는 없단다. 그것보다 거짓말을 하는 게 더 부끄러운 거란다." 그러자 아이는 의아한 얼굴로 되물었다. "선생님, 전 거짓말한 적 없는데요." 선생님인 나에게까지 거짓말을 한다고 생각하여 아이를 엄하게 꾸짖었다. 그러자 아이는 "전 친구들에게도 선생님께도 거짓말한 적 없어요." 하며 울음을 터뜨렸다. 화가 난 나는 끝내 "넌 아버지가 안 계신데도 계시다고 거짓말했잖니?" 하고 말해버리고 말았다. 아이는 눈물이 가득한 눈망울로 나를 쳐다보며 이렇게 울먹였다. "이 세상에 아버지 없는 아이가 어디 있어요. 엄마가 아버지는 늘 내 곁에 있다고 하셨어요. 늘 내 마음속에 계신다구요."

그제야 아이가 했던 아버지 소개가 생각났다. "아버지는 항상 내 곁에 계십니다. 따뜻한 해님처럼 푸근한 달님 별님처럼, 반짝반짝. 정말 사랑합니다." 비로소 내 잘못을 알았다. 아이만큼도 생각하지 못한 스스로가 미웠다. 터질 것 같은 뭉클함을 느끼며 아이를 와락 껴안았다.

강수진 님 | 경북 구미시 2001년 3월 호

총각김치

어느 날, 수업 첫째 시간부터 젓갈 냄새가 묘하게 섞인 김치 냄새가 나기 시작했다. '설마 내 도시락에서?' 하며 나 몰라라 했는데, 둘째 시간이 끝날 무렵엔 냄새가 유난히 코를 찔렀다. 수업이 끝나자마자 반찬통을 열어 보았지만 도시락은 말끔했다. 하지만 국물이 흐르지는 않았어도 그건 분명 내가 싸 온 총각김치에서 나는 냄새였다.

친구들은 "어휴! 이게 무슨 냄새야?" 하며 코를 쥐었고 내 쪽을 흘긋흘긋 보는 것도 같았다. 응급수단으로 반찬통을 체육복으로 돌돌 말았지만 소용없었다. '아, 점심시간에 반찬 뚜껑을 열면 이 냄새의 주인공이 나였다는 게 금방 들통날 텐데.' 그때 내 뒤에 앉은 친구의 도시락 가방이 눈에 띄었다. 친구가 자리를 비운 사이 이때다 싶어 반찬통을 얼른 그 친구 도시락 가방에 넣었다.

드디어 점심시간, 난 내 반찬통을 여는 친구를 두근거리는 마음으로 쳐다보았다. 드디어 뚜껑이 열리자 이게 웬일, 친구들은 이제야 냄새의 주인공을 찾았다고 장난스럽게 눈을 흘기며 그 총각김치를 앞다퉈 집어먹는 게 아닌가! "김치 냄새 때문에 배고파 혼났는데, 먹어 보니 정말 맛있다!"고 탄성을 내지르면서……. 총각김치는 제일 먼저 동이 났다.

그날 엄마는 그 즈음 유행하던 '발효가 잘되는 김치통'에 반찬을 싸셨고, 김치는 수업 중에 한창 익고 있었던 것이다. 그러나 나는 끝내 친구에게 그 반찬통이 내 것이라는 말은커녕 돌려받지 못한 채 졸업하고 말았다.

노신자 님 | 부산시 수영구 2002년 1월 호

정부미 한 포대

10년 전, 어머니가 느닷없는 자궁암 판정을 받았을 때 우리 가족은 하늘이 무너진 것 같은 절망감으로 하루하루를 우울하게 지냈다. 그나마 수술을 하게 되면 생존율 70~80퍼센트, 완치율은 60퍼센트 정도 된다는 병원 측의 설명에 희망을 걸었다. 그때 우리 집은 형편이 넉넉지 않아 여기저기서 돈을 빌려 어렵게 수술비를 댔지만, 수술이 성공적으로 끝나 정말 감사했다.

드디어 어머니가 퇴원하시던 날, 어머니를 방으로 데려다주고 마루에 나와 앉았다. 그런데 마루 한구석에 낯선 정부미 한 포대가 놓여 있었다. 자루를 열어 보니 몇 해는 족히 묵었음직한 쌀이 가득 들어 있었다. 그렇지만 이것이 왜 여기 있는지, 누가 가져다 놓았는지 도저히 알 수 없는 노릇이라 손도 대지 않은 채 그냥 그 자리에 두었다. 그리고 며칠이 지났을까, 친척들이 병문안을 왔다. 고모들이랑 큰어머니는 걱정스런 얼굴로 어머니의 안부를 묻고 격려해 주는데, 나는 이런저런 경과를 이야기하다 누군가 마루에 갖다 놓은 의문의 쌀에 대한 말도 했다.

그런데 그 얘기를 들은 큰어머니 얼굴이 빨개지며 당신이 갖다 놓았다고 했다. 순간 우린 아무 말도 하지 못했고, 삽시간에 집 안은 울음바다로 변해 버렸다. 그도 그럴 것이 큰댁은 자식도 없이 두 분만 외롭게 사는 데다 형편이 어려워 생활 보호 대상자로 지정되어 쌀도 배급을 받고 있었기 때문이다. 그렇게 지원받은 귀한 쌀을 아낌없이 우리에게 준 것이었다.

큰어머니는 어머니 손을 잡고 이렇게 말했다. "여보게. 내가 가진 것

이 너무 없다 보니 자네에게 줄 것이라곤 이것밖에 없어. 정말 미안하
네. 맛없는 쌀이지만 양이라도 넉넉히 해서 많이 먹게나."

이수종 님 | 부산시 남구 2001년 3월 호

도와주는 자가 행복하다

외출했다 돌아온 아내가 전화통을 붙잡고 어쩔 줄을 몰라 했다. 같은 말을 반복하고, 전화를 끊었다 걸었다를 되풀이했다. '지갑'이 어떻고, '연락처'가 어떻고 하는 소리를 들으며 나는 지갑을 잃어버린 게 틀림없다고 생각했다.

그런데 그게 아니었다. 잃어버린 게 아니라 주운 것이었다. 경춘 국도변의 한 휴게소에서 바닥에 떨어져 있는 지갑을 발견했다고 한다. 지갑에는 얼마간의 돈과 신용카드 몇 장, 수첩과 신분증이 들어 있었다. 아내는 지갑 임자의 것으로 추정되는 명함에 적혀 있는 핸드폰에 전화를 걸었다. 신호가 갔고, 어눌하지만 "여보세요?"하는 여성의 목소리도 들렸다. 그런데 더 이상 소통이 되지 않는다는 것이다. 알아듣기 힘든 한두 마디 목소리가 들리다가 곧 끊겼다. 여러 차례 전화를 걸었지만 똑같은 일이 벌어졌다. 내가 당신의 지갑을 가지고 있다, 전해 주려고 하는데 어떻게 해야 하느냐, 나는 화도 휴게소에 있다, 하고 수십 번 말해도 반응이 없었다. 알아듣기나 했는지 확신할 수도 없었다.

아내는 거기서 그만 포기하고 싶었지만, 두어 번 지갑을 잃어버렸던 그때의 답답한 심정을 떠올리며 조금만 더 노력해 보자고 마음을 고쳐먹었다.

다시 지갑을 뒤져 충청도 어느 도시에 사는 지갑 임자의 부모에게 전화를 걸었다. 그런데 전화를 받지 않았고, 하는 수 없이 차를 몰고 집으로 돌아올 수밖에 없었다. 차 안에서도 계속 전화를 걸었지만 통화에 성공하지 못했다. 아내는 지갑을 잃어버리고 얼마나 답답해하겠느냐

POSITIVE THINKING ESSAY 100

고, 어떻게든 안심을 시켜야겠는데 길이 없다고, 그래서 집에 오자마자 전화를 걸어댄 것이라고 말했다.

지갑 임자의 부모와 연락이 된 것은 그날 자정이 다 되어서였다. 노인은 사정을 이야기하자 딸이 말할 줄 모른다는 사실을 알려 주었다. 그래서 통화가 안 되었던 모양이다. 노인은 문자 메시지를 보내라고 일러주었다.

네 시간에 걸친 안절부절이 겨우 끝났다. 이튿날 아침 일찍, 지갑은 스물다섯 살의 주인에게 돌아갔다. 그녀는 고맙다고 인사하며 환하게 웃었다. 하지만 그 순간 그녀보다 더 환하게 웃고 있는 사람은 아내였다. 나는 아마도 지갑을 잃었다가 되찾은 그녀보다 지갑을 찾아 주려고 밤새 애를 쓴 아내가 훨씬 행복했을 거라는 생각을 했다. 사랑은 받는 것보다 주는 것이 더 행복하다는 말은 자주 말해졌지만 더 많이 말해도 지나치지 않다. 도움을 받는 사람은 조금 행복하고, 도움을 주는 사람은 많이 행복하다. 그렇다면 고마워했어야 할 사람은 그녀가 아니라 아내인지 모른다.

이승우 님 | 소설가 2001년 3월 호

033

그 아이의 참모습

중학교 3학년 때, 우리 반에는 모든 아이들로부터 따돌림을 당하는 아이가 있었다. 그런데 어느 날부턴가 그 애가 학교에 나오지 않았다.

워낙 관심 밖에 있던 아이라 나도 그러려니 했는데, 주말 즈음에 선생님이 내게 그 애를 찾아가 보라고 했다. 싫었지만 반장으로서 선생님 말을 거스를 수도 없어 주소를 들고 혼자서 그 애 집을 찾아 나섰다.

1시간여를 찾아 헤맨 끝에 겨우 집을 찾았는데, 집엔 두 동생만이 잠들어 있었다. 마루에 앉아 조금 있으려니 창문 너머로 그 애의 모습이 보였다. 그런데 그 애는 초라한 모습으로 엄마가 끄는 무거운 손수레를 밀고 있었다. 난 문을 열고 뛰어나갔다. 그때 마주쳤던 그 애의 얼굴을 지금도 잊을 수가 없다. 토끼 눈처럼 동그래진 눈에, 얼굴은 새빨갛게 달아올라 있었다.

그 애는 이젠 더 이상 학비가 없고, 엄마 혼자 생활비를 벌기가 너무 벅차다고 했다. 난 그때 어떤 말을 해야 할지 알지 못했다. 그 애는 몇 번이나 찾아와 줘서 고맙다고 했다. 집을 나서려는데 그 애가 나를 불렀다. 선생님과 애들에게 말하지 말아 달라고…… 난 대답도 않고 뒤돌아서 골목을 빠져 나왔다.

내겐 너무 큰 충격이었다. 어딘가 모자라 보이고, 학교에서는 따돌림을 당하던 그 애가 엄마 일을 도우며 그토록 열심히 살고 있었다니…… 내 뺨 위로 눈물이 흘렀다. 다음 날 나는 선생님에게 아무 말도 하지 못했다.

그 뒤 그 아이를 다시 보지 못했고, 지금 난 고등학생이 되었다. 요즘

POSITIVE THINKING ESSAY 100

도 늘 그 친구를 생각하며 맘속으로 말한다. 그때 정말 해 주고 싶었지만 끝내 하지 못했던 말. "친구야, 힘내!"

안정화 님 | 2001년 4월 호

034

할머니와 오른 산 정상

3년 전 대학 입시에 실패하고 수원에서 학원에 다니며 재수를 했다. 처음 각오와는 달리 시간이 흐를수록 공부에 대한 자신감은 점점 사라지고 점수도 제자리걸음이었다. 그래서 머리도 식힐 겸 벚꽃이 만발한 어느 날 팔달산 주위를 거닐었다. 그때 한 아주머니가 휠체어를 탄 할머니와 함께 걷고 있는 것을 보았다.

무심코 지나치려는데 휠체어가 돌부리에 걸려 움직이지 않기에 휠체어 옮기는 걸 도와줬다. 그리고 바로 그 앞이 오르막길이어서 한사코 괜찮다는 아주머니와 할머니의 말에도 아랑곳 않고 계속 휠체어를 밀었다. 꽃들을 바라보며 웃는 할머니를 보면서 나 또한 기분이 좋았다. 문득 왼쪽에 팔달산 정상으로 오르는 길이 보였다.

"할머니, 저 위에 가보셨습니까?" "아니, 내 몸이 이래 놔서……."

"그럼 제가 저 위까지 모셔다 드리겠습니다." "아니 됐네. 여기까지도 고마운데. 그만두게나."

하지만 할머니에게 정상에서 내려다보이는 세상을 보여 주고 싶은 오기가 생겼다. 그래서 나는 경사가 심한 오르막길을 휠체어를 밀며 힘들게 올라갔다. 비록 땀이 비 오듯 흐르고 팔은 저려 왔지만 정상에서 환하게 웃을 할머니를 생각하니 참을 만했다. 마침내 정상, 바람이 시원했다. 정상에 도착하고도 나는 이곳저곳 보여주고자 휠체어를 밀고 다녔다.

"할머니, 얼마 만에 올라오신 거예요?" "처음이야. 몸이 불편해서……."

헤어지기 전에 아주머니는 음료수라도 사 먹으라며 만 원을 내밀었지만 받지 않고 넙죽 인사만 하고 돌아섰다. 산 정상에서 맑게 웃던 할머니가 그립다. 돌아가신 내 할머니처럼.

양홍육 님 | 경기도 연천군 2001년 5월 호

035

졸업식

초등학교 입학식 때 난 혼자였다. 농사일로 무척 바빴던 부모님은 걱정이 됐는지 동네 형을 대신 보냈다. 모든 게 낯설었다. 커다란 운동장, 처음 보는 아이들……. 그러나 그 아이들 바로 옆엔 엄마가 있어서 시린 손도 '호~' 불어 주고 품에 안아도 주었는데 나만 혼자 떨고 있었다. 그 뒤로 입학식, 졸업식을 치를 때마다 내 곁엔 아무도 없었다.

세월이 흘러 고등학교 졸업식 날이었다. 그때 나는 유흥 음식점에서 숙식을 하며 일하고 있었다. 주로 밤에 일하는지라 늘 한낮까지 잠을 자곤 했는데, 그날도 새벽에 일을 마치고 아침이 다 되어서야 잠자리에 들었다. 그런데 갑자기 같이 일하는 형이 나를 마구 흔들어 깨웠다.

"니 오늘 졸업식 아이가. 여직 여기 있으면 우짜노!"

부스스 눈을 떠 시계를 보니 벌써 정오가 지났다. 부리나케 학교로 달려갔지만 졸업식은 벌써 끝나고 운동장은 텅 비어 있었다. 허무했다. 대학에 못 간 나로선 생애 마지막 졸업식일지도 모르는데……. 허탈한 마음으로 뒤돌아 나가려고 하다 멀리 운동장 한편에서 두리번거리고 있는 한 아주머니를 보았다. 그런데 낯이 익었다. 아……. 그분은 바로 내 어머니였다. 그 추운 겨울, 어머니는 자식이 안 올지도 모르는 졸업식에 왜 온 것일까? 더구나 이제껏 한 번도 학교에 오지 않았던 분이……. 나는 뛰어가 어머니 품에 안겼다. "올 줄 알았다."는 어머니의 말에 눈앞이 흐려졌지만 무슨 말도 할 수가 없었다.

10여 년이 지난 지금, "입학은 내가 하고 졸업은 어머니가 하셨다." 며 웃으면서 그때를 이야기하지만 왜 자식은 늘 뒤늦게 깨닫는 것일까.

자식을 혼자 입학식에 보내고 가슴 아파했던 부모님, 자식의 마지막 졸업식만큼은 꼭 가고 싶었던 어머니의 마음을 이제야 알 것 같다.

전성기 님 | 경남 김해시 2001년 5월 호

036

행복한 오해

내가 초등학교 다니던 그 시절엔 시계 가진 사람이 몇 안 되었다. 우리 집에도 시계라곤 아버지의 손목시계가 전부였다. 학교까지는 걸어서 10리. 그 때문에 아버지는 이른 아침부터 큰 소리로 우릴 깨우는 일을 도맡아야 했다.

그러던 어느 날, 부모님께서 읍내에 급한 볼일이 있다며 새벽같이 우리를 깨워 놓고 "밥상 차려 놓았으니 어서 먹고 학교 가거라." 하고 나갔다. 하지만 우린 "알았어요." 대답만 해놓고는 다시 이불 속으로 기어 들어갔다. 꿈속에서 학교도 가고, 선생님과 친구들도 만나고, 공부도 하고……

그런데 어디선가 아버지의 다급한 목소리가 들려왔다. 화들짝 놀라 일어나 보니 해가 중천에 떠 있고, 부모님은 읍내를 다녀온 뒤였다. 사태를 알아차리기가 무섭게 우리 형제들은 책가방만 겨우 챙겨 학교를 향해 정신없이 달렸다. 온몸에서 비 오듯 땀이 쏟아지고, 얼굴은 화끈거렸다.

학교에 도착해 보니 이미 3교시 수업이 시작된 뒤였다. 난 가쁜 숨을 고른 뒤 고개를 푹 숙이고 슬며시 뒷문을 열고 들어갔다. 선생님이 날 불렀다. '이제 난 죽었구나!' 그런데 뜻밖에도 선생님은 걱정스러운 눈빛으로 바라보며, "얼굴이 사색이구나. 게다가 식은땀까지… 이렇게 아프면 그냥 집에서 쉬지 않고." 하는 게 아닌가? 그리고는 주번을 불러 나를 부축해 양호실로 데려다주라고 했다. 난 그날, 얼떨결에 환자가 되어 하루 종일 양호실에서 푹 쉬었고, 졸업할 땐 6년 개근상까지 탔다. 정말 행복한 오해였지 않은가? 물론 그런 오해가 가능했던 건 선생님이 날 믿어 줬기 때문이다. "선생님! 그때 사실대로 말씀드리지 못해 죄송합니다."

김정미 님 | 2001년 5월 호

037

28년의 기다림

요즘 어머니는 수술 날짜만 손꼽아 기다린다. 그래도 수술이 하루 종일 걸린다는 의사 선생님의 말에 쉰 살의 어머니는 조금 겁이 나나 보다.

어머니는 오빠를 낳고 산후조리를 잘못해 풍이 와 입이 비뚤어지고 말았다. 젊고 고운 때에 그리 되곤 28년을 그 모습으로 살아왔다. 학창 시절, 난 엄마의 모습이 부끄러웠다. 비 오는 날엔 혹시 우산을 들고 학교에 올까 봐 창밖을 내다보며 조마조마해 했고, 소풍 가는 날 집 앞이라도 지날 때면 엄마와 마주치지 않기를 간절히 빌었다. 난 그렇게 못난 딸이었다. 그런 내 마음을 알았는지 어머니는 고등학교까지 입학식이며 졸업식 어디에도 오지 않았다.

동생이 유치원생이었을 때 일이다. 엄마와 함께하는 게임이 있었는데 어머니는 자신의 친구에게 대신 뛰어 달라고 부탁했다. 그때 어머니 마음이 얼마나 아팠을까? 남들과 다른 외모 때문에 당신 자신이 더 힘들고 괴로웠을 텐데, 자식 가운데 어느 누구도 그 마음을 헤아리지 못했다. 옛날에 수술할 수 있는 기회가 있기는 했다. 좋은 의사를 만나 딱한 사정을 살펴 주어 수술비도 반으로 깎아 줬다. 하지만 어려운 집안 형편에 수술비 500만 원은 천금과도 같았고, 결국 수술을 포기할 수밖에 없었다.

하지만 이젠 괜찮다. 수술만 끝나면 남들 앞에서도 당당히 고개를 들수 있고, 자식들과 함께 졸업 사진도 찍을 수 있다. 어머니가 수술 뒤다 회복되면 무엇보다 먼저 가족사진을 찍어 우리 집 거실에 걸어 놓야겠다. 벌써부터 설렌다. 내년 나의 대학 졸업식 때 사각모를 쓰고 환하게 웃을 어머니 생각에.

이성옥 님 | 경남 의령군 2001년 6월 호

038

마음의 짐

2년 동안 분식집을 하면서 식사 뒤 돈이 없어 다음에 값을 치르마 했던 사람이 두 명 있었다. 모두 50대 초반의 아주머니였다. 한 분은 괜찮다고 했는데도 10여 분 실랑이 끝에 기어이 금시계를 풀어놓고 갔다. 반짝거리는 시계를 만지작거리며 기분이 참 묘했다. 아주머니가 먹은 칼국수 한 그릇 값은 고작 2000원. 그러나 아주머니는 2000원의 몇십 배되는 금시계를 맡긴 것이다. 값싼 음식값을 귀하게 여기고 자신의 실수에 대한 주인의 양해에 감사의 의미로 풀어놓은 그 양심은 참으로 아름다웠다. 아주머니는 이틀 뒤 그 시계를 찾아 갔다. 그것도 내가 없는 사이에. 무척 아쉬웠다. 금시계를 받은 내가 직접 내 줬어야 아주머니의 양심이 기세등등하게 그날의 미안함을 떨쳐 버릴 수 있었을 텐데 말이다.

그리고 또 한 분은 오늘 왔다. 잘 차려 입은 50대 초반 아주머니가 고개를 갸웃거리며 들어왔다. "여기가 맞는데…… 한 넉 달 전이었나? 돈이 없는 줄도 모르고 우동 한 그릇 먹고 내일 갖다 주마 했어요. 근데 이곳에 올 일이 없어 미룬 것이 벌써 네댓 달이 지났네요!"

처음엔 나도 한참 생각해야 했다. 그런 일이 있었나? 아! 그랬다. 급하다며 우동을 주문해 먹고는 돈이 없다고 해 좀 뜨악한 기분으로 보냈다.

"너무 늦어 미안해요. 얼마예요?" "1500원요. 그냥 놔두시지……." "아유, 마음의 짐은 벗어 버려야 해요."

'마음의 짐'이라…… 과연 당당히 뒤돌아 걸어 나가는 그 분의 발걸

POSITIVE THINKING ESSAY 100

음은 무척이나 홀가분해 보였다. 힘들고 어지러운 이 시대에 1,500원짜리 '마음의 짐'을 무겁게 여기고 털어버리려 애쓰는 사람이 있다는 것, 참 기분 좋은 일이 아닌가!

오은주 님 | 부산시 북구 2001년 6월 호

내가 그린 '「좋은생각」으로 인한 에피소드!'

제 실수로 그만 「좋은생각」이 장롱 밑으로 들어가 버렸어요. 10여 분 동안 엄마 눈치를 보면서 책을 꺼내느라 진땀 흘렸답니다.

박재민 / 부산시 서구 서대신2동

팔팔 끓는 라면 냄비를 놓을 깔판을 찾다가 눈에 띄는 아무 책이나 깔았는데, 글쎄 알고 보니 그 책이 제가 가장 아끼는 「좋은생각」이지 뭡니까!

배강열 님 / 충남 논산시 두마면

오빠보다 먼저 「좋은생각」을 챙긴 저는 화장실로 달려갔지요. 시간 가는 줄 모르고 책에 빠져 웃고 울었는데, 오빠의 신음소리가 애절하게 들려 오더군요.

김현정 님 / 경북 칠곡군 약목면

학교 화장실에서 볼일보며 「좋은생각」을 읽다 슬퍼서 울었습니다. 그런데 그날 화장실에 귀신이 있다는 소문이 퍼졌어요. "미안해, 애들아! 나야."

김지혜 님 / 전북 전주시 송천1동

호랑이 같은 최 상병님의 「좋은생각」이 없어졌어요. 내무실이 발칵 뒤집혔지만 찾지 못했는데, 나중에 알고 보니 최 상병님의 모포 속에서 나왔답니다.

한준희 님 / 전북 군산시 옥도면

군대 동기와 사이 좋게 반반씩 부담하여 정기 구독한 「좋은생각」. 하지만 책이 오던 날 우린 서로 먼저 보겠다고 싸웠답니다. 흑흑!

천태웅 님 / 전남 여수시 고소동

버스 안에서 옆에 험상궂게 생긴 남자가 앉아 불안했는데, 「좋은생각」을 꺼내는 것입니다. 그 순간 안심! 우린 말없이 공감대가 생겼죠.

박미정 님 / 경남 창원시 가음정동

언니가 병원에 입원하자 저는 언니가 좋아하는 「좋은생각」을 사 갔어요. 우린 비좁은 병상에 나란히 누워 「좋은생각」을 읽었답니다.

최선희 님 / 인천시 부평구 부평1동

늘 가슴에 품고 있는 꼭 한 번 그려 보고 싶은 그림 하나

대학 시절 자취했던 집에는 옥상이 있었지요. 따스한 햇볕에 빨래를 널어 말렸는데, 보송보송한 옷의 감촉이 얼마나 좋았던지… 아직도 잊을 수가 없습니다.

주양후 님 / 서울 서초구 방배4동

'자고 일어났더니 한순간에 유명해졌다'는 시인 바이런의 말처럼 어느 날 아침 눈을 떠 보니 모든 것이 변해 있는 상황을 상상해 봅니다.

최제영 님 / 서울 마포구 창전동

새참을 맛있게 먹은 뒤, 엄마는 머리에 새참 함지를 이고 저는 빈 주전자를 들고 집으로 돌아왔지요. 저 멀리 보이는 저녁놀은 우리의 길동무였답니다.

김은진 님 / 경남 창원시 반송동

할머니가 살아 계실 때 미처 찍어 두지 못한 가족사진을 가슴 속에 그려 봅니다.

박정림 님 / 울산시 남구 무거2동

마음속으로 좋아하는 친구가 있었는데 그렇게 바라고 기도했건만 단 한 번도 짝꿍이 되지 못해서 아쉬웠어요.

김진희 님 / 충남 서산시 해미면

어느 날 갑자기 어린왕자가 나에게 다가와 양한 마리를 그려 달라고 할까 봐 남모르게 연습했던 양 한 마리예요. 어때요, 어린왕자가 기뻐할까요?

이은혜 님 / 울산시 중구 태화동

부모님께 항상 못난 모습만 보여 드렸는데, 이번에야말로 시험에 당당히 합격해서 딸 키운 보람을 느끼게 해 드리고 싶어요.

손호현 님 / 부산시 연제구 연산1동

「좋은생각」 독자만화에 수없이 응모하다가 마침내 그림이 뽑혀 좋아하는 모습이에요. 정말 상상만으로도 가슴이 두근거립니다.

박희진 님 / 경남 통영시 북신동

할머니와 함께 자장면을 먹는 모습. 쉬운 일 같지만 유독 돈을 아끼는 할머니이신지라 늘 생각뿐. 수능이 끝나면 꼭 할머니와 자장면을 먹을 거랍니다.

신소정 님 / 전북 전주시 진북1동

마음씨 고운 아내를 만나 토끼 같은 자식들과 행복하게 사는 모습을 하늘나라에 계신 부모님께 보여 드리고 싶습니다.

김상진 님 / 강원도 양구군 남면

039

유쾌한 버스

햇볕 따스한 2월 어느 날 집으로 가는 버스를 탔다. 얼마를 갔을까. 꽃향기가 코끝을 간지럽히기 시작했다. 고개를 들어 버스 안을 둘러보았다. 그때의 감동이란! 손님들이 내리기 전에 누르는 벨 하나하나마다 예쁜 꽃 한 묶음과 명언이 곱게 붙어 있었던 것이다. 시내버스 안 가득히 봄이 와 있는 것 같았다.

그런데 다음 정류장이 가까워 오면서 난 포복절도하고 말았다. 바로 정류장 안내 방송이 녹음된 게 아니고 헤드폰 마이크를 머리에 쓰고 있는 운전기사의 다듬어지지 않은 생생한 목소리였기 때문이다.

"어흠! 저… 저희 시내버스를 항상 이용해 주셔서 대단히 감사하고요, 불편하신 사항이나 의문 사항이 있으시면 친절히 대답해 드리고 안내해 드리겠습니다. 그럼 가시는 목적지까지 편안히 모시겠습니다."

난 어색하면서도 정감 넘치는 그 상황이 무척 재미있어 키득키득 웃고 있었고, 다른 손님들 얼굴에도 웃음이 가득했다. 그런데 어찌나 기분이 좋던지 한참을 소리 내어 웃다가 나중에는 아예 자리에서

POSITIVE THINKING ESSAY 100

일어나 나도 모르게 손뼉을 치는 상황이 돼 버렸다. 그러자 다른 손님들까지 다 같이 운전기사에게 박수갈채를 보내기 시작했다. 참 유쾌한 버스 여행이었다.

내릴 때가 가까워 오자 나는 기사 아저씨께 정중하게 인사를 건넸다. "아저씨, 다음에도 꼭 이 버스에 타고 싶네요. 버스 분위기도, 기사님도 아주 짱이에요!"지금도 그때를 생각하니 웃음이 절로 나온다. 그리고 아주 신선한 충격이었다.

김인자 님 | 경남 통영시 2002년 5월 호

040

어머니의 칼국수

고등학교 시절, 초여름 어느 토요일이었다. 수업이 끝날 즈음 장대비가 쏟아지기 시작했다. 일기 예보에서도 말해 주지 않았던 갑작스러운 비라 모두들 가방을 머리에 인 채 집으로 뛰어가야 했다.

비를 제법 맞고서야 집에 도착했는데 문이 잠겨 있어 창문을 넘어 겨우 들어갔다. 배가 고파 부엌에 가니 한쪽에 칼국수 냄비가 놓여 있었다. 조금 불어 있었지만 허겁지겁 먹기 시작했다. 절반 이상 먹었을까, 국물에 무언가 가라앉아 있었다. 그러고 보니 맛도 좀 이상한 것 같아 쓰레기통을 뒤져 칼국수 봉지를 찾았는데 그 속엔 찢어진 분말스프와 방부제 봉지가 보였다. 아뿔싸, 어머니는 방부제도 양념 스프로 착각하고 넣어 끓인 모양이었다.

그때 마침 어머니가 들어왔고, 어머니를 보자마자 난 버럭 소리쳤다.

"도대체 어딜 다녀오시는 거예요. 칼국수에 방부제를 넣으면 어떻게 해요!"

"칼국수를 끓이는데, 비가 오잖아. 그래서 학교로 너 데리러 나갔는데……."

우산을 접는 어머니의 다른 손에 또 다른 우산이 들려 있었다. 어머니와 난 길이 엇갈렸던 모양이다. 그런데도 난 왜 칼국수에 방부제를 넣었느냐며 잔뜩 불만 섞인 목소리로 투덜거렸다. 아무 말 없이 묵묵히 듣고만 있던 어머니는 한숨을 쉬며 말했다.

"미안하다. 명수야. 엄마가 요샌 작은 글씨가 안 보이거든……."

그 순간 나는 할 말을 잃고 말았다. 8년이 지난 지금도 그때 가슴속에

POSITIVE THINKING ESSAY 100

서 메아리치던 느낌들이 눈물이 되어 맺힌다. "죄송해요. 어머니. 약해져 가는 어머니의 몸과 마음을 알기에는 제가 너무 철이 없었나 봐요."

노명수 님 | 2002년 8월 호

041

"밥은 먹었냐?"

하루 종일 땀 흘려 일하고 밤늦게 귀가한 내게 아버지는 늘 "야야, 밥은 먹었냐. 빨리 밥 먹고 내일은 학교 가자!" 한다. 그때마다 저는 "예. 밥 먹었습니다. 내일 학교 갈 준비 잘하겠습니다." 하고 거짓말을 한다.

몇 해 전 일이다. 시골에서 농사를 짓던 아버지는 모처럼 손자와 며느리가 온다는 연락을 받고 기쁨에 들떠 자전거를 타고 나왔다가 신호등을 무시하고 달리던 덤프트럭에 부딪치는 큰 사고를 당했다.

아버지는 초주검이 된 채 병상에 누워 있다 한 달여 뒤에 일어났다. 그 뒤부터 우리와 함께 지내는데, 아버지는 출근하는 나에게 "애야, 학교 가니? 애야, 도시락은?" 하며 나를 아이 대하듯 똑같은 말을 자꾸만 되풀이한다.

성품이 워낙 곧으셨던 아버지는 평소 "야들아! 난 절대로 벽에 똥칠할 때까지는 안 살 끼다." 했는데, 안타깝게도 지금 아버지는 그렇게 생활하고 있다. 아버지가 알면 많이 속상하겠지만 나는 오히려 그래서 행복하다. 그렇지 않았으면 아버지를 씻겨 주며 아버지의 주름진 살과 체온을 느낄 수 있는 지금 같은 기회를 얻지 못했을 테니까.

어젯밤 아내에게서 국수 그릇에 아버지가 세수를 했다는 말을 듣고 눈물을 흘렸다. 하지만 그것은 기쁨의 눈물이었다. 아버지 돌아가시고 나서 향불 앞에서 우는 못난 자식이 되지 않게끔 시련을 준 신에게 감사하다.

비가 오는 밤이면 아버지는 어느 결에 꺼내왔는지 방 안에서 우산을

POSITIVE THINKING ESSAY 100

꼭 안고 있다. 학교 간 자식 마중이라도 나가려는 걸까? "모든 걸 잊으셨어도 자식을 향한 사랑만은 잊지 않으신 내 아버지! 오래오래 사세요!"

신성철 님 | 부산시 사상구 2002년 8월 호

2002 한일 월드컵 - 2002년 5월 31일부터 6월 30일까지 한국, 일본 양국에서 진행된 세계적인 축구 대회다. 우리나라는 4위로 월드컵 사상 가장 좋은 성적을 기록했다.

축구를 못하는 슬픔

새끼를 둘둘 말아 만든 짚공을 차느라 맨발을 벌겋게 물들였던 때가 있었다. 돼지 오줌보에 물을 담고 주둥이를 묶은 뒤 그걸 차느라 해 저무는 줄 몰랐던 때가 있었다. 정말 그때는 잘해야 고무공이었다. 혹여 누가 서울 삼촌이 사왔다는 꿈에 그리던 가죽 축구공을 가지고 나오면 지금껏 펑크가 나도 잘만 때워 쓰던 그 고무공을 팽개치고 온갖 아양을 떨며 그에게 달라붙었다.

추석 때면 우리 면 열두 동네가 모두 나와 황소 내기 축구대회를 벌였다. 그러면 남녀노소 할 것 없이 면민 모두가 나와 먹고 놀며 잔치마당을 벌였다. 또 아시안컵대회에서 우리 선수가 골을 넣을 때 터져 나오던 임택근 아나운서의 라디오 중계에 귀를 바짝 기울이던 우리였다. 그러다 마침내 마을에 텔레비전이 한 대 놓이자, 축구중계를 모여 보느라 주인의 긴 장대에 앞자리에서 불거진 머리가 큰 수난을 당하면서도 가슴을 온통 졸이던 우리였다.

직립보행으로 문명을 건설한 인간들이 발로 하는 놀이 가운데 축구처럼 원시적이면서도 역동적인 놀이가 없다. 요모조모 다양성도 없고 내 편이 이기는 것 외에는 상대성도 인정치 않는 축구를 직접 하거나 관람하다 보면 사람은 숫제 축구를 위해 태어난 존재 같다. 이는 축구공 하나로 온 세계가 열광했던 한일월드컵만 보아도 짐작할 수 있다.

그런데 그런 축구를 할 수 없는 친구가 있었다. 70년대 초반 시골 중학교의 체육시간이라야 편 갈라 공 차는 일이 대부분이었는데, 어쨌든 그는 체육시간마다 교실에 남았다. 남아서 아이들 소지품을 지키며 창틀에서 턱을 괴고 운동장을 바라보는 일이 그의 임무였다.

어느 봄날 나는 체육시간에 역시 공을 차다 횟배가 아파 그냥 교실에 들어서던 중, 보지 말아야 할 것을 보고 말았다. 예의 그는 애지중지하던 목발을 교실 바닥에 내던지고 젓가락처럼 가는 한 쪽 다리를 한없이 꼬집어 대며 울고 있었다. 웬만한 일엔 좀체 화도 내지 않고 늘 싱글벙글하던 그의 슬픔을 목격한 충격은 지금도 내 가슴 한구석에 남아있다.

아마 그게 이번 한일월드컵 때도, 열광 속에 사라져 버린 노점상들과 경기장에 장애인 전용석을 배정했다지만 앞자리의 비장애인들이 기립 환호하는 통에 아예 경기 관람이 불가능했던 휠체어를 탄 사람들을, 기억케 했을까. 하지만 적십자회비 5000원은 내기 힘들어도 100여만 원짜리 암표는 곧잘 사던 우리가 누구를 위해 울겠는가.

고재종 님 / 시인 2002년 8월 호

042

오누이의 사랑

며칠 전 퇴근길이었다. 집에 거의 다다랐을 때 낯선 아주머니가 골목에 숨어 나를 불렀다. "아가씨, 잠깐 이쪽으로 와 주세요." 무슨 일일까 궁금했지만 험한 세상이라 조금 망설여졌다. 그런데 주위 시선을 살피는 아주머니 인상이 그리 나쁘지 않고, 정말 무언가 다급한 일이 있는 것 같아 쭈뼛쭈뼛 다가갔다.

"고마워요. 내가 5000원을 줄 테니 저기 보이는 과일 트럭에서 포도 좀 사서 가져가세요." 내가 어리둥절해하자 아주머니가 설명을 덧붙였다.

"저기서 장사하는 사람이 내 남동생이에요. 얼마 전에 시작했는데, 장사 요령을 잘 몰라서 손님이 없다고 날마다 속상해해요. 내가 팔아주려고 하면 돈을 안 받을 테고…… 동생을 도울 방법이 이것밖에 없는 것 같아서요."

그제야 상황이 이해되어 내 돈으로 사겠다고 했더니 "그러면 다음에 팔아 주고, 오늘은 이 돈으로 사세요." 하며 아주머니는 기어코 돈을 쥐어 주었다. 고맙다며 수줍게 웃는 아주머니의 얼굴은 삶에 지친 듯 보였지만, 눈빛은 참 맑았다.

과일 트럭에서는 부부가 장사를 하고 있었다. 포도 한 바구니에 얼마냐고 묻자 5000원이라며 웃는 아저씨의 얼굴이 아까 그 아주머니와 많이 닮았다. 포도 한 바구니에 사과를 한 봉지 더 사들고 돌아서는데, 들릴락 말락 "또 오세요." 하고 들려오는 부부의 인사말에 가슴이 아릿했다.

집으로 가는 길, 이 소식을 동네방네 소문내고 싶었다. 누이 같은 마음으로. 서울 노원역과 상계역으로 가는 첫 번째 네거리 횡단보도 도로변에 가면 웃음 고운 과일장수 부부가 있다.

홍수경 님 | 서울 노원구 2002년 12월 호

043

책갈피 사이의 우정

미국에서 어학연수 할 때 일이다. 학비와 기숙사비는 부모님이 나중에 송금해 주기로 하고 달랑 10달러만 들고 미국으로 향했다. 그런데 학비와 기숙사비 등록 마감일을 코앞에 두고도 돈이 오지 않는 것이었다. 시골집으로 전화해 보니 아버지는 오늘 막 송금했으니 이삼 일만 기다리라고 했다. 3일 뒤 돈을 찾으러 갔는데, 이럴 수가! 은행 직원 실수로 돈이 한국으로 반환되었다는 게 아닌가! 한국 쪽 은행에 국제전화를 해보았지만, 처음부터 송금 절차를 다시 밟아야 한다는 차가운 대답만을 들을 수 있었다. 암담했다. 기숙사 방을 빼고 친구 집에서 신세를 진다지만, 당장 학비가 문제였다.

터덜터덜 기숙사로 돌아오고 얼마 뒤 한국에 있는 친구에게서 전화가 왔다. 반가운 목소리에 왈칵 눈물 먼저 쏟아졌다. 놀라 다그쳐 묻는 친구에게 사정을 이야기하고 나니 마음이 후련했다. 통화 끝 무렵 친구는 책 한 권 보낼 테니 받아 보라고 했다. 다음 날 내 앞으로 기업체에서 아주 급하고 중요한 우편물을 보낼 때나 쓰는 특급 소포가 배달됐다. 친구가 보낸 책이었다. 일반 우편으로 천천히 보내도 될 텐데, 왜 이 비싼 특급 소포로 보냈을까 의아해하던 나는 책을 펼쳐 보고서야 그 이유를 알았다. 책갈피마다 빳빳한 달러가 한 장 한 장 가지런히 꽂혀 있었던 것이다. 친구의 편지를 읽으며 눈앞이 흐려졌다.

"연화야, 마침 아르바이트 비를 탔는데 딱 네 학비 정도 되는구나. 네 덕분에 은행 가서 처음으로 환전해 봤다. 달러는 왜 이렇게 쪼끄맣냐? 혹시 분실될까 봐 특급 소포로 보낸다. 힘내! 그리고 힘들 때 전화

하고……."

태현아, 지금도 무척 고맙고, 열심히 공부해서 두 배 세 배로 갚을게.
너의 우정에 고맙다!

정연화 님 | 대전시 중구 2003년 3월 호

044

내 인생 최고의 도시락

중학교에 다닐 때였다. 하루는 할머니가 늦게 일어나는 바람에 아침은 커녕 도시락도 없이 부랴부랴 학교에 갔다. 3교시 끝날 무렵부터 뱃속에서 꼬르륵꼬르륵하고 난리가 났다. 같은 학교에 다니고 있던 언니와 함께 점심 때 집에서 밥을 먹고 오기로 했다.

드디어 점심시간, 교실 문을 나서려는데 교무실에서 담임 선생님이 불렀다. 뜨끔했다. 외출증도 없이 몰래 다녀오려던 게 들켰나 싶었다. '이제 밥은 다 먹었구나.' 어깨를 축 늘어뜨린 채 교무실로 갔더니 선생님은 뭐가 그리 즐거우신지 싱글벙글하며 "빨리 상담실로 가 봐." 하고 말했다.

복도 끝에 있는 상담실 문을 열고 들어가자 놀랍게도 할머니가 뽀얗게 화장한 얼굴로 앉아 있었다. 할머니는 "어여 와!" 하며 탁자에 놓인 보자기를 풀기 시작했다. 그때 문이 열리고 언니도 들어왔다.

보자기를 다 풀자 언니와 나는 "우하하하, 이게 다 뭐야?" 하고 웃음을 터뜨렸다. 김이 모락모락 나는 밥솥과 금방 끓인 된장찌개 뚝배기, 갖가지 반찬을 담은 접시들이 쟁반 위에 놓여 있었다.

"너희들 아침도 못 먹고 갔으니 맛있는 점심 먹으려고 방금 끓여서 죄다 싸왔지."

POSITIVE THINKING ESSAY 100

난생처음 학교에 온 할머니는 손녀들을 위해 집에서 먹는 밥상을 그대로 들고 온 것이었다. 언니와 나는 정말 맛있게 점심을 먹었다. 덜그럭덜그럭 소리를 내며 보자기를 들고 가는 할머니의 뒷모습을 나는 오래도록 지켜보았다. 순진한 할머니의 손녀 사랑이 가슴 따뜻하게 차오르는 것을 느끼며…….

이은이 님 | 전북 완주군 2003년 11월 호

045

할머니와 용달차

나는 면허 시험장에서 운전면허증을 발급하는 일을 한다. 언제부터인지 면허증을 따기 위해 지칠 줄 모르고 이곳을 찾는 할머니 한 분을 눈여겨보게 됐다. 할머니는 2년이 되도록 필기시험에 합격하지 못해 계속 시험장을 드나들고 있었다. 많은 연세에도 포기하지 않는 할머니가 정말 대단해 보였다.

어느 날, 할머니가 음료수 하나를 들고 나를 찾아왔다. 필기시험 꼭 합격해야 하는데 어떻게 하면 좋냐고……. 굽은 허리도 바로 펴지 못한 채 걱정스런 얼굴로 묻는 할머니를 보니 가슴이 아파왔다.

"할머니! 운전면허가 그렇게 따고 싶으세요?"

"아가씨! 내는 시간이 아무리 걸리더라도 면허증을 꼭 따야만 하는데 어떻게 하면 좋을꼬? 좀 도와줘요."

나는 아무 말도 못하고 그저 할머니 얼굴에 가득한 그늘을 지켜보았다. 그 가느다란 손목으로 자동차 운전대나 제대로 돌릴 수 있을지. 오늘 아침 할머니가 또 나를 찾아왔다.

"할머니! 오늘 또 시험 보셨어요? 어째 오늘은 좀 잘 보신 것 같아예?"

"아이고, 도통 무슨 말인지 알 수가 있어야지. 아들 녀석이 조그만 가게를 하나 하는데 이놈이 교통사고로 두 다리를 못 쓰게 돼서 용달차 운전할 사람이 없거든. 손수레 끌면서 배달도 제대로 못하는 게 맘이 아파. 나라도 운전 배워서 거들면 자식새끼 좀 편하지 않을까 싶다우."

아, 그래서 운전을 배우려는 거구나! 그 말씀을 듣는 순간 목이 메어 왔다. 할머니가 씩씩하게 몰고 가시는 용달차를 상상해 보니 기운이 불끈 솟는다. 그날이 빨리 오기를 기도한다.

김광희 님 | 경남 마산시 2004년 2월 호

택배

처음으로 부모님 품에서 떠나 두려움과 불안함으로 자취를 시작하던 때가 엊그제 같은데 어느덧 6년째에 접어들었다. 하지만 아무리 나이를 먹어도 부모님 눈에는 어린아이인가보다. 엄마는 늘 전화로 말한다.

"밥은 절대 거르지 마래이, 김치나 쌀 떨어졌으면 다시 부칠까?"

아직 밑반찬이나 쌀이 많이 남았다고 대답하면 "왜 제때 안 먹고 아직까지 남겼냐."고 성화고, 그 말 듣기가 싫어 다 먹어 간다고 하면 수화기를 내려놓자마자 곧장 읍내로 가서 택배를 부친다. 그래서 나도 이제 요령이 생겨 "엄마, 아직 적당히 남았다."라며 선수를 친다.

그런데 오늘 퇴근하고 집에 들어오니 동생이 바쁘게 움직이면서 투덜대는 것이었다. 시골에서 잡은 돼지고기와 김치를 택배로 보냈는데, 김칫국물과 돼지고기 피가 흘러 부엌 바닥이 난장판이었다. 하루 종일 일하고 돌아와 피곤한데 치울 생각을 하니 아득했다. 하필 그때 엄마에게서 전화가 왔다.

"엄마, 머꼬! 내가 언제 이런 거 부쳐 달라 했나! 내가 필요하면 어련히 알아서 전화할까! 반찬 남았다는데 계속 부쳐 주니까, 내 김치하고 쌀하고 자꾸 갖다 버리지! 돼지고기도 회사에서 질리게 먹는다!"

그렇게 쉴 새 없이 쏘아붙이는데 수화기 너머에서는 아무 소리도 들리지 않았다. 가만히 듣고 계시던 엄마는 내 말이 끝나자 힘없이 말했다.

"그래도 맛있는 거 보면 너그들 먹이고 싶은데 우짜노?"

나는 갑자기 눈시울이 뜨거워지면서 가슴이 먹먹해졌다.

윤상희 님 | 서울시 서초구 2004년 4월 호

인사를 한다는 것은

우리 동네에는 지적 장애 아이를 둔 아주머니가 있다. 그러나 아주머니의 얼굴에서 어두운 그림자는 전혀 찾을 수 없다. 항상 밝게 웃고 어쩌다 마주칠 때도 먼저 인사하며 말을 건다.

예전에는 나도 이웃들에게 스스럼없이 인사를 했었다. 그런데 한번은 어떤 이웃 아주머니에게 인사를 하니 "그래. 근데 누구니?" 하는 것이었다. 그 뒤부터는 괜히 나도 모르게 아는 사람을 만나면 고개를 숙이고 지나쳤다.

얼마 전이었다. 학원에 가기 위해 버스 정류장으로 가던 중에 아주머니를 만나 함께 걸어갔다. 몇 분도 걸리지 않는 가까운 거리였지만 아주머니는 만나는 이웃 모두에게 일일이 말을 건네며 인사했다. "잘 지내셨어요?" "어디 다녀오세요?" "아기가 정말 예쁘네요." 등등. 인사를 받은 이웃들도 모두 기분 좋게 웃으며 아주머니에게 안부를 물었다.

나는 부끄러워졌다. 아주머니와 인사를 나누던 사람 중에는 나도 분명히 알고 있는 분이 있었는데 차마 인사를 하지 못하고 평소처럼 조용히 피했기 때문이다.

나는 아주머니의 따뜻함에 감동했다. 그리고 나도 예전처럼 이웃들에게 먼저 웃으며 인사를 하기로 마음먹었다. 인사를 한다는 것은 '그만큼 당신에게 관심이 있어요.' 라는 의미일 것이다. 누군가 먼저 인사를 건네면 멀뚱히 있지 말고 함께 웃어 주면 좋겠다. 그렇게 되면 우리가 사는 동네는 말 그대로 정말 '훈훈'한 동네가 될 테니까.

오지은 님 | 부산시 부산진구 2008년 4월 호

20년의 기다림

10년 전 일본에서 공부할 때 일이다. 어느 날 어스름해질 무렵 오사카 변두리에 있는 자그마하고 허름한 우동 가게에 들렀다. 가게에는 손님이 몇 안 됐고, 나는 나이 지긋한 주인 할머니와 이런저런 이야기를 하게 됐다. 내가 한국인이라는 것을 알게 된 할머니는 20년 전에 만난 한 청년 이야기를 들려줬다.

늦은 밤, 할머니는 장사를 마치고 문을 닫으려다 급히 가게 안으로 들어서는 청년과 마주쳤다. 청년은 배가 몹시 고프니 우동을 달라고 부탁했고 할머니는 정성껏 우동 한 그릇을 말아 주었다. 청년은 우동을 게 눈 감추듯 비우고는 만족한 웃음을 띠며 말했다.

"저는 한국 사람인데, 이렇게 맛있는 우동은 처음이에요. 잘 먹었습니다."

탁자 위에 선뜻 1만 엔이라는 거금을 내놓은 청년은 할머니가 말릴 새도 없이 지금은 복개되어 있는 개천가를 가로질러 달려가 버렸다. 당황한 할머니는 쫓아 나오며 큰 소리로 청년을 불렀지만, 이미 멀리 사라진 뒤였다.

할머니는 서랍에서 그때 받은 1만 엔짜리를 꺼내어 내게 보여 줬다. 혹시라도 청년이 다시 찾아오면 너무 비싸게 받은 우동 값을 꼭 돌려주고 싶어 20년째 보관하고 있다는 것이다. 청년은 무슨 사연으로 그런 거금을 냈을까? 돈을 놓고 사라진 청년이나, 과분하게 받은 돈이라며 20년이나 돌려줄 날을 기다리는 할머니 모두 우동 국물만큼이나 따뜻한 사람이라는 생각이 들었다.

지금도 일본에 가면 그 우동 가게 근처를 가 보곤 하는데 가게가 없어졌는지 찾을 수가 없다. 할머니는 아직도 그 청년을 기다리고 있을까?

이택수 님 | 인천시 남동구 2004년 6월 호

내가 동갑내기 남편을 만나 결혼했을 때 시어머니는 일흔 다섯의 할머니였다. 열아홉에 시집와 자식을 열두 명이나 낳았는데 그중에 여섯을 잃었다. 그리고 남은 여섯 명 중에 막내이자 유일한 아들이 바로 내 남편이다.

남편이 고3이던 해, 아버님이 돌아가시자 어머님은 남편을 데리고 셋째 시누이 집으로 들어갔다. 시누 남편도 외아들이라 홀로된 어머니를 모시고 살았는데, 아들도 아닌 딸집에서 사위며 사돈이랑 함께 살게 된 것이다. 시누이네는 비닐하우스 농사를 크게 했다. 어머님은 그곳에서 매일같이 고된 농사일을 도왔고 대가족 저녁 준비를 했다. 나와 남편이 결혼한 뒤에도 우린 둘 다 대학원생이라 스스로의 생활도 겨우 꾸려 가던 처지였다.

아들 집에 있는 사돈은 아주 당당했고, 딸 집에 얹혀사는 어머님은 늘 좌불안석이었다. 그런 와중에도 틈만 나면 마을에 품을 팔아서 일을 했고, 그렇게 모은 돈을 아무도 몰래 내게 꼭 쥐어주곤 했다. 그런데 어머님이 준 돈에는 이상하게도 늘 곰팡이가 잔뜩 묻어 있었다. 그러던 어느 날, 추석을 맞아 어머님을 찾았다.

어머님은 내 손을 잡고 당신이 사돈과 함께 쓰는 방으로 데려갔다. 그러고는 문밖을 살피더니 갑자기 방바닥 장판을 들췄다. 그 속에서 꺼낸 만 원짜리 넉 장. 그것을 내 손에 꼭 쥐어주며 말했다. "아가야, 이거 갖고 가거라. 많이 못 줘서 미안타, 밥 굶지 말고 잘 챙겨 묵어야 한다. 니가 건강혀야 혀, 알았제?"

순간 가슴이 싸하면서 눈으로 열기가 올라왔다. '그랬구나! 피땀 흘려 모으신 돈, 며느리한테 한 푼이라도 더 줘서 보내려고 어머님은 세상에서 가장 안전한 금고를 만들어 간직해 오신 거였구나.' 오로지 자식을 위해 존재했던 어머니 금고. 그 안에서 자식을 향한 지극한 사랑을 따스한 손으로 건네주던 어머니가 그립다.

송성애 님 | 전남 여수시 2006년 11월

050

차비

해질녘이면 우울해졌다. 술에 취해 주사를 부리는 아버지 때문이었다. "아버지 술 드셨다." 하는 어머니 말씀이 들리면 벌떡 일어나 아버지가 방에 들어오기 직전에 몸을 피했다. 급한 나머지 장 속에 숨은 날엔 아버지가 잠들 때까지 기다리느라 숨 막히는 공포를 느껴야 했다.

사춘기를 겪으며 나는 아버지를 증오하게 되었다. 거친 노동판에서 지문이 닳도록 일할 때조차도 나는 아버지를 동정하지 않았다. 아버지가 주사를 부리면 맞더라도 한껏 반항하며 아버지에게 대들었다.

여전히 아버지와 삐걱대던 차에 나는 결혼을 하게 되었다. 하지만 아버지 손을 잡고 식장에 들어갈 바에야 결혼을 그만두고 싶은 심정이었다.

고민의 늪에 빠져 있을 때 어머니로부터 전화가 왔다. "니 아버지 다리가 부러져 깁스했다." 불행한 일이었으나 고민이 해결되나 싶어 나도 모르게 기뻤다.

결혼식은 신랑과 신부가 나란히 입장하기로 했다. 드디어 결혼식 날. 그런데 아버지가 말쑥하게 양복을 차려입고 신부 대기실로 들어오는 게 아닌가.

"아비가 살아 있는데 왜 혼자 식장엘 들어가. 이깟 다리가 무슨 대수라고. 그래서 내가 톱으로 깁스 자르고 왔다."

신랑과 사회자에게 이미 조치를 해 놓은 아버지는 내 손을 잡아끌고는 곡에 발을 딱딱 맞춰 들어갔다.

얼떨결에 결혼식이 끝나고 신혼여행을 떠나기 전 친척들에게 인사를

POSITIVE THINKING ESSAY 100

하던 내 주머니에 아버지는 "차비다." 하며 봉투를 넣어 주고는 모르는
사람처럼 갔다. 아버지의 뒷모습이 뿌옇게 흐려져 갔다.

임미정 님 | 서울시 영등포구 2007년 12월 호

2008년 촛불집회 - 2008년 촛불집회는 한미 FTA 개정 과정에서 촉발된 시위다. 서울 광화문 일대를 중심으로 수개월간 이어졌다.

다 먹어도 되지?

씨앗은 희망이다. 지금 우리 사회에는 희망의 씨앗이 뿌려지고 있다. 밭에 뿌려진 씨앗도 화단에 뿌려진 꽃씨도 아니다. 그 씨앗은 농부만 뿌리는 씨앗도 아니다. 돈과 경제보다 생명이 중요하다는, 우주적 신비를 증명하는 불씨들, 바로 촛불이다.

지난 7월 5일 나는 서울시청 앞 광장에 서 있었다. 하나 둘 초에 불이 붙는 순간, 일제히 꽃망울을 터트리는 달맞이꽃처럼 활짝 피어난 꽃불, 세상 그 어디에서도 볼 수 없는 꽃불 잔치였다. 그 감동을 지금도 잊을 수 없다. 그 광장에서 나는 광주에서 올라 온 한 남자를 만났다. 정년을 한 해 남겨 둔 선생님이었다. 그의 등에는 쓰레기통이 십자가처럼 매달려 있었다. 그 쓰레기통에는 우리 사회의 공동선을 해칠 우려가 있는 것들이 적혀 있었다. 모두가 더불어 잘살기를 바라는 희망의 말들이었다. 수입 쇠고기, 민영화, 대운하, 언론장악, 한미FTA…….

두 시간 가까이 촛불 행렬을 따라 걸었다. 생명의 바다로 가는 촛불이 강물이 되어 도심의 거리로 굽이쳤다. 주일 미사를 드리기 위해 전주로 내려가야 할 시간, 약속 장소인 광장으로 되돌아오는 길에서 그를 다시 만났다. 마침 옥수수와 떡볶이 등을 파는 리어카 앞을 지나는데 저녁 식사도 못하고, 사진을 찍기 위해 발품을 팔며 걸은 탓에 몹시 배가 고팠다.

"선생님, 제가 차에 지갑을 놓고 와서 그런데 옥수수 하나만 사 주실래요?" 그저 얼굴 두 번 마주치고 몇 마디 말을 주고받았다지만 너무 당돌했다. 그런데 마치 기다렸다는 듯이 그는 잽싸게 지갑을 꺼냈다. 그렇게 나는 그가 사준 옥수수를 우걱우걱 두 번 베어 먹었다. 옥수수에 꿀을 발라 놓았다 해도 그렇게 맛있을 수는 없었다.

왼손에는 카메라를 들고 오른손으로 옥수수 하모니카를 불며 걸어갔다. 그런데 옥수수 윗부분이 5cm 정도 남았을까. 평소에 누님처럼 지냈던 원불교 교무님이 남은 옥수수를 몇 알 따서 먹더니 그 맛에 반해 내가 들고 있는 옥수수를 입으로 가져갔다. 그러고는 주위 시선에 아랑곳없이 옥수수 한 입을 꿀맛처럼 씹더니, 까만 치마에 하얀 모시저고리를 입은 동료 교무님에게도 한 입 베어 먹으라고 권했다. 그러고는 교무님은 한 번으로 성이 차지 않았던지 내 손에서 옥수수를 빼앗아 가다시피 하며 말했다. "진짜 맛있네. 이거 다 먹어도 되지?" 그렇게 촛불을 든 한 남자가 나눈 옥수수의 맛은 종단도 성별도 초월했다.

최종수 님 / 신부 2008년 9월 호

POSITIVE THINKING ESSAY 100

추위에 떤 겨울이 있기에
봄의 포근함을 느낄 수 있다.

2009
~
2016

Chapter 3

운동화 끈 묶어 주는 여자

지난겨울, 첫아이에게 예방 주사를 맞히기 위해 오랜만에 외출했다. 외출 준비는 처음 글씨를 쓰는 아이처럼 서툴렀다. 필요한 물건만 챙긴다고 넣은 가방이 금세 임신부 배처럼 불룩해졌다. 문득 예전에 조카 물건으로 가득 찬 언니 가방을 보고 피난 가느냐고 놀려 대던 기억이 떠올라 살짝 미안해졌다.

부랴부랴 운동화를 꺼내 신고 밖으로 나왔다. 얼마쯤 걸었을까. 저 앞에서 걸어오던 아주머니가 나를 지나치는가 싶더니 뒤돌아 뛰어와 다급하게 나를 불러 세웠다. "잠깐만요." "네?" "운동화 끈이 풀렸어요. 잠시만 기다려요." 아주머니는 멍하게 서 있는 내 앞에 쪼그리고 앉아 팔랑거리는 운동화 끈을 얌전히 묶었다. "다 됐어요. 엄마가 끈을 밟아 넘어지면 아기도 큰일 나요. 조심해서 가요." "감사합니다."

낯선 사람의 안전을 위해 가던 길을 되돌아와 운동화 끈을 묶어 준 아주머니. 그분의 배려 덕분에 하루 종일 마음이 훈훈했다.

그 뒤 비슷한 일이 일어났다. 나와 한 달 차이로 아이를 낳은 친구와 길을 걷는 중이었다. 앞서가던 친구의 운동화 끈이 풀린 걸 발견했다. 나는 끈을 묶어 주며 아주머니 이야기를 들려주었다. 그러사 친구가 말했다. "너도 그런 일 겪었어? 나도 예전에 한 아주머니가 신발 끈이 풀렸다면서 묶어 주셨거든. 이 동네에 사신다고 했는데, 혹시 같은 분 아니야?" 우리는 같은 분이라고 생각하기로 했다. 그리고 우리도 그런 사람이 되자고 다짐했다.

이윤정 님 | 경기도 부천시 2010년 2월 호

1989년 12월 미국 샌프란시스코 일대에 강력한 지진이 발생했다. 큰 다리와 도로, 건물이 무너져 사상자가 많았다. 당시 시애틀의 한 대학에서 객원 연구원으로 일하던 나는 지진으로 인한 혼란스러운 상황을 난생 처음 겪었다.

시애틀은 샌프란시스코와 같은 지진대에 속한 데다 몇 년 전에 인근 세인트헬렌스 화산이 폭발해 도시 전체가 큰 피해를 입었다. 더구나 20년 이내에 대지진이 일어날 수 있다는 예측까지 나와 주민들은 공황 상태에 빠졌다. 일부 주민들은 그곳을 떠나야 할지 심각하게 고민했고 집값은 폭락했다.

동료들도 극도로 불안해했다. 그런데 나는 공포심을 전혀 느끼지 않았다. 그들과 동일한 시간과 공간에 있었지만 느끼는 것은 전혀 달랐다. 1년만 머무는 단기 체류자였고, 집도 내 것이 아니어서 장래의 지진이나 집값 폭락을 염려할 이유가 없었다.

주민들의 불안한 표정을 보면서 오히려 나그네의 자유로움이 무엇인지 실감했다. 그곳에 살지만 그곳 환경에 영향받지 않는 것, 몸은 그곳에 있지만 마음은 그곳에 속하지 않는 느낌은 강력하고 신비했다. 외적인 조건과 환경에서 자유롭다는 것이 얼마나 강한 힘인지 처음 알았다.

무엇을 갖고자 애쓸 것이 아니라, 무엇에도 집착하지 않고 비우는 것이 더 좋은 삶의 방법임을 깨달았다. 시애틀에서 1년만 살기 때문에 나그네라고 한다면 수십 년밖에 못 사는 이생의 삶 역시 나그네가 아닐까? 시애틀에서의 체험은 '나그네 정신'을 처음으로 알게 했다.

종교에서는 이 같은 나그네 체험을 삶의 본질적 형태로 보아 중요시한다. 구약 성경 창세기에는 야곱이 이집트의 파라오를 만난 자리에서 "나그네 길에, 험악한 세월을 보냈습니다."라고 말하는 장면이 나온다. 온갖 일을 겪은 130세 노인이 자신을 나그네라고 칭한 것은 의미심장하다. 믿음의 조상이라 일컬어지는 아브라함은 더 큰 모험을 했다. 고향에서 족장으로 편히 지낼 때 하나님으로부터 "네 고향과 친척과 아버지의 집을 떠나 내가 장차 보여 줄 땅으로 가라."라는 명령을 받는다.

서울에서 큰 회사를 경영하며 잘사는 사람에게 가족을 이끌고 한 번도 가 본 적 없는 아프리카 오지로 떠나라는 말과 같다.

부처님 말씀을 기록한 《금강경》에도 같은 취지의 말이 있다. 응무소주이생기심(應無所住而生其心). 응당 머무르는 바를 없이하여 참마음을 내라는 뜻이다. 사람, 사물, 감정 어떤 것에도 사로잡히지 말고 자신을 비워 내야 참된 것을 찾을 수 있다는 것이다. 불가에서는 어떤 것에도 집착하지 않고 나그네와 같은 자유를 누리는 사람을 일체무애인(一切無碍人)이라고 부른다.

나는 그날 이후 나그네 정신을 잊지 않으려고 애썼지만 실제 생활에서는 어림없었다. 조금만 중요한 일이 생겨도 마치 영원히 사는 존재인 양 그 일에 매달려 노심초사한다. 환경과 조건을 떨치지 못하는 것이다. 그래서 나는 힘들고 신경 쓰이는 일이 생길 때마다 '100년 후'라는 말을 떠올린다. 지금 내 곁에 있는 사람 중에 100년 후에도 살아 있을 사람은 단 한 명도 없다. 아무리 중대한 일이라도 100년 후까지 계속되는 일은 없다. 이렇게 생각하면 나그네 정신이 되살아나서 자유롭게 숨쉴 수 있다.

한 관광객이 널리 존경받는 랍비의 집을 방문했다. 그는 초라한 방한 칸에 책상과 의자만 있는 것을 보고 놀랐다. "랍비님, 가구는 어디 있습니까?" "당신 가구는 어디 있소?" "제 거요? 저야 이곳에선 그저 지나가는 나그네인 걸요." 랍비가 대답했다. "나도 그렇소."

윤재윤 님 | 판사 2010년 7월 호

052

살맛 나는 세상

강화로 이사 온 지 벌써 3년째. 우리가 살던 아파트는 세를 주었는데 며칠 전 세입자에게 전화가 왔다. 월세가 밀려서 죄송하다며 울먹였다. 세입자는 2년 동안 월세를 못 내서 보증금이 없는 상태고, 올여름 계약 만료를 앞두고 있다.

"죄송해요. 지금 나가면 갈 곳이 없어요. 염치없는 부탁이지만 이곳에 살게 해 주시면 안 될까요?"

월세가 밀릴 때마다 문자 메시지를 보내온 터라 참으로 안타까웠다. 남편과 상의한 끝에 1년간 연장해 주기로 했다. 고맙다는 세입자의 울음 섞인 말을 들으니 잘했구나 싶었다. 우리 또한 월세 살던 기억이 났다.

9년 전 남편은 마흔세 살에 개인택시를 그만두고 그토록 꿈꾸던 대학에 들어갔다. 10여 년의 결혼 생활 동안 나의 강한 반대로 못 갔지만 꿈을 향해 도전을 멈추지 않는 남편을 보며 내가 먼저 두 손을 들었다.

더 이상 반대하면 생애 가장 큰 후회로 남을 것 같았다. 조카뻘인 학생들 틈에서 공부하려면 따라가기 힘들기에 남편을 기숙사에 보냈다.

"생활 전선은 내게 맡기고 이왕 공부하기로 했으니 죽기 아니면 까무러치기로 열심히 해."

당시 전세 보증금 2300만 원 중 1000만 원을 빼서 등록하고 월세로 살았다. 갑자기 가장이 된 나는 집 앞 작은 회사에서 생산직으로 일했다. 일곱 살이던 둘째 아들이 유치원에 다녀온 뒤 회사 계단에 쪼그리고 앉아 내가 퇴근하기를 기다리던 일이 제일 안타깝다.

이듬해 남편에게 전화가 왔다. 장학금을 탔다는 것이다.

POSITIVE THINKING ESSAY 100

'쨍하고 해 뜰 날도 있구나.' 내심 좋아서 춤이라도 추고 싶었다. 하지만 남편은 머뭇거리면서 조심스럽게 말을 이었다.

"여보, 내가 받은 장학금을 나처럼 늦게 공부 시작한 사람에게 주면 안 될까?"

너무나 힘든 결단이었다. 그 장학금으로 아빠의 빈자리 때문에 고생한 두 아들에게 맛난 것을 사주려고 했는데…….

휴, 한숨을 쉬며 그렇게 하라고 했다. 그 학생은 우리보다 형편이 어려운 세 딸의 아빠였다. 남편은 밥 사 먹을 돈이 없어 굶던 그와 밥 한 그릇을 나누어 먹었고, 차비도 책 살 돈도 남편 호주머니에서 나왔다. 우리도 어려운데 더 어려운 사람을 만나니 할 말이 없었다. 베풀며 살자는 신조를 실천했을 뿐이지만 월세를 낼 때마다 갈등했다.

"차라리 벼룩의 간을 달라고 하시지요."

혼자 중얼거렸다. 그러나 하늘은 스스로 돕는 자를 돕는다던가. 어느 날 3학년 등록금을 걱정할 때 시누이에게 전화가 왔다.

"언니, 오빠 등록금을 한번 내려고 하는데……."

얼마나 감사하던지, 남편은 도움의 손길 덕분에 대학원까지 공부할 수 있었다. 지금도 그때 생각을 하면 찡한 감동이 밀려온다.

지금 우리는 산속에 산다. 여전히 누군가의 도움을 받고, 그 빚은 기도로 갚는다. 얼마 전 중학교 3학년인 아들이 장학금을 탔다. 우리는 장학금을 더 어려운 학생에게 주라고 양보했다.

나와 남편, 두 아들까지 장학금을 받으며 공부했기에 장학금을 후원하는 꿈을 꾼다. 이웃을 생각하며 가진 것을 나누고 아픔을 공감하는 세상, 분명 찬란하고 훈훈한 바람이 불 것이다. 그럴 때 살맛 나는 세상이 되지 않을까.

구영숙 님 | 인천시 강화군 2010년 8월 호

053

두부 한 모

재료를 남기지 않으려고 한 시간 넘게 고민해서 일주일 치 식단을 짜고 장을 봤더니 제법 그럴듯했다. 내심 만족해하는데 일곱 살 난 손자가 식단을 읽기 시작했다.

"두부된장찌개, 두부부침, 두부조림…… 할머니는 만날 두부만 먹어?" "두부가 얼마나 몸에 좋은데." "싸니까 그런 거면서. 돈가스 먹고 싶어요."

녀석의 말이 틀린 건 아니지만 두부도 이미 서민 음식이 아니다. 두부 한 모가 200원이던 시절은 내 나이 서른 즈음인 25년 전. 강산이 두 번 바뀌는 동안 두부 값이 오른 건 당연한데도 괜히 화가 났다.

그때 "드르르~." 하며 휴대 전화 진동음이 요란하게 방바닥을 때렸다. "○○보험 상담원입니다." "보험이 많아서요. 죄송합니다." 그런데 다시 파드득거리는 휴대 전화! "좋은 조건의 상품이 나와서요." "여윳돈이 없어요." "고객님, 월 5만 원 정도만……." "저기요! 정말 여유가 없다고요. 2800원짜리 두부 한 모 사서 찌개에 넣고, 나물이랑 무치고, 부쳐 먹으며 겨우 살아요. 한 모를 찌개에 죄다 집어넣어도 시원찮을 판에 4분의 1만 넣으며 산다니까요!" 얼른 전화를 끊으려는데 상담원이 말했다.

"고객님, 정말 야무지게 사시네요. 요즘 물가가 많이 올라서 힘드시죠? 저도 나중에 결혼하면 고객님처럼 살려고요. 힘내시고 꼭 부자 되세요. 여윳돈 생겨서 저축 생각나시면 꼭 전화 주세요."

전화를 끊고 상담원 전화번호를 휴대 전화에 저장했다. 이름은 '두부

POSITIVE THINKING ESSAY 100

한 모'. 언젠가 경제적 여유, 마음의 여유가 생긴다면 두부 한 모 상담원에게 꼭 전화를 걸어 볼 생각이다.

김정옥 님 | 경기도 양주시 2010년 9월 호

아버지는 6.25 전쟁 뒤 양은 공장을 차려 돈을 많이 벌었다. 하지만 공장이 부도나면서 빚쟁이에게 쫓기자 어린 삼 남매를 엄마에게 맡긴 채 집을 나갔다.

5년이 흘렀고, 나는 일곱 살이 되었다. 그때 작은아버지가 생사를 알 수 없던 아버지 소식을 들고 왔다. 광주에서 어떤 여자와 산다고.

장마가 시작되는 초여름, 엄마는 나를 데리고 광주 역에 도착했다. 그곳에서 아버지를 만났다. 엄마가 말했다. "이제부터 이 애는 당신이 키워요."

그날 밤, 화장실에 가려고 일어난 엄마는 깜짝 놀랐다. 내 발목에 당신의 치마끈이 묶여 있었기 때문이다.

그리고 얼마 뒤, 우리는 광주로 이사 와서 아버지와 살았다. 아버지와 살던 여자는 아버지를 못 잊고 우리가 가는 곳마다 따라다녀 엄마와 자주 싸웠다. 아홉 살 위인 언니가 엄마와 한편이 되어 싸웠다는데, 편들어 줄 이 없던 그 여자는 아픔을 무엇으로 보상받았을까.

엄마는 어느덧 여든이 넘었다. 아버지 제삿날, 엄마는 옛일을 회상하며 말했다. "내 치마끈으로 발목만 묶지 않았다면……. 아버지와 살지 않으려고 단단히 마음먹고 갔는데. 어린것이 얼마나 걱정되었으면 치마끈을 묶고 잤는지."

그때 엄마가 한복을 안 입었다면 나는 무엇으로 엄마와 나를 묶었을까. 설사 치마끈이 아니더라도 천륜은 끊어 버릴 수 없었을 것이다. 엄마는 그 끈을 내게 물려줬다. 그래서 나는 엄마의 이름으로 자식의 발목을 단단히 묶고, 힘든 세상살이 앞에서도 당당할 수 있다. 세상 모든 엄마가 그러한 것처럼.

양인옥 님 | 강원도 속초시 2010년 9월 호

055

한 손 엄마

결혼하고 8년 넘도록 임신이 안 돼 힘든 나날을 보냈다. 그런데 1995년, 쌍둥이를 임신했다. 한데 기쁨도 잠시, 한 손으로 두 아이를 어떻게 키울지 두려움이 밀려왔다. 나는 생후 6개월 때부터 소아마비를 앓아 한 손과 다리가 불편하다.

아이들이 유치원에 입학했을 때다. 인형으로 수없이 연습했는데도, 한 손으로 머리 묶는 데 오랜 시간이 걸리고 예쁘게도 안 됐다. 아이들은 유치원에 늦는다고 가끔 짜증냈다. 그렇게 아이들을 보내면 종일 마음이 아팠다.

졸업 사진을 찍는 날도 걱정이었다. 그래서 선생님에게 아이들 머리 좀 묶어 달라는 쪽지를 써서 아이 편에 보냈다. 그런데 집에 온 아이 머리가 아침과 똑같은 게 아닌가. 왜 그대로냐고 물었더니 내가 묶어 준 게 더 예뻐서 쪽지를 전하지 않았다고 했다. 일곱 살 아이가 무슨 생각을 했을지 짐작했지만 더는 물어보지 않았다. 그 뒤로는 저희들끼리 머리를 묶고 다녔다.

초등학교 1학년 때, 아이 친구들을 집으로 초대해 떡볶이, 피자, 닭튀김을 해 주었다. 그러자 친구들이 "너희 엄마는 손도 불편한데 음식 잘하신다. 우리 엄마는 두 손인데도 안 해 줘." 하고 불평했단다. 내가 "엄마가 안 창피해?" 하니 아이가 말했다. "자랑스러워. 한 손으로 못 하는 게 없는데 뭐가 문제야. 다른 엄마하고 똑같아. 그러니 자꾸 그런 말 하지 마. 알았지?" 나는 정말 행복한 엄마다.

요즘은 복지관에서 컴퓨터를 배운 뒤 자격증을 따서 봉사하러 다닌

POSITIVE THINKING ESSAY 100

다. 당당하게 살라던 수녀님 말씀에 힘입어 배울 수 있는 것은 다 배운다. 한 손과 발로도 무슨 일이든 할 수 있다. 아이들에게 노력하며 밝게 사는 모습을 보여 주자고 다짐한다. 다행히 아이들은 뭐든 열심히 하는 나를 자랑스러워한다.

이미영 님 | 인천시 계양구 2010년 10월 호

전화번호만 쓰인 편지

2007년 10월 어느 밤, 휴대 전화벨이 울렸다.

"여보세요. 혹시 전화번호가 010-2372-0000 맞나요?"

"네. 왜 그러시죠?"

"저는 대전에서 일하는 우체부입니다. 따님인지 아드님인지 엄마를 그리워하는 편지를 보냈는데요. 주소 대신 전화번호가 적혀 있어서요. 내용을 보니 꼭 드려야 할 것 같아서……."

"아, 정말 감사합니다. 제가 찾으러 갈게요."

전화를 끊고 한참 울었다. 여섯 살밖에 안 된 딸이 못난 엄마에게 편지를 보낸 것이다. 편지 쓰는 방법도 잘 모를 텐데…….

나는 결혼 생활의 실패자였다. 남편, 시댁과의 갈등을 견딜 수 없어 딸을 남겨 두고 떠난 나쁜 엄마였다. 그런데 자식이 부부 사이를 이어 주는 끈이라는 말이 맞는 듯, 그 편지 덕분에 우리 부부는 살림을 합쳐 행복하게 산다.

전화번호만 쓰인 편지를 버리지 않고 애써 연락해 준 우체부 아저씨의 배려와 따뜻한 마음에 깊이 감사한다.

최영숙 님 | 대전시 서구 2010년 10월 호

POSITIVE THINKING ESSAY 100

그 모든 필연은

이모에게 아들이 둘 있다. 얌전한 첫째에 비해 둘째는 어찌나 극성스러 운지. 어린 시절 슈퍼맨 흉내 낸다며 보자기를 목에 둘러매고 담장 위 에서 뛰어내려 다리가 부러지는가 하면, 비행기 소리에 놀라 도망갈 정 도로 겁 많은 형을 지킨다고 끈으로 묶은 채 다니기도 했다.

어느 날, 집 앞 공원에서 놀던 둘째가 홀연히 사라졌다. 식구들이 둘 째를 찾느라 혈안일 때였다. 큰길 건너에 살던 아저씨가 낯선 집 대문 앞에 쭈그리고 앉은 둘째를 보았다.

아저씨는 대문이 잠겨 못 들어가는 줄 알고 대문을 두들겨 집주인을 불렀다. 예전에 주차 문제로 그 집 아저씨와 대화했는데, 둘째가 집주 인과 꼭 닮아서 아들이라 생각한 것이다. 아저씨는 둘째를 집 안으로 들여보내고 가던 길을 갔다.

집주인은 둘째를 보고 깜짝 놀랐다. 어쩜 그렇게 자신과 쏙 빼닮았나 싶어서 친아들보다 자신을 더 닮은 둘째가 남 같지 않아 이름과 집 위 치를 물어보았다. 옆에서 그 모습을 지켜보던 집주인 아내는 얼토당토 않은 상상을 했다.

'혹시 남편과 다른 여자 사이에서…… 아니야, 아니야.'

결국 부부는 아이를 데리고 파출소로 갔다. 그런데 이게 웬일. 아이 실종 신고하려고 파출소에 온 이모, 이모부와 마주쳤다. 형제처럼 빼닮 은 이모부와 집주인. 알고 보니 집주인은 이모부가 어릴 적 잃어버린 동생이었다.

이모부는 어머니, 동생과 무주 장에 갔다가 수많은 인파 속에서 동생을 잃어버렸다. 동생은 지나가는 버스가 신기해 올라탔는데 전주행이었단다. 그렇게 가족과 헤어진 동생은 전주의 고아원에서 자랐고, 그곳에서 결혼해 쭉 살았다.

이모부 어머님은 잃어버린 막내아들 때문에 냉가슴을 앓다 우연히 찾은 막내를 보자마자 혼절했다고 한다. 재작년에 고인이 되었지만 마음 편히 눈을 감았으리라.

말썽 많은 둘째가 그날 큰길 건너편이 궁금해 놀러 간 것도, 때마침 지쳐서 주저앉은 곳이 그 집인 것도, 둘째를 그 집 아들로 생각한 아저씨를 만난 것도 필연이었다. 그 모든 필연은 잃어버린 가족을 찾기 위한 기적이었다.

김문주 님 | 전북 전주시 2010년 12월 호

닮고 싶은 사랑

며칠 전, 지인들 모임에 나갔다 밤 9시 넘어 시내버스에 몸을 실었다. 버스가 어느 정류장에 멈춰 섰을 때였다. 무심코 창밖을 내다보는데, 고희를 훌쩍 넘긴 듯한 한 할아버지가 버스를 향해 다가왔다. 한데 이상하게도 앞문이 아닌 뒷문 쪽으로 천천히 걸어오는 게 아닌가.

의아하게 생각하는 찰나, 버스 뒷문이 열리고 한 할머니가 내렸다. 할아버지는 할머니 손에 가득 든 짐을 모두 받아 들었다.

잠시나마 눈을 뗄 수 없었다. 할머니를 맞는 할아버지의 환한 얼굴, 이야기를 나누며 함박웃음을 짓는 두 사람의 표정에서 애정이 듬뿍 묻어났다. 그 나이에도 서로를 사랑스러운 눈으로 바라본다는 것이 조금 신기하기도 했다.

두 사람은 미소를 가득 머금고 어둠이 내린 골목을 걸어갔다. 두 손 가득 짐을 든 할아버지의 발걸음이 가벼워 보였다.

사랑에 관한 책과 달콤한 노래가 넘쳐나는 요즘이지만, 한편으론 숱한 '조건'으로 얼룩져 참사랑의 색깔과 의미를 잃어 가는 것 같다. 나역시 조건 없는 순수한 사랑이 있을까 의심했으니까. 그날 본 할아버지, 할머니처럼 사랑하며 살고 싶다.

김민혁 님 | 대전시 대덕구 2011년 11월 호

몇 년 전, 회사에서 속상한 일이 있었습니다. 운전하면서 집으로 가는데 자꾸 눈물이 나더라고요. 점심을 거른 탓에 배도 고팠습니다.

주위를 둘러보니 마침 왼편에 식당이 보였지요.

왕돈가스

먹고 힘내자!

유턴하는 앞차를 따라 나도 유턴했습니다.

삐익!

그런데 아뿔싸! 교통경찰이 내게 손짓하는 게 아닙니까?

선생님, 불법 유턴하는 앞차를 따라가시면 어떡합니까? 범칙금에 벌점이…….

눈물 훔치느라 표지판을 보지 못하고 앞차만 따라간 게 문제였습니다. 온종일 안 좋은 일만 생기는구나 싶어 또 눈물이 났습니다.

으흑

2010년 12월 호 <눈물 훔친 날>
글_강정민 님(가명) | 서울 강동구, 그림_이효정 님

지금 우십니까?

걸려서 우는 거
아니에요. 괜찮으니
신경 쓰지 마세요.

우시는데 어떻게 딱지를 뗍니까.
무슨 안 좋은 일 있으셨습니까?

그럼 좋은 일도 있어야죠.
음, 이번엔 보내 드리겠습니다.

네……

그만 우시고 앞으로는
안전 운전 하십시오.

너무 창피한 나머지 고맙다는 인사도 제대로 못
하고 출발했습니다.

그날 선처를 베풀어 주신 경찰관님에
게 감사 인사를 전하고 싶습니다. "안
좋은 일 겪었으니 좋은 일도 있어야
죠."라며 웃어 주시던 그 미소 정말 고
마웠습니다.

159

059

지팡이

운동할 때 짚고 다니라며 형님에게 지팡이 두 개를 줬다. 별 뜻 없는 척 건네고 돌아섰지만 사실 그 지팡이를 다듬는 데 오랜 시간 정성을 쏟았다. 나무를 고르고 말리고 다듬고 모양을 내면서 얼마나 신경 썼는지 모른다.

어머니가 살아 있을 때였다. 어머니는 병석에서 가까스로 일어나 지팡이가 필요했는데 자식은 부모 지팡이를 만들거나 사 줘서는 안 된다며 완강히 거부했다. 옛날부터 전해 오는 관습이라고 했다. 그렇다고 직접 지팡이를 사러 나가지도 못하는 상황이었다.

그러다 보니 골목에 굴러다니던 대나무 꼬챙이나, 심지어는 각목을 지팡이 삼았다. 그런 어머니를 보기가 얼마나 가슴 아렸는지 모른다. 내 손으로 튼튼한 지팡이를 만들 수 있는데 너무 안타까웠다. 답답한 마음에 동네 친구들에게 부탁해 보았지만 대답만 시원하게 할 뿐 정작 지팡이를 만들어 오는 친구는 없었다. 한창 팔팔한 이십대라 지팡이의 필요성을 절감하지 못했던 것 같다.

나는 하는 수 없이 길에 굴러다니는 꼬챙이로 알고 주워 쓰시라고 그 럴싸한 나뭇가지를 베어 집 주위에 아무렇게나 던져 놓았다. 그러나 어머니는 내가 한 일임을 알고 그러지 말라고 나무랐다. 결국 어머니는 돌아가실 때까지 변변한 지팡이 한 번 못 짚었다.

그 뒤 한이 맺혀 틈나는 대로 지팡이를 다듬었다. 이웃 어른이나 숙모들에게 하나씩 드리면 크게 기뻐해 새삼 놀랐다.

사실 내가 지팡이에 집착하는 데는 또 다른 이유가 있다. 친구들이

POSITIVE THINKING ESSAY 100

학교 다닐 때 나는 사회에 발을 디뎌야 했다. 비빌 언덕조차 없는 맨땅이었다. 부모님은 연로하고 형제들은 일찍이 객지로 나가 저 먹고 살기도 바빴다.

무엇이든 짚고 일어서려 애썼지만 배운 지식도, 기술도 없어 너무나 힘들었다. 언젠가는 온전히 내 힘으로 일어설 거라며 허우적거렸지만 가슴엔 뿌연 안개만 피어올랐다. 남의 논을 얻어 농사지으며 더디게 홀로서기 했지만 아직도 우뚝 서지 못했다.

지팡이를 받아 들고 좋아하시는 형님을 보며 난생처음 내가 형님이 의지할 지팡이가 되어 본다. 형제간의 끈끈한 정이 흐른다.

이진대 님 | 경북 경주시 2011년 10월 호

2009-2016

060

마음을 나누는 손

손녀와 놀이터에 갔다. 구석 벤치에 아기를 안은 젊은 엄마가 있었는데, 왠지 그 모습이 쓸쓸해 보였다. 가까이 다가가 말을 걸었다.

"엄마 닮아 무척 예쁘네요. 몇 개월이나 됐어요?" 그러자 그는 손가락을 입가에 대고 흔들었다. 말을 못한다는 뜻 같았다. 나는 당황해서 "아, 미안합니다." 한 후 곧 자리를 떠났다.

나중에야 '손짓으로라도 대화해 보는 거였는데.' 하는 아쉬움이 밀려왔다. 그에게 말해 주고 싶었다. '그때 당황해서 미안했어요. 날씨 참 좋지요? 아기도 기분이 좋은가 봐요. 방실방실 웃네요.'

그 뒤 우연히 복지관에서 수화를 가르치는 걸 알고 바로 등록했다. 첫 수업이 끝난 다음 날, 손녀와 손잡고 놀이터에 갔다. 여전히 벤치에 앉아 있는 아기 엄마에게 웃으며 다가갔다. 오른손을 들어 왼팔에 갖다 대고 쓸어내리며 수화로 말을 걸었다.

"안녕하세요. 전에는 미안했어요. 우리 앞으로 친하게 지내요."

그 순간, 아기 엄마가 내 손을 꼭 잡았다. 누군가와 대화하기를 오랫동안 기다렸을 것을 생각하니 가슴이 벅차올랐다. 아기 엄마는 왼 손등에 오른손을 세워 두 번 톡톡 두드렸다. 손녀가 내게 물었다.

"톡톡, 할머니 이게 뭐예요?" "고맙다는 말이란다. 너도 해 볼래?" 손녀도 따라 했다. 우리는 손으로 다정하게 이야기를 나누었다. 참 따뜻했다.

견선희 님 | 경남 창원시 2011년 11월 호

061

바퀴 의자에 실은 희망

뉴스에서나 나올 혹독한 재앙이 내게 한꺼번에 몰아칠 줄은 정말 몰랐다.

나는 작은 운수업을 하는 남편과 아들딸을 기르며 행복하게 살았다. 그러나 IMF 때 우리 가정에 조금씩 금이 가기 시작했다. 남편은 빚이 쌓이자 살던 아파트까지 처분하고 막노동을 했다. 나도 생활비를 벌 요량으로 식당에 나가 열심히 일했다.

2005년 5월, 식당에서 일하다 뜻밖의 전화를 받았다. 남편이 사고를 당했다는 것이었다. 정신없이 달려가 보니 남편은 침대에 누워 고통을 참고 있었다. 고속도로 공사장에서 일하다 뺑소니차에 치인 것이다. 도로에 쓰러져 정신을 잃은 남편은 꼼짝없이 두 시간이나 피를 흘렸다고 했다. 병실 밖에서 남편의 비명을 들으며 두려움에 떨었다. 의자 옆에 남편 신발 한 짝이 잃어버린 짝을 찾는 듯 슬프게 나뒹굴었다.

의사는 남편에게 정강이뼈가 으스러져 치료하는 데 오래 걸리고 후유증으로 다리를 절수 있다고 말했다. 경찰은 뺑소니차를 찾지 못했고 병원비는 쌓여만 갔다. 남편이 입원한 동안 나는 집과 식당, 병원을 오가느라 정신없었다. 다행히 남편 회사의 도움을 받아 병원비를 해결하고 3개월 만에 퇴원했다. 나는 새벽 5시에 일어나 출근하고, 남편은 불편한 몸으로 아이들을 학교에 보내고 살림을 도맡았다. 그렇게 평온한 일상으로 돌아가나 싶었다.

어느 날 한방에 모여 잠을 자다 새벽녘 남편이 화장실 가려고 방문을 연 순간, 불길이 방 안으로 밀려왔다. 우리가 잠자는 동안 집에 불이 난

POSITIVE THINKING ESSAY 100

것이다. 방 안에 갇혀 119에 신고하고 급히 아이들을 창문 쪽으로 데려가 숨 쉬게 했다. 몸을 다친 남편 대신 내가 먼저 창문 위로 올라섰다. 밑에서 이불이라도 잡고 있으면 아이들이 뛰어내려도 덜 다칠 거라는 생각이었다. 하지만 그 선택이 나의 운명을 바꾸고 말았다. 뛰어내릴 때 충격으로 척추가 골절되면서 뼈가 신경을 잘라 허리 밑으로 마비가 되었다.

다행히 구급대가 와서 남편과 아이들은 무사히 구출됐다. 나는 종합 병원으로 옮겨져 4시간이나 수술 받았다. 그런데도 감각 없는 다리의 저린 증상이 24시간 계속되었다. 모든 불행이 내게만 몰려든 것 같아 화가 나서 죽고만 싶었다. 하지만 좌절할 여유조차 없었다. 이제 중학생인 아들딸이 빗나가지는 않을까 걱정되었다. 다행히 시댁 형님 두 분이 돈을 모아 주셔서 아이들이 머물 월세방을 마련했다. 남편은 불편한 몸을 목발에 의지하며 내 병간호를 했다. 주위 사람들이 환자가 환자를 돌본다며 안쓰러워했지만 간병인을 쓸 처지가 아니었다.

매일 재활 운동을 하고 침도 맞았지만 몸이 낫는 속도는 더뎠다. 온몸이 땀으로 젖을 때까지 수없이 걷는 연습을 했지만 자꾸 주저앉았다. 나 때문에 식구들이 고생하는 것도 너무 미안했다. 시간이 흘러 혼자 휠체어를 타면서 4년의 병원 생활을 끝내고 집으로 돌아왔다. 종일 볕도 들지 않는 방에서 텔레비전을 보며 식구들을 기다렸다. 내가 짐이 되는 것 같아 우울증이 왔지만, 그 무렵 지인 소개로 임대 아파트를 신청한 것이 당첨되어 다행히 이사했다.

새집에서는 휠체어를 타고 내 손으로 식구들 밥도 할 수 있었다. 아이들의 표정이 밝아지는 걸 보면서 내 얼굴에도 미소가 피어났다. 오랫동안 병원 생활하며 떨어져 지냈던 때에 비하면, 가족이 함께할 수 있는 이 순간이 얼마나 소중한지 모른다. 비록 불편한 몸이지만, 앞으로 살아갈 날이 두렵지 않다. 나에게는 세상에서 가장 소중한 남편과 아이들이 있으니까.

황순자 님 | 대구시 동구 2011년 11월 호

062

시동생이 그립다

네 살짜리 꼬마 시동생이 있었다. 한번은 심하게 감기를 앓는데 "많이 아파요?" 하며 고사리 손으로 내 이마를 짚었다. "참 시원하네요!" 했더니 엄동설한, 밖에 나가 손을 꽁꽁 얼려서 이마를 계속 짚어 줬다. 그러더니 "머리가 뜨거워서 차갑게 해야 돼요. 밤에 자다 아프면 어떡해요? 큰 성(형) 대신 내가 지켜 줄게요." 하며 옆에서 잠들었다. 밥 먹여 달라, 같이 놀아 달라 떼쓰기도 했지만 어른 뺨치는 자상함과 배려, 따듯한 마음이 얼마나 예쁘고 고맙던지. 꼬마 시동생은 군대 간 남편 대신 칼바람 같은 시집살이를 이겨 내는 데 큰 힘이 되어 주었다.

그런데 시동생이 일곱 살 되던 해 어머님이 사고로, 열한 살 되던 해엔 아버님마저 세상을 떠나셨다. 웃음을 잃은 외기러기 같았던 시동생은 고등학생이 되고 나서야 밝아졌다. 어느 날 부엌문을 빠끔히 연 시동생이 꾸러미를 내밀었다. 고무장갑과 습진 연고였다. "약사한테 얘기했더니 주부 습진이래서 사 왔어요." 순간 눈물이 주르르 흘렸다. 시동생을 꼭 껴안고 "고마워요. 삼촌 덕에 아주 많이 행복해요." 하니 "에이, 미안하게 왜 그러세요?" 하고 뛰어나갔다.

남편 사업이 부진해 건강 보험료도 밀리고, 쌀도 외상으로 사 먹을 만큼 힘들어서 고3이 된 시동생을 취업 내보냈다. 그런데 진눈깨비가 내리던 날, 시동생이 일하는 회사에 불이 났다는 전화를 받았다. 정신없이 병원에 도착하니 큰 시동생이 남편과 나를 병원 뒤쪽으로 데려갔다. "막내, 영안실에 있어요." 이게 무슨 날벼락인가? 온몸에 기운이 쫙 빠져 남편도, 나도 털썩 주저앉았다.

　한참 만에 정신을 차린 남편이 혼자 영안실에 다녀오더니 울음을 터뜨렸다. 시누이들도 엉엉 우는데 나는 눈물조차 나오지 않았다. "바보, 자기 자신은 지킬 줄 알아야지."라는 말만 되뇌었다.

　시동생은 불이 나자 재빠르게 나왔다가 어머니 같던 아주머니가 안 보인다며 다시 들어갔는데 그때 건물이 무너졌다고 했다. 다른 사람을 위해 기꺼이 자신을 내어 준 것이다. 남들은 어린 시동생을 내가 키웠다고 하지만, 오히려 시동생이 지친 내 손을 잡아 주고 작은 어깨를 내밀어 기댈 언덕이 돼 주었다.

　며칠 전 아파 누웠는데 비몽사몽간에 고사리 손이 말없이 이마를 짚어주는 듯했다. 꼬마 시동생이 못 견디게 그립다.

허춘화 님 | 경기도 부천시 2011년 12월 호

너는 특별하단다

그는 꼭 나를 보고 이야기하는 것 같았다. 강영우 박사. 웬만한 한국인들은 '강영우'란 이름을 들으면 "아, 그 성공한 시각 장애인."이라고 말한다. 2001~2009년 부시 대통령 시절, 미 백악관 국가 장애 위원회 정책 차관보를 역임한 강 박사는 아마 한국 사회에서 가장 널리 알려진 시각 장애인일 것이다.

최근 서울을 방문한 강 박사와 그의 아내 석은옥 여사를 만나면서 나는 강 박사가 두 눈 똑 바로 뜨고 나를 바라보는 듯한 느낌을 받았다. 대화 중 내 느낌까지 정확히 알고 이야기하는 강 박사를 보면서 그에게는 탁월한 심안이 있다고 생각했다.

중학생 시절 사고로 실명한 강 박사는 연세대를 졸업하고 미국 피츠버그대에서 교육학 박사 학위를 받았다. 시각 장애인이 그렇게 공부하기까지 얼마나 많은 노력을 기울였는지는 불문가지일 것이다. 그는 정책 차관보뿐 아니라 UN 세계 장애 위원회 부의장 겸 루스벨트 재단 고문도 역임했다. 그의 인생 행보 하나하나가 드라마 같다. 미국 언론도 강 박사의 이야기를 크게 다뤘다.

그에게 묻고 싶은 이야기가 수없이 많지만, 특별히 자녀 교육에 초점을 맞추었다. 우리나라 부모가 강 박사 부부로부터 배울 점이 많다고 생각했기 때문이다. 그와 석 여사는 두 아들을 성공적으로 키웠다. 큰아들 진석 씨는 하버드대를 나온 안과 의사로 워싱턴 지역 안과 협회장이다. 둘째 아들 진영 씨는 듀크대 법학 전문 대학원을 나와 오바마 대통령 특보로 일한다. 미 대통령 전용기 에어 포스 원에서 오바마 대통령과 자리한 진영 씨 사진이 화제가 되기도 했다. 이들 가족은 소위 아메리칸 드림을 이뤘다.

자녀의 성공은 모든 부모의 공통된 소망. 강 박사 부부는 자녀를 어떻게 키웠을까?

"우리 교육 방법은 간단해요. 그저 두 아이에게 가장 기초가 되는 일곱 가지 원동력을 심어 줬지요. 자나 깨나 그 원동력이 아이들의 DNA 속에 들어가도록 도와줬습니다."

그에 따르면 한 인간이 세상을 사는 데는 지능과 환경 등 수천 개의 동력이 작용한다. 자녀 교육에 '부모의 이루지 못한 꿈'도 중요한 동력이 되는데 이는 부정적인 동력이다. 강 박사는 수천 가지 일반 동력은 어느 정도 작용하지만 결정적 순간에는 제 기능을 못하는 경우가 많다고 했다. 그래서 자녀에게 일반 동력 대신 원동력을 심어 주는 것이 중요하다.

그가 말한 일곱 가지 원동력은 자존감, 선명한 목표, 긍정적인 마음, 공훈, 소통의 능력, 포기하지 않는 끈기, 창의력이다.

큰아들 진석 씨는 중학교 2학년 때까지 공부를 잘하지 못했다. 어느 날 그가 강 박사에게 말했다. "저는 아버지 생각처럼 똑똑하지 못해요. 저에 대한 기대를 버리세요. 공부 잘하는 동생에게나 기대하세요." 강 박사 부부는 큰아들에게 자신감이 없다는 걸 발견했다. 그래서 아들의 자존감을 키워 주기 위해 노력했다. 그중 하나가 아들과 같은 날 태어난 위인을 찾는 것이었다. 4월 23일은 진석 씨 생일. 마침 그해 부활절이 4월 23일이었다. 강 박사는 아들에게 말했다. "너는 특별한 날에 태어났단다. 부활에 버금가는 위대한 사건이 네 생애에 일어날 거야. 기대하고 기다려라." 점차 진석 씨는 자신감을 찾았고 꾸준한 노력으로 하버드대에 들어갔다. 또한 2000년 4월 23일에 의학 박사가 됐다.

강 박사 부부는 자녀들이 선명한 비전과 목표를 갖도록 도와줬다. 매일 "너희는 세상을 바꾸는 사람들이야. 더 좋은 세상을 만드는 주역이 되어야 해!"라고 말해 줬다. 어린 시절부터 두 자녀는 '돈 버는 것보다 세상을 바꾸는 멋진 일을 해야 한다.'라고 생각했다.

둘째 아들 진영 씨는 법대 졸업 이후 로펌에 가면 한 달에 3만 5천 달러 이상을 받을 수 있었다. 그러나 그는 로펌에 가지 않고 월급 2천 달러를 받으면서 에드워드 케네디 상원 의원의 인턴으로 일했다. '최초의 동양계 미국인 연방 대법관'이라는 꿈이 있었기에 내린 결정이었다. 돈 대신 꿈을 택한 결과 지금 그는 백악관에서 일한다. 꿈을 향해 한 발을 내딛은 것이다.

강 박사는 말했다. "자녀를 점수 따는 기계로 만들지 마세요. 좋은 대학에 들어가더라도 원동력이 없으면 실패한 인생을 살 수밖에 없습니다. 자녀에게 꿈을 심어 주세요. 추억을 만드세요. 일곱 가지 원동력을 장착시키세요. 한두 번 실패하더라도 결국 꿈을 이루는 인생을 살 겁니다."

올해 예순일곱 살인 그가 인생에서 배운 소중한 진리가 있다. 실패는 성공의 디딤돌이라는 것이다. 어린 시절 그는 수없이 "눈을 뜨게 해 주세요."라고 기도했다. 하지만 그의 눈은 뜨이지 않았다.

강 박사는 웃으며 이야기했다. "지금 생각해 보니 실명한 것이 내 인생의 대박이었더라고요. 만일 눈을 떴다면 나는 평범하게 살았을 겁니다. 그러나 시각 장애인이었기에 더 노력했습니다. 사랑하는 아내를 만나고, 자랑스러운 아이들을 얻었습니다. 기회는 항상 있습니다." 그는 힘들어하는 사람들에게 자신을 생각해 보라고 말했다. "저를 보세요. 저는 앞을 못 봅니다. 환경적으로 엄청난 실패자지요. 그러나 저는 정말로 행복합니다. 행복은 주어지지 않습니다. 만들어 나가는 것입니다."

이태형 님 | 국민일보 부장 2011년 12월 호

063

달님반 정희영

POSITIVE THINKING ESSAY 100

열 살 때 떠난 엄마가 10년 만에 돌아왔다. 엄마의 귀향은 반갑지 않았다. 엄마의 손이 필요하던 어린 시절, 아버지는 혼자인 내가 안쓰러웠는지 새어머니와 재혼했고 곧 예쁜 동생이 태어났다. 단란한 가정에 불청객이 된 기분이었다. 나는 몸만 컸지 마음은 어린애와 같아서 엄마를 원망하며 세월을 보냈다.

그러다 스무 살이 되던 어느 날, 전화를 받았다. 수화기 너머 목소리는 심하게 떨렸다. "엄마야……." 순간 세상의 모든 소리가 멈췄다. 엄마라니, 그토록 원망하던 엄마라니.

그렇게 우리 모녀는 재회했다. 왜 떠났는지 이유만 묻고 냉정하게 돌아서겠노라 다짐하고 앉았다. 그런데 계획에 없던 눈물이 홍수처럼 쏟아졌다. 마음이 진정됐을 때 엄마는 옛날이야기를 들려주었다.

아버지와 살면서 힘들었던 이야기와 헤어진 사연, 그리고 나를 두고 떠난 이후의 상황들, 10년 세월을 10분 남짓 압축해서 말하는 그 여인이 너무 슬퍼 보여서 나는 원망은커녕 괜찮다고 토닥거렸다.

자연스럽게 만남을 가진 지 8년이 될 무렵, 엄마는 나를 집으로 초대했다. 엄마처럼 자그마한 방 한 칸. 그곳에서 엄마가 딸과의 이별 통증을 안고 외로이 지냈다고 생각하니 가슴이 먹

먹해졌다. 엄마는 거들려는 나를 굳이 앉히고 분주히 저녁 식사 준비를 했다. 나는 방을 둘러보다 낡은 가방 하나를 발견했다.

"달님반 정희영."

노란 가방에 낡은 명찰이 달렸다. 내 것이었다. 가방이 묵직했다. 열어 보니 알림장 한 권, 구겨진 색종이 몇 장, 도시락이 있었다. 내가 유치원 다닐 때 메던 가방을 엄마는 지금까지 간직했다.

"널 생각할 물건이 저 가방뿐이어서 보고 싶을 때는 안고 잤어. 알림장은 수없이 펼쳐 보고, 도시락도 여러 번 싸 보고, 부질없지, 못난 어미라고 원망해도 할 말이 없어."

그렇게 말하고는 맨밥을 떴다. 눈물을 참으려는 밥 한 숟갈이었다. 그날 나는 그 가방을 갖고 나와 꼭 안아 보았다.

10년 동안 엄마는 부재했지만 사실은 그렇지 않았다. 엄마 역시 나를 그리워했다고, 나는 결코 버림받은 게 아니라고 가방이 말해 주었다.

정희영 님 | 경남 김해시 2012년 1월 호

"여보, 밤에 나 보고 싶으면 이거 봐요." 하고 할아버지가 말하자 "고마워요. 영감, 이불 잘 덮고 주무셔요."라고 고운 할머니가 저녁 인사를 했다. 할아버지가 갑자기 가위와 스카치테이프를 찾았다.

테이프를 건네니 할머니가 잠을 청하는 머리맡 벽면에 사진 한 장을 붙여 놓았다. 살구꽃이 활짝 핀 나무 밑에서 두 분이 서로 어깨를 꼭 껴안고 웃는 사진이었다. 사진 속 할머니 손에는 각시붓꽃 한 송이가 들렸다. 할머니는 각시붓꽃을 좋아해 할아버지가 자주 꺾어다 주었다.

젊은 시절 사진 속 할머니는 보기 드문 미인이고 할아버지는 멋쟁이였다. 요양 보호사들은 할머니 마음씨가 착하고 고와서 "고운 할머니."라고 불렀다. 두 분은 슬하에 딸 하나를 두었다. 그런데 그 딸이 지난여름 남편을 따라 미국에 가자, 할아버지는 거동이 불편한 할머니와 요양원에 입소했다.

두 분은 여든한 살 동갑내기로 금실이 참 좋았다. 할아버지는 심장 질환을 앓았고 할머니는 허리 디스크로 휠체어를 타고 다녔다. 평소 할아버지는 아침을 먹자마자 할머니를 휠체어에 태우고 요양원 안을 산책했다. 두 분은 요양원 앞마당에 있는 느티나무 밑에서 서쪽 하늘을 붉게 물들인 저녁노을을 바라보며 지난 시절의 이야기를 끝없이 나누었다. 어떤 때는 할아버지가 신이 나서 느티나무 가지 위에 초저녁별이 뜰 때까지 몸짓을 섞어 가며 이야기했다. 할머니는 즐거워하며 소리 내 웃기도 했다.

그런데 저녁밥을 먹고 두 분은 따로 떨어져 자야 했다. 요양원은 방

한 칸에 네 명이 기거했다. 할머니들은 높은 침대가 위험해 방구석에 매트리스만 깔고 잤다. 네 개의 매트리스를 'ㄱ'자 벽면 모서리에 붙여 놓았는데 잘 때는 머리를 벽 쪽으로 두고 잤다.

한데 하루는 할머니가 "여보, 낮에는 당신하고 같이 있으니 괜찮은데, 밤에 잠자리에 들면 허전해서 잠이 안 와요." 하고 말했다. 두 분은 스무 살에 결혼해 육십일 년 동안 한 이불을 덮고 잤다. 그러나 요양원에서는 한 방을 쓸 수 없었다. 할아버지는 할머니 머리맡 벽에 사진을 붙여 주며 밤에도 같이 있으니 걱정하지 말고 잘 자라고 달랬다.

어느 날 할아버지가 "여보, 나 며칠만 저기 다녀올 테니까, 건강 잘 챙겨요." 하며 요양원 건너편에 있는 시립 노인 전문 병원을 가리켰다.

요양원은 삼만 평의 부지 위에 노인 전문 병원과 같이 있었다. 3층짜리 병원 건물은 북쪽으로 소백산을 바라보며 서 있고, 언덕 위의 요양원은 남쪽으로 병원을 내려다보았다. 단층 요양원 건물은 언덕 위에 있어 할머니 방 창문 너머로 할아버지가 입원한 삼층 308호 병실이 바로 보였다.

할아버지는 입원할 때 요양원 할머니 방이 가장 잘 보이는 308호실로 가고 싶다고 했다. 마침 입원실 창문가에 침대가 비어 할아버지는 그 침대를 사용했다. 할아버지는 입원해도 거동이 불편한 할머니를 챙겼다. 지난주에는 간호사들의 만류에도 빨간 홍시 하나를 들고 할머니를 찾아가 손에 쥐여 주었다.

날씨가 추워지자 할아버지는 하루 종일 창문가에 붙어 앉아 손짓으로 할머니와 대화를 나누었다. 할아버지는 손짓으로 식사했느냐, 옷을 두껍게 입어라 하며 할머니를 챙겼다. 할머니는 휠체어에 앉은 채 손짓으로 난 괜찮으니 영감님 건강 잘 챙겨요, 대답했다. 두 분은 떨어져 있어도 서로를 챙기며 염려했다.

한 주가 지났다. 아침에 잠자리에서 일어난 고운 할머니가 창밖을 내다보며 걱정스러운 얼굴로 "선생님, 우리 영감이 안 보여요. 어디 갔어요? 제수하고 아침 드실 시간인데." 하며 불안해했다. 103호실 담당 김 선생님이 "고운 할머니, 제가 알아봐 드릴게요. 잠깐만 기다리세요." 하며 방을 나갔다. 그리고 잠시 후에 "할머니, 할아버지는 먼저 식사하고 검사받으러 가셨대요." 하고 손으로 입을 가리며 황급히 밖으로 뛰쳐나갔다. 할아버지는 두 분이 함께 산책했던 요양원 느티나무 위에 별이 되었다.

김범선 님 | 소설가 2012년 1월 호

064

홍어

엄마는 25년간 홍어 장사를 했다. 식당 이름이 '군산 홍어'라서 엄마는 '군산댁' 또는 '홍어 아지매'라고 불렸다. 처음 시작할 때는 탁배기 그릇 몇 개와 앉은뱅이 상 서너 개가 전부였다. 묵은 김치와 몇 날 며칠 삭힌 홍어를 크게 썰어 놓으면 손님들은 전라도 잔칫상이라며 맛있게 먹었다. 하루 시름을 잠시 내려놓고 탁주와 홍어를 맛보던 이들과 엄마는 곰삭을수록 맛을 더하는 홍어처럼 25년이란 세월을 함께했다. 때때로 엄마는 말린 홍어를 쭉쭉 찢어 간식으로 줬다. 식당 손님들은 홍어를 먹는 내게 "어린애가 참 잘 먹네." 했다.

한번은 집에 놀러 온 친구들이 홍어 맛을 보더니 "이거, 썩은 거 아니야?" 하며 뱉어 냈다. 갑자기 친구들이 꺼리는 홍어를 먹는 게 창피했다. 엄마에게는 하나 버릴 데 없는 귀한 홍어지만, 나도 다른 아이들처럼 손사래 쳐 가며 "이걸 어떻게 먹어?" 하고 싶었다.

그 뒤 엄마와 큰 소쿠리를 들고 옥상에 널어놓은 홍어를 걷으러 가는 일이 더는 재미없었다. 정 많은 엄마 손도 거무튀튀한 홍어를 덥석 낚아채는 억센 어부 손같이 느껴졌다. 잔칫상, 결혼식장에 빠지지 않는 엄마의 홍어가 내 마음에 서글픈 가락을 울리던 시절, 나는 친구에게서 이런 말을 들었다.

"있잖아. 네 몸에서 조금 냄새나는 것 같아!"

엄마 품에서 맡았던 비릿한 홍어 냄새임을 대번에 알았다. 혹여 그 냄새가 교복에 배면 어쩌나 전전긍긍했기 때문이다. 나는 벌떡 일어나 친구를 한참 동안 매섭게 쏘아보았다. 그러자 친구 눈에서 눈물이 뚝뚝 떨어졌다.

"화났다면 미안해. 나는 그냥……."

친구 말이 끝나기 전에 나는 도망치듯 나왔다.

얼굴이 벌게지도록 한참 뛰다 보니 저만치서 '군산 홍어' 간판이 보였다. 엄마는 홍어한테 달려드는 파리를 잡고 계셨다. 엄마를 보니 홍어 냄새가 배지 않게 하려고 이불 깊숙이 교복을 파묻고, 엄마 화장품을 교복 치마에 뚝뚝 떨어트리고, 늦은 밤 식당에서 돌아와 벗어 둔 엄마의 옷가지를 저만치 치웠던 일이 떠올랐다.

그날 나는 왜 그렇게 화가 났던 것일까? 그냥 "나한테 냄새나니? 엄마 식당에서 뱄나 봐. 앞으로 목욕 좀 잘해야겠는데?" 하며 웃어넘길 수도 있었는데…….

가난한 형편을 들킨 것 같아 더욱 성냈다. 지금이라면 "이 홍어 냄새는 돌아가신 아버지 대신 우리 엄마가 열심히 돈을 번 징표야."라고 말할 텐데.

나는 가끔 그날을 떠올린다. 여리고 착한 친구가 눈물을 뚝뚝 떨어트리던 모습과 엄마 식당 앞에서 고개를 떨군 채 돌아가던 나의 무거운 발걸음을. 그 시절은 그렇게 수척하게 지나갔다.

그 후 나는 홍어 냄새 때문에 더는 도망치지 않았다. 그 친구가 여러 차례 보내온 편지에는 끝내 답장하지 못했지만, 다른 아이들에게 놀림 당할까 봐 먼저 알려 준 마음을 알고 두고두고 미안했다.

어른이 된 내가 식당 일을 도우려고 하면 엄마는 한사코 만류했다.

"회사 댕길 때 입는 옷에 냄새 배면 어쩔라고? 언능 집에 가라."

언젠가는 "이 징헌 홍어 냄새는 어디로 빠지지도 않는다냐? 코가 뿌러지겠네." 하며 삭은 홍어를 손질했다. 엄마에게도 홍어 냄새는 징한 것이었다.

칼에 베이고 홍어 가시에 생채기 난 손으로 25년간 삼 남매를 책임진 엄마. 홍어를 썩혀 먹는다는 말을 가장 싫어하는 엄마는 오늘도 누군가에게 홍어를 천하게 대하면 못 쓴다고 얘기할지 모른다.

홍어 집 딸이란 사실을 부끄러워하던 날들을 시원한 탁배기 한잔 들이켜며 쓸어내리고 싶다. 엄마와 마주 앉아 곰삭은 홍어 한 점 집어먹으며 그날의 알싸한 기억도 함께 넘기고 싶은 밤이다. 그러다 보면 만나지 않을까? 영산포 앞 바다에서 춤추는 진짜배기 홍어를.

김보숙 님 | 서울시 동대문구 2012년 2월 호

바보 엿장수

엿장수가 허름한 리어카를 끌고 나타나면, 아이들은 오래된 세간을 내 왔는데 우리 집은 그마저도 없는 형편이었다.

어느 날은 깡마른 아저씨가 지게를 지고 마을에 나타났다. 히죽히죽 웃는 모습이 바보 같았다. 아이들은 어느새 모여들어 엿가락을 빨았다. 그중에는 우리 집보다 가난한 녀석도 있었다. 물어보니 밭에 뒹구는 폐 비닐을 주웠다고 했다. 나도 고추밭에서 흙이 덕지덕지 붙은 비닐을 주 워 와서 조심스레 내밀어 보았다. 그러자 아저씨는 엿을 주었다. 그 엿을 입에 물고 다시 마늘밭으로 달려가 걸레만도 못한 비닐을 주웠다. 흙탕물이 뚝뚝 떨어지는 비닐을 주고 또 엿을 받았다. 그때 바보 엿장 수가 한마디 건넸다. 이젠 됐다고. 아쉬움이 남지만 괜찮았다. 엿은 이 미 만족할 만큼 얻었으니까. 아이들과 그늘 밑에 뒤엉켜 깔깔대며 엿을 먹었다.

그날 이후로 바보 엿장수는 보이지 않았다. 아이들은 금세 그를 잊 었다.

오랜 세월이 흐른 어느 날, 친구들을 만난 자리에서 그 엿장수 얘기 가 나왔다. 기억 저편에서 아저씨가 걸어왔다. 순간 울컥하며 얼굴이 빨개졌다. 아저씨가 엿을 준 이유는 낡은 비닐이 아니라 우리의 눈망울 때문이었음을 엿장수 아저씨 나이가 되어서야 깨달았다.

김안선 님 | 서울시 양천구 2012년 2월 호

POSITIVE THINKING ESSAY 100

점퍼보다 따뜻한

칠 남매 중 다섯째인 내가 초등학교에 입학했을 때 당뇨병을 앓던 아버지가 돌아가셨다. 그때부터 엄마는 농사일에, 화장실 청소, 보따리 장사까지 하며 우리를 키웠다.

끼니 때우는 것조차 힘든 우리에게 옷 타령은 호사였다. 나는 동네의 부유한 집 아이가 입다 싫증 난 옷을 얻어 입었다. 비록 새 옷은 아니지만 깨끗해서 싫지 않았다. 하지만 중학교에 들어가면서부터 가난한 형편도, 엄마의 주름진 얼굴도 싫어졌다. 동네 친구 옷을 계속 입는 것도 견디기 힘들었다.

나는 엄마에게 차라리 보육원에 보내지 왜 이렇게 고생시키느냐며 따졌다. 그러고는 아침밥을 굶은 채 도시락도 내팽개치고 학교로 가 버

렸다. 이틀 동안 엄마와 말하지도, 밥을 먹지도 않았다.

다음 날 아침, 엄마가 겨울 점퍼를 사 줄 테니 시장으로 오라고 했다. 남루한 차림으로 채소를 파는 엄마가 부끄러워 시장을 빙 돌아서 가곤 했지만 그날은 달랐다. 새 옷 욕심에 학교를 마치고 곧바로 엄마에게 달려갔다.

그런데 엄마는 울고 있었다. 채소를 다 팔고 잠깐 어딜 다녀온

사이 주머니에 든 손지갑이 없어졌단다. 몇 날 며칠 동안 캔 약초와 채소를 팔아 마련한 돈을 잃어버린 것이다.

엄마는 "올 겨울에는 네게 따뜻한 털 잠바 사 주려고 했는데, 소매치기 당했다."라며 어린애처럼 엉엉 울었다.

그날, 비로소 엄마가 나를 얼마나 사랑하는지 깨달았다. 비록 점퍼는 입을 수 없었지만 엄마의 따뜻한 사랑을 느꼈다. 세상에 그보다 값진 것이 또 있을까.

황명희 님 | 경북 구미시 2012년 2월 호

내 삶의 이정표

남편과 나는 대학에서 처음 만났다. 두 학년 선배인 그는 졸업 후 사업을 시작했다. 일이 잘 풀려 자리를 잡자, 내게 청혼했다. 우리는 행복한 신혼 생활을 이어 갔다. 그런데 몇 년이 지나도 아이가 생기지 않았다. 그럴수록 시집살이는 더 고되게 느껴졌다. 한번은 어머니가 유산한 내게 눈길조차 주지 않으며 밥값을 못하니 굶으라고 했다. 그 무렵 남편 사업은 하락세를 타다가 끝내 부도를 내고 말았다. 빚이 불어나자 남편은 쫓기는 신세가 되었고 우리는 시댁에서 나와 산자락에 단칸방을 얻어 살았다.

남편은 세상을 원망하며 술에 찌들어 가더니 한밤중에 들어와 이성을 잃고 나를 때렸다. 자다가 머리채를 잡힌 채 맞아서 온몸에 시퍼런 멍 자국이 선명했다. 하루는 남편이 술병을 손에 쥐고 내 머리를 때리다 병이 깨져 이마에서 피가 흘렀다. 나는 수건으로 이마를 동여매고 도망쳤다. 갈 곳이 친정밖에 없어 겨울밤에 기차를 타고 무작정 고향으로 내려갔다. 하지만 아버지는 손찌검하며 소리쳤다.

"여기가 어디라고 들어와! 시집가면 그 집 귀신이 되라고 했다. 너 이러면 어미 없는 자식이라고 욕한다."

나는 울면서 집을 나왔다. 아버지가 원망스러웠지만 오랜만에 찾아온 딸을 냉대할 수밖에 없는 아버지 마음을 생각하니 가슴이 아팠다.

한동안 여관방을 전전하다가 식당 보조 일을 구했다. 마음씨 좋은 주인아주머니 덕분에 끼니를 해결하고, 일 마치면 식당 구석에서 잠을 청했다. 하지만 그런 여유도 얼마 가지 못했다. 내 배 속에 아기가 자라고 있었던 것이다. 만삭의 몸으로 온갖 일을 마다하지 않았다. 어느 날 진통으로 쓰러졌고 간신히 택시를 잡아탄 뒤 혼자 분만실에 들어가 딸아이를 낳았다.

입원비가 없어 하루 만에 갓난아기를 품에 안고 식당으로 돌아왔다. 식당에 얹혀살며 아기를 키우기란 여간 힘든 일이 아니었다. 종일 아기를 업은 채 일하면 온몸이 쑤셨다. 아이는 울다 지쳐 잠들었다. 결국 아이를 보육원에 맡기고 돈을 벌어 빨리 데려오리라 다짐했다. 허리 통증과 습진을 달고 살며 일한 지 5년이 넘자 주인아주머니가 가게 인수를 제안했다. 그동안 모아 둔 돈을 보태 식당을 인수했고 장사가 제법 잘되었다. 몇 달 뒤 아이를 데려와 지금껏 주지 못한 사랑을 모두 쏟아부었다. 하루가 다르게 커 가는 딸아이 모습을 흐뭇하게 바라보며 행복해했다.

하지만 그 행복도 잠깐이었다. 몸이 좋지 않아 건강 검진을 하니 대장암 말기라고 했다. 대장에서 간까지 암세포가 전이되었다는 말에 억장이 무너졌다. 수술 날짜를 잡고 아이와 유원지에 가고, 영화도 봤다. 언제 또 이런 날이 올까 싶어 소중한 추억들을 쌓았다. 수술 날, 아이는 말했다. "나 안 울 테니까 엄마도 울지 마. 무사히 수술 받고 건강해지도록 기도할게."

어느새 듬직하게 자란 아이 말에 눈물이 핑 돌았다. 아이를 위해서라도 끝까지 버텨야겠다고 생각했다. 감사하게도 수술은 성공적이었고 회복을 위해 노력한 덕분에 상태는 점점 호전되었다.

나는 힘들 때마다 추억들을 되새겨 본다. 주저앉고 싶지만 그럴 만한 여유조차 없던 시절을 떠올리면 지금이 얼마나 고마운지 모른다. 만약 아이가 없었더라면 삶을 포기해 버렸을지도 모른다. 아이만 바라보고 달려왔기에 지금의 내가 있을 수 있다. 어느덧 한 뼘 더 자란 아이가 나를 본다. 어쩌면 아이는 하늘이 내게 주신 선물이 아닐까? 길 잃고 헤매던 내 삶에 이정표가 되어 준 딸과 나는 어느 가족보다 행복하다.

박채연 님 | 서울 노원구 2012년 2월 호

아픈 손가락

열 손가락 깨물어 안 아픈 손가락 없다는 옛말이 있다. 내게는 아픈 손가락이 셋이나 있다. 열 살 되도록 마음 맞는 친구 한 명 없어 외로운 큰아들, 아토피 피부염으로 괴로워하는 둘째 아들, 태어날 때 난산으로 뇌성 마비가 와서 절뚝거리는 막내아들. 울고 싶은 때가 한두 번이 아니지만 엄마이기에 내 소중한 꿈들을 힘껏 끌어안아 본다.

산후 조리도 제대로 못하고 2년 넘게 막내아들을 업고 재활 치료받으러 다니느라 바쁘게 산 지난 세월⋯⋯. 하루는 몸이 아파 누워 있는데 누군가 다가와 머리에 물수건을 올려놓고 갔다. 큰아들이었다. 잠깐 잠들었다가 머리에 차가운 물수건이 닿는 느낌에 놀라 깼다. 둘째 아들이었다. 고맙다고 말한 뒤 다시 눈을 감으려는데 누군가 욕실에서부터 물이 뚝뚝 흐르는 무언가를 가져왔다. 연이어 "철퍼덕." 하고 이마에 떨어졌다. 막내아들이 물에 적신 수건을 짜지 못하고 이마에 올려놓은 것이었다. 흥건히 젖은 베개와 수건 세 장을 바라보니 마음 한구석이 뭉클했다.

아픈 손가락들의 사랑을 받으며 툭툭 털고 일어나 꼭 끌어안아 줬다. 흘러내리는 눈물을 서로 닦아 주느라 분주했다. 나는 정말 행복한 엄마다. 사랑한다, 나의 손가락들아!

김미현 님 | 경기도 안양시 2012년 4월 호

POSITIVE THINKING ESSAY 100

어린 형제

2009 - 2016

몇 달간 돌본 아기가 오늘 새벽에 먼 나라로 떠났다. 어제 아기의 산소 포화도와 심장 박동 수가 속수무책으로 떨어졌다. 소변을 못 봐서 온몸이 퉁퉁 붓고 살갗은 바스러졌다.

아기를 면회하러 온 엄마는 하염없이 눈물 흘렸다. 아기 엄마는 담당 간호사인 내 눈을 간절하게 바라보며 물었다.

"일곱 살 난 큰애가 아기를 보고 싶어 해요. 어제 동생이 천국으로 갈 거라고 설명했는데…… 살아 있을 때 동생을 보여 주고 싶어요. 면회 끝나고 잠깐 보게 해도 될까요?"

내가 결정할 문제가 아닌 데다, 온갖 생명 유지 줄을 주렁주렁 단 아기를 본 큰애가 평생 안고 갈 마음의 상처가 걱정됐다.

"아이가 충격 받지 않을까요? 아픈 동생 모습을 평생 기억할 텐데요."

"괜찮아요. 아기 사진 보여 줬어요. 그리고 큰애가 동생을 무척이나 보고 싶어 해요."

순간 눈물이 나서 아기 엄마 얼굴을 차마 보지 못한 채 알겠다고 답했다. 그리고는 수간호사 선생님 방으로 달려갔다. '의료진은 감정에 좌우되면 안 되는데.'라고 생각하면서도 눈시울을 붉히며 수간호사 선생님에게 아기 엄마의 사연을 전했다. 수간호사 선생님도 "면회는 가능한데 큰애가 놀랄까 봐 걱정된다."라며 아기 엄마를 찾아가 말했다.

"큰애가 힘들어할 거예요. 조금 더 고민해 보세요."

아기 엄마는 그 말에 수긍하는 눈빛이었다. 그리고는 면회가 끝난 뒤 밖으로 나가 한참이 지나도록 오지 않았다.

"아가야, 오늘 형아가 온대. 형아한테 예쁜 모습 보여 주려고 단장하는 거야." 혹시 큰애가 면회할지도 몰라 덜 충격받도록 이불을 덮어 생명 유지 줄을 가려 놓은 찰나였다. 문이 스르륵 열리더니 큰애와 아기 엄마가 들어왔다.

아기 침대가 높은 곳에 있어서 엄마가 큰애를 안아 올려 주었다. 동생을 본 큰애 얼굴이 환해졌다. "와아!" 동생 손을 만진 뒤 몸을 보곤 "엄마 왜 이렇게 작아?" 하고 물었다. "많이 아파서 그래……." "그렇구나. 그런데 엄마, 천국 갈 수도 있고 안 갈 수도 있어?" 엄마는 눈물을 삼킨 표정으로 말했다. "응……. 좋은 데 갈 거야. 동생이 천국 가게 해 달라고 기도하자."

아기의 평안을 위해 안대로 눈을 가렸는데 큰애가 동생 몸 여기저기를 살피며 신기해하기에 "동생 눈 보여 줄까?"라고 말했다. 그러자 큰애는 고개를 끄덕였다. 안대를 푼 순간 놀라운 일이 벌어졌다. 잠만 자던 아기가 하품하더니 눈을 동그랗게 뜨고 두리번거렸다. 손발도 이리저리 움직였다.

"동생이 형아 보고 싶었나 봐. 오늘 아침부터 계속 자는데 형아 왔다고 눈을 떴네. 아기 손에 손가락 올려놓으면 이렇게 잡는다. 신기하지? 너도 잡아 봐."

큰애가 말없이 손가락을 놓자 아기는 약하게 쥐었다. 임종을 앞둔 환자가 기다리던 가족이 도착한 순간 정신을 반짝 차렸다가 눈을 삼킨다는 말을 들었다. 그런데 정말 기적처럼 아기가 잠시 깨어났다.

"이제 가자. 조금만 보기로 약속했잖아." 엄마가 큰애를 내려놓자 키가 안 닿는 침대 유리 너머의 동생을 몇 번이고 돌아보았다. "또 보고 싶어." 동생을 보기 위해 까치발을 하는 큰애에게 엄마가 말했다. "업자." 큰애는 엄마 등에 업혀서 다시 동생을 봤다. 동생은 헤어지기 싫은 듯 팔다리를 움직였다. 처음이자 마지막 만남……. 그렇게 형제는 슬픈 이별을 했다.

면회 전만 해도 산소 포화도가 자꾸 떨어졌는데 형이 있는 동안엔 산소 포화도, 심장 박동 수가 단 한 번도 떨어지지 않았다. 그런데 면회를 마치고 5분이 지나자 아기는 눈을 감았고 움직임도 약해졌다. 그리고 새벽에 까만 하늘의 별이 되었다.

그날 어린 형제를 보며 생각했다. 어른과 아이의 시선은 다르다는 것을. 어른들은 아이의 충격과 상실감을 걱정했지만 정작 아이는 그렇지 않았다. 말로만 듣던 동생을 만났으니 평생 기억에 남을 것이다. 슬프고 두려운 마음보다 세상에 별처럼 예쁜 동생이 존재했다는 것을 깨우친 아이가 동생 몫까지 열심히 살아갈 거라고 믿는다.

유예랑 님 | 서울시 동대문구 2012년 12월 호

070

내일이 있다는 건

POSITIVE THINKING ESSAY 100

나는 고아다. 얼굴도 모르는 미혼모에게서 태어나 보육원에서 자랐다. 학교 친구들은 나를 따돌리고 딱하다는 듯 바라보았다. 사춘기인 만큼 나는 점점 삐뚤어졌다. 학교는 물론이고, 보육원마저 말없이 나와 버렸다. 그러고는 나쁜 친구들과 어울렸다. 그 무리에 있으면 나도 평범해지는 기분이었다. 담배와 술을 배우고, 밤이면 위험천만한 폭주를 했다. 내일 죽더라도 오늘을 즐기면 그만이었다.

그즈음 남자 친구의 아이를 가졌다. 하지만 사실을 안 남자 친구의 주도로 나는 무리에서 쫓겨났다. 미혼모에게서 버림받은 내가 미혼모가 되어 다시 버림받은 것이다. 보육원 원장님과 식구들이 보고 싶었지만 돌아갈 수도 없었다. 이제 와서 찾아가는 건 너무 염치없는 일이었다.

아이가 나 같은 엄마를 만나 세상에서 천대받을까 걱정되고 살아갈 용기도 나지 않았다. 결국 해서는 안 될 행동을 하고 말았다. 다량의 수면제를 먹었다. 아이가 다음 생에서는 꼭 좋은 가정에 태어나길 바라며 눈을 감았다.

눈을 뜨니 병원이었다. 살았구나…… 몽롱했던 정신이 돌아오자 반가운 목소리가 들려 왔다. 원장님, 보육원 식구들, 그리고 낯선 여자 목소리. 직감적으로 알았다. 나와 똑 닮은 눈, 희고 고운 피부. 내 엄마였다. 언젠가 엄마가 나를 찾아오면 '버렸으면서 왜 찾아왔느냐고 원망해야지.' 하고 마음먹었는데 막상 엄마를 보니 눈물만 나왔다. 왜 나쁜 마음을 먹었느냐면서 내 가슴을 때리며 울부짖는 여자가 바로 우리 엄마였다.

약을 먹고 쓰러진 나를 여관 주인이 발견해 신고했고 원장님에게 연락이 갔다. 아이는 유산되었다. 나는 한순간의 잘못된 선택으로 아이를 떠나보낸 것을 두고두고 자책했다.

엄마는 나를 보육원에 맡긴 뒤 멀리서 바라보기만 했다고 한다. 돈을 모아 나를 데려갈 생각이었단다. 어느 날 갑자기 사라진 나를 찾기 위해 고생했을 엄마……

내 나이 스물세 살. 이제 엄마와 산다. 어릴 적 못 받은 사랑을 듬뿍 느끼며 마음의 상처를 치유해 가는 중이다. 엄마와 시장에서 반찬 가게를 꾸리며 '사는 게 이런 거구나.' 하고 행복을 느낀다. 그리고 세상에 태어난 걸 감사해한다. 내일의 희망 따윈 사치였던 과거를 뒤로하고, 엄마 품에서 다시 태어나 하루하루 열심히 살아간다. 우리에게 내일이 있다는 건 신이 준 크나큰 선물일 테니까.

강소연 님(가명) | 경북 포항시 2013년 1월 호

071

아빠 냄새

POSITIVE THINKING ESSAY 100

나는 여섯 살, 네 살, 두 살의 딸 셋을 둔 아빠다. 첫째와 둘째는 어린이집에 종일반으로 보내고 막내는 아내와 집에서 생활한다.

나는 아침 여덟 시에 출근해 저녁 아홉 시에 퇴근한다. 그러다 보니 평일에는 아침저녁으로 아이들이 곤히 자는 모습밖에 볼 수 없어 함께하지 못하는 게 안타까울 따름이다. 그래서 일요일이면 심신이 피곤해도 최선을 다해 아이들과 놀아 준다.

지난가을 어느 날이었다. 평소 나와 아내는 막내를 데리고 안방에서 자고 두 녀석은 건넛방에서 잤다. 나와 아내 모두 잠이 많은 데다 회사일과 살림 때문에 한 번 잠들었다 하면 세상모르고 곯아떨어졌다.

그날도 아홉 시가 넘어 귀가해 건넛방에서 자는 두 녀석 볼에 뽀뽀해 주고 잠자리에 들었다. 잠깐 눈을 붙인 것 같은데 어느새 아침이었다.

무거운 눈꺼풀을 겨우 뜨고 자리에서 일어나려는데 무엇인가 허전했다. 주변을 둘러보니 베개가 보이질 않았다.

아침을 먹고 출근 준비를 한 뒤 건넛방으로 향했다. 문을 여는 순간 깜짝 놀랐다. 두 녀석이 내 베개를 끌어안은 채 코를 박고 자는 게 아닌가. 마치 강아지들이 어미젖을 물고 자는 모습 같았다. 당장 깨워 왜 베개가 여기 있는지 묻고 싶었으나 곤히 잠든 아이들을 차마 깨울 수 없어 서둘러 출근했다.

일하면서도 온종일 아이들 모습이 눈에 아른거렸다. 왜 내 베개가 아이들 방에 있었는지 그 궁금증이 머리에서 떠나지 않았다. 내가 생각지 못한 이유가 분명 있을 것 같았다.

퇴근 시간이 가까워질수록 더 궁금해졌고 한 시라도 빨리 아이들을 만나야겠다는 생각에 회사에 이런저런 핑계를 대고 일찍 퇴근했다.

딸들이 좋아하는 치킨과 피자를 사 들고 집에 들어서니 녀석들은 팔짝팔짝 뛰고 매달리며 좋아 어쩔 줄 몰랐다. 아내에게 일찍 퇴근한 이유를 귓속말로 일러 주고는 저녁 식사를 서둘러 마쳤다.

식사가 끝나자 아이들은 내게 찰싹 달라붙어 어린이집에서 있었던 일을 다투어 종알거렸다. 그러다 큰딸이 말했다.

"오늘은 아빠가 일찍 집에 와 정말 좋아요. 그리고 맛있는 것도 많이 사 와서 고맙습니다."

맛있는 음식에 신바람이 난 아이들을 바라보다 조심스레 입을 열었다.

"얘들아. 아빠가 너희에게 물어볼 게 있어. 어제 저녁에 아빠 베개를 너희가 안고 자던데 어떻게 된 일이야?"

그러자 두 녀석이 돌연 사색이 된 얼굴로 눈물을 글썽이며 말했다.

"아빠, 잘못했어요." "용서해 주세요!"

그러면서 두 손을 모아 빌며 덧붙였다.

"아빠! 둘이서 자면 조금 무서워요. 그런데 아빠 냄새를 맡으면서 자면 하나도 안 무섭고 예쁜 꿈도 꿀 수 있어요."

순간 가슴이 멍해지고 눈시울이 뜨거워졌다. 일이 바쁘다는 이유로 일요일에만 아이들과 놀아 주는 걸 최선책이라 여긴 게 마음 아팠다. 두 녀석을 끌어안으며 용서를 구했다.

"아빠가 잘못했다. 앞으로 더욱더 많이 사랑해 줄게."

아이들은 이내 아무 일 없었던 것처럼 해맑게 웃었다. 옆에서 말없이 지켜보던 아내가 입을 열었다.

"당신 베개와 똑같은 것을 두 개 만들어 밤마다 번갈아 사용해 나눠 주면 아이들이 몰래 가져가는 일도 없고 당신도 편히 잘 수 있을 거 같은데?"

나와 아이들은 환호하며 찬성했다.

다음 날 아내는 베개 두 개를 사 와 나눠 주었다.

그 뒤 나는 매일 베개를 번갈아 쓰며 편히 잤고 베개가 사라지는 일도 더 이상 없었다.

"귀엽고 사랑스러운 딸들아! 아빠가 모든 사랑을 듬뿍 담아 줄 테니 밝고 예쁘게 자라다오!"

임재근 님 | 대전시 중구 2014년 7월 호

사진 속 젊은 엄마가 아기를 안고 환한 미소를 짓고 있다. 딸이 내게 말했다.

"이렇게 예쁜 아기가 엄마란 말이야?"

1970년대 일본, 엄마는 형편이 넉넉하지도 않은데 외동딸인 내게 피아노를 가르치고 책도 많이 사 주었다.

초등학교 입학식에는 공주님 같은 드레스를 만들어 입혔다. 내가 좋아하는 반찬이 있으면 당신 몫까지 먹으라고 했다. 항상 당신보다 나를 먼저 챙겼다.

그런데 초등학교 2학년 때 엄마가 갑작스럽게 돌아가셨다. 그날은 여름 방학이었다. 외갓집에 놀러 갔는데 배가 아프다고 누워 있던 엄마가 다음 날 아침, 옆에 없었다. 밤늦게 아버지와 병원에 갔다고 했다.

병원에서 만난 엄마는 산소마스크를 쓴 채 아무 말도 못했다. 침대에서 핏발 선 눈동자로 나를 바라보았다.

며칠 뒤 새벽, 잠에서 깬 나는 거실에서 엄마의 주검과 마주했다. 언제나 내 울타리가 되어 준 엄마는 말없이 싸늘하게 누워만 있었다.

엄마가 떠난 뒤 내 생활은 달라졌다. 할머니가 나를 돌봐 주었지만 엄한 데다 고부간 갈등이 있었던 터라 엄마는 이랬다, 저랬다는 이야기를 자주 했다. 나는 그 소리가 듣기 싫어 할머니에게 쉬이 마음을 열지 못했다.

1년 후 아버지가 재혼했다. 처음에는 엄마가 생겨서 기뻤으나 그것은 또 다른 고난의 시작이었다. 나는 어른들의 의무적인 보살핌과 무관

심한 태도에 익숙해지려 애썼다. 아버지와 새어머니도 나름대로 노력했을 테지만 말이다.

세월이 흘러 나는 한국 남성과 결혼했다. 언어의 벽과 문화, 가치관 차이를 이해하는 게 쉽지 않았다. 화장실과 부엌, 샤워실이 밖에 있는 집 구조에도 적응하지 못했다.

그러다 4년 만에 딸이 태어나 집을 수리하면서 살기 편해졌고, 엄마가 되면서 마음에 변화가 생겼다. 남편이 성실하고 믿음직스러운 가장으로 보이기 시작한 것이다.

일본 사람인 내가 보기에 한국인들은 자기주장이 강하고 정이 깊으나 외국인에 대한 편견과 차별이 있는 것 같다.

그러나 남편은 그렇지 않다.

"당신 하고 싶은 대로 해."

"외국인 중에도 좋은 사람 많지~."

여러 고민에 빠져 있는 내게 "열심히 살면 좋은 날이 올 거야."라며 마음을 편하게 해 준다.

한국 생활을 한 지도 15년이 되어 간다. 어느덧 40대 아줌마가 됐지만 여전히 엄마가 그리운 순간이 있다.

어느 날 남편이 "엄마 보고 싶으니까 전화해야지." 하며 어머님에게 전화한 적 있다. 엄마와 아들의 정다운 대화를 듣자니 왠지 가슴 찡해 나도 모르게 눈물이 흘렀다.

통화를 마친 남편은 내 얼굴을 살피더니 '이런~.' 하는 표정으로 딸아이를 불렀다.

"네 엄마, 엄마 생각나서 운다. 아빠가 괜히 할머니에게 전화했나 봐."

그러자 딸이 걱정스러운 얼굴로 다가와 나를 끌어안아 주었다.

"엄마, 울지 마. 아빠하고 내가 있잖아."

부드럽고 따뜻한 손, 나를 바라보는 다정한 눈빛에 또 한 번 가슴이 찡했다.

인생이라는 게 어딘지 하모니를 이루는 것 같다. 사나운 날씨도 언젠가는 맑아진다. 추위에 떤 겨울이 있기에 봄의 포근함을 느낄 수 있다. 모든 일은 과거의 경험이 되어 내 삶의 하모니를 만들어 준다.

평범한 일상 속에서 문득 엄마가 생각난다. 그럴 때면 꼭 전하고 싶은 말이 있다.

"엄마, 사랑합니다. 감사합니다."

사토 미호 님 | 전남 영암군 2014년 10월 호

아버지의 짐을 덜기 위해 휴학하고 아르바이트를 시작했다. 하지만 편히 학교 다니는 친구들을 부러워하며 신세를 한탄했다.

　그날도 그랬다. 손님들이 고른 케이크를 포장하느라 분주했다. 그때 손님이 다 빠져나갈 때까지 묵묵히 있던 한 손님이 손짓으로 케이크를 가리켰다. 그러곤 내게 휴대 전화를 보여 줬다. 메모장엔 '죄송한데요. 생일 축하 노래 좀 불러 줄 수 있을까요?'라고 쓰여 있었다. 나는 머리를 맞은 것처럼 멍해졌다. 그녀는 청각 장애 탓에 나를 부를 수 없어 돌아보길 마냥 기다렸던 것이다.

　"우리 언니 생일이에요. 제가 노래를 불러 주고 싶은데 그러지 못해서요. 한 번만 도와줄 수 있을까요?" "네, 그럼요!" "정말 감사합니다. 10분 뒤 언니가 오면 꼭 노래 불러 주세요."

　잠시 후, 한 임신부가 가게로 들어왔다. 그녀의 언니였다. 그녀는 언니를 반기며 해맑게 미소 지었고, 나는 생일 축하 노래를 불렀다. 언니는 기쁜 표정으로 글을 써서 보여 주었다.

　"아가씨, 우리가 노래를 부를 수 없다 보니 매년 케이크 앞에서 조용한 생일을 보냈어요. 오

POSITIVE THINKING ESSAY 100

늘도 그럴 줄 알았어요. 우리를 대신해 노래를 부르고 행복한 날을 선물해 줘서 고맙습니다."

그러자 문득 '나는 사랑하는 사람을 위해 노래 부를 수 있는 목소리도 가졌으면서, 왜 늘 못 가진 것만 생각하며 불평했을까?' 싶었다. 그날 이후 내게 주어진 것을 감사히 여긴다. 예전의 나처럼 불평하는 이에게 묻고 싶다.

"오늘도 그대의 목소리에 감사하고 있나요?"

김은지 님 | 경남 양산시 2015년 6월 호

074

눈물 젖은 순대 국밥

일본인 신랑을 만나 일본에 온 지 7년째, 시부모님, 시누이와 한 지붕 아래 울고 웃으며 살고 있다. 신랑과 나는 아이를 좋아해 자식 셋을 낳자는 가족계획도 세웠다.

시댁이 10년 넘게 우유 대리점을 하고 있어 나도 새벽에 일어나 일을 돕는다. 몸이 고단하니 셋째가 생기지 않는 것 같아 포기할까도 생각했다. 친정 엄마에게 말할 때마다 "뭔 셋째여. 니가 고생이제. 아들 하나 딸 하나 있으믄 되제 뭐 할라고 셋까지 낳을라 그라깅." 하며 걱정했다. 없는 살림에 다섯을 낳아 좁디좁은 방에서 살을 부비며 함께 자란 우리 형제. 엄마는 "그래도 그때가 젤로 좋았어야."라며 추억에 잠기곤 했다.

엄마는 항상 "내가 니그들 땜에 산다. 니그들이 없었으믄 어쩔 뻔했을랑고. 힘들어도 자식 보고 사는 거여." 하며 웃었다. 그런 엄마가 딸이 셋째 아이를 낳는다고 하니 은근히 말리는 게 마음 아팠다. 사실은 남몰래 고되었던 게 아닐까 싶었다.

하지만 그 사랑을 받고 자란 나는 그런 엄마 마음이 사랑의 밑거름이 되었다고 믿는다. 언니들의 속옷까지 물려 입어도 싫지 않았다. 음식을 두고 젓가락 다툼하면서도 양보를 배울 수 있었다. 그래서 나도 자녀를 많이 낳고 싶었다.

엄마는 손수 농사지은 것들을 마음껏 보낼 수도 없거니와 멀리 시집 간 딸이 임신한 몸으로 새벽부터 찬바람 맞으며 우유를 배달하고, 갓난 아이 젖까지 물릴 생각을 하니 그저 눈물이 고였을 것이다.

POSITIVE THINKING ESSAY 100

걱정하는 엄마에게 "엄마는 다섯이나 낳았으면서 나한테는 왜 둘만 낳고 말라고 하신당가. 나도 엄마처럼 많이 낳아 잘 기를라요." 했더니 엄마는 "낳고 키우는 거야 니그들이 하는 겅게 뭐라고는 못 하겄는디 니 몸을 먼저 생각해야제. 낳을라믄 니그 엄마 한 살이라도 더 젊을 때 얼렁 낳든가."라고 답했다.

나는 첫째도 둘째도 다 한국에서 출산하고 몸조리는 한 달 넘게 친정에서 했다. 뜨거운 물을 받아 손주들 목욕시키며 기름값 아까운 줄도 모르고 아랫목을 따뜻하게 데워 주던 엄마. 설거지라도 할라치면 "애기 낳고 손에 찬물 담그믄 못 쓴다. 몸 버려야." 하며 공주 대접을 해 주던 엄마였다.

"니그 아빠는 징한 사람이여. 애 낳은 사람한테 장작을 패라고 하지를 않아. 그래도 그때는 다 그러고 살았제." 아빠는 책을 사서 필요한 정보를 공부하고는 큰오빠부터 나까지 직접 받아 냈단다. 내가 친정에서 몸조리하는 동안 우리 다섯 형제의 출산과 육아를 옛날이야기 하듯 풀어내던 엄마 눈에도, 그걸 듣는 내 눈에도 어느새 눈물이 그렁그렁 맺혔다.

언젠가부터 아침에 일어나는 게 힘들고 화장실 가는 횟수가 늘었다. 포기할 때쯤 되니 셋째를 가진 것이다. 엄마는 하루걸러 한 번씩 전화하며 나를 걱정했다. 먹긴 먹는데 자꾸 토한다고 하니 "그래도 자꾸 먹어야 써. 뭐 당기는 건 없고?"라고 물었다. 나는 입덧할 때부터 계속 생각난 순대 국밥 이야기를 꺼냈다. "순대 국밥 일본에는 없냐? 먹고 싶은 걸 먹어야 되는디. 김치랑 같이 보내 주끄나?" "됐어요, 순대 국밥을 어떻게 보낸다고. 오다가 상하기라도 하믄 아까워서 어째."

내가 그렇게 말렸지만 끝내 엄마가 이겼다. 김장 김치와 더불어 꽁꽁 얼려 보냈다는 순대 국밥이 도착한 것이다. 비닐봉지를 뜯어 냄비에 붓고 김이 폴폴 나도록 끓였다. 바글바글 끓는 순대 국밥에 대파를 송송 썰어 넣은 후 밥 한 공기를 말았다. 같이 보낸 김치 속과 깨소금을 얹어 먹는데…… 아! 얼마나 그립던 음식인가. 언제나처럼 충분한 사랑이었다.

게걸스럽게 한 그릇을 다 비우고 엄마에게 전화했다. "엄청 맛있드라고. 잘 먹었어요, 엄마." "먹고 싶은 거 못 먹으믄 애기 눈이 짝짝이 된다고 안 하드냐. 벌써 다 먹어 브렀냐? 신랑도 한 그릇 주라고 넉넉히 보냈는디." 이미 저녁상에 시부모님 것과 신랑 것도 한 그릇씩 내어 준 참이었다. 엄마는 이런 저런 당부 뒤에야 전화를 끊었다.

설거지를 마치고 다음 날 먹을 요량으로 순대 국밥을 보글보글 끓였다. 가만히 보고 있자니 엄마의 손길이 생생히 전해졌다. 이윽고 나도 모르는 사이 눈물이 또르르 떨어졌다. 나는 배를 쓰다듬으며 말했다. "아가야, 너는 참 행복하다. 이게 모두 외할머니의 사랑이란다. 엄마도 먹고 힘낼 테니 우리 아가도 건강하고 예쁘게 자라라." 얼마 뒤 거짓말처럼 입덧이 가셨다. 이 모든 게 우리 엄마 덕분이다. "엄마, 고맙습니다. 사랑합니다!"

주신화 님 | 일본에서 2015년 7월 호

075

반가운 소음

누구에게나 꿈이 있다. 어떤 사람은 남편 사업이 잘돼 여유 있게 살아가길 바란다. 아픈 사람은 건강만큼 바라는 것이 없을 게다. 친구는 수험생 딸이 좋은 대학에 덜컥 합격해 준다면 발가벗고 춤이라도 추겠노라 했다.

물론 나에게도 이루고 싶은 꿈이 있었다. 바로 내 집 장만이다. 넉넉지 못한 형편에 부모 형제를 돌보느라 40대가 되어서야 아파트를 장만했다. 대출받은 데다 오래되고 평수도 넓지 않지만 어엿한 내 집이 생겼다.

아이 방 벽지는 파란색으로 할까? 빨간색으로 할까? 벽에는 세계 지도를 붙일까? 아이 그림을 붙일까? 즐거운 고민에 빠졌다.

그런데 호사다마라고 했던가. 걱정거리가 생겼다. 결혼 후 줄곧 연립주택 꼭대기 층에 살았던 터라 층간 소음은 그저 뉴스에 나오는 이야기인 줄만 알았다.

어느 순간부터 윗집에서 쿵쾅대는 소리가 거슬렸다. 자정까지는 그나마 견딜 수 있었다.

하지만 단잠에 빠졌다가 그 소리에 깨면 곤혹스러웠다. 한번 깨면 다시 잠을 이루지 못하는 나의 나쁜 습관 때문이었다.

무거운 돌덩이를 바닥에 툭 내려놓는 소리 같기도 하고, 때론 윗집 부부가 몸싸움을 하나 싶어 걱정스러웠다.

몇 주를 그렇게 보내니 업무에 지장이 생겼다. 늘 피곤하고 일하는 중에 꾸벅꾸벅 졸았다.

2009~2016

평생 꿈이었던 집을 떠날 생각은 손톱만큼도 없었다. 나는 용기 내 윗집 초인종을 눌렀다.

"누구세요?"

"아래층 사는 사람입니다."

일부러 목소리에 힘주어 내가 느끼는 불편함을 소심하게 드러냈다. 유난히 하얀 피부에 준수한 외모를 가진 30대 남자가 현관문을 열며 사람 좋은 웃음을 지었다.

닫힌 현관문 앞에서 인터폰으로 목청 높여 싸우거나, 안전 고리가 걸린 문틈으로 경고를 주고 돌아오겠거니 생각했다.

한데 예상이 완전히 빗나갔다. 잔뜩 무게 잡던 내 눈빛은 당황해서 시선 둘 곳을 잃어버렸다.

그가 먼저 안으로 들어오라고 권했다. 어떻게든 담판 짓겠다는 목적도 잊은 채 따라 들어갔다.

그의 아내는 유자차를 내왔다. 먼저 찾아뵙지 못해 미안하다며 한쪽에 앉아 사과를 깎기 시작했다. 남자가 꺼낸 이야기는 이러했다.

부부의 아이는 태어날 때부터 장애가 있었다.

나를 깨운 새벽녘 소리는 아이가 화장실 가려고 휠체어에 옮겨 앉는 소리였다. 때론 혼자 힘으로 무엇이든 해 보려다가 나는 소리이기도 했다.

아이는 누구보다 의지가 강하고 호기심이 뛰어나다고 했다. 오히려 부부에게 많은 깨달음을 주는 스승이자 귀한 선물이라고 말했다.

아이를 만나지는 못했지만 어쩐지 그 집을 가득 채운 유자 향보다 향기롭고 고울 듯 했다.

"유자 향이 정말 좋네요."

나는 다른 할 말을 찾지 못했다.

그날 이후에도 소음은 계속되었다.

"쿵, 드륵드륵, 쿠쿵."

그러다 조용한 날에는 왜 아무 소리도 안 들릴까 조바심 나서 귀를 쫑긋 세웠다.

내 꿈을 이룬 공간에서 듣는 반가운 소음. 한번 깨면 다시 잠들지 못하던 습관도 언제 그랬나 싶게 사라졌다.

그리고 나에게는 새로운 꿈이 생겼다. 윗집 아이가 넘어지더라도 스스로 휠체어에 오르기를, 계속되는 실패에도 좌절하지 않고 혼자 움직이기를.

그래서 언젠가 반가운 소음을 이끌고 우리 집에 놀러 와 주길 바란다.

안영신 님 | 대구시 달성군 2016년 10월 호

POSITIVE THINKING ESSAY 100

길게 보면 아무것도
하지 않는 것 또한
무언가를 하는 셈이다.

2017
~
2022

076

못난 엄마

나는 홀로 아이들을 키웠다. 세 살 터울의 어린 남매와 찜질방에서 지냈다. 야간 청소와 정리 정돈을 하는 대가였지만 그조차 내게는 감사한 일이었다.

날이 밝으면 아이들을 데리고 건설 현장 식당으로 향했다. 식당 한편에 아이들을 앉힌 채 아침 일곱 시부터 저녁 여덟 시까지 설거지와 잔심부름을 했다. 틈틈이 남은 음식을 얻어 아이들에게 먹였다. 하루는 손님에게 쏟아질 뻔한 뜨거운 물동이를 잡느라 온몸에 화상을 입었다. 제대로 치료도 못하고 구박받으며 일했다.

단골이던 청바지 공장 사장님이 그 모습을 유심히 보곤 주변 사람들에게 내 얘기를 물어본 모양이었다. 사장님 배려로 나는 공장에서 일을 시작했다. 청바지를 재단해 중국으로 수출하는 곳이었다. 다달이 받는 월급은 식당에서 종일 일하고 버는 돈보다 많았다. 무엇보다 아이들에게 고기반찬을 한 번이라도 더 해 줄 수 있어 좋았다.

사장님은 찜질방에서 지낸다는 말을 듣고 보금자리도 마련해 주었다. 창고를 개조해 만든 월세방에서 한 달에 4만 원만 내고 살았다. 사람들 오가는 찜질방 구석에 아이들만 두고 청소하러 가지 않아도 되는 기쁨에 눈물이 흘렀다.

비록 겨울엔 감기를 달고 살고 여름엔 몹시 덥지만 불평할 수도, 다른 곳을 알아볼 수도 없었다. 아이들과 거리로 내몰리지 않은 게 그저 다행이었다.

어떻게든 더 좋은 환경에서 키우기 위해 이를 악물고 일했다. 새벽

POSITIVE THINKING ESSAY 100

세 시에 일어나 잠든 아이들을 두고 떨어지지 않는 발걸음을 옮겼다. 배운 지 얼마 안 된 오토바이를 타고 우유 배달을 했다. 그런 뒤 아이들을 어린이집에 데려다주고 공장에 일하러 갔다.

일하는 엄마 때문에 일곱 살도 안 된 아들이 동생을 보살폈다. 아들은 너무 일찍 애어른이 되어 버렸다.

아이들은 유치원에서 주는 간식을 먹지 않고 가방에 넣어 왔다. 그러고는 뭉개진 감자와 빵을 내게 건넸다. 세상에 그처럼 값지고 맛있는 음식을 먹어 본 사람이 과연 몇이나 될까?

늘 양보하며 싫어도 싫다고 안 하는 아이들. 형편이 어렵다 보니 어릴 때부터 포기하는 법, 이해하는 법을 배웠다. 장난감이 갖고 싶어도 관심 없는 듯 애써 눈을 돌렸다. 대견해 보이지만 내 가슴은 미어졌다. 못난 엄마가 앞길을 막는 건 아닌지 불안했다.

하지만 걱정과 다르게 아이들은 또래와 잘 어울리며 활발히 지냈다. 늘 당당히 의견을 내고 배려심이 많아 어느 누구도 우리 환경이 어려운지 몰랐단다. 아이들이 고학년이 될 무렵 형편도 조금씩 나아졌다.

가끔 아이들을 데리고 마트에 간다. 통 크게 간식과 고기를 사리라 마음먹는다. 그러나 늘 사 오는 건 우유, 콩나물, 두부, 미역, 라면이 전부다. 좀 더 사려 하면 아이들이 웃으며 말한다. 학교 급식이 워낙 맛있어 다른 간식을 사지 않아도 충분하다고. 물론 거짓말인 걸 안다. 식단표를 보면 콩, 장아찌, 자장, 뭇국뿐. 맛있고 영양가 많은 건 없다.

아이들이 너털웃음 지으며 이야기한다. 우리는 엄마가 옆에 있는 것만으로 배부르다고. 텔레비전에서나 볼 법한 말을 수줍게 하는데 어찌 사랑하지 않을 수 있을까. 비가 와도 우산 한번 못 갖다 주고, 다정히 손 붙잡고 놀이공원 한번 못 데려간 엄마를 오히려 위로한다.

"사랑하는 아들딸, 엄마가 좀 무뚝뚝하지? 미안해. 마음은 안 그런데 웃는 법을 배우지 못해 그런가 봐. 엄마가 여태 버틴 건 세상에서 가장 예쁜 너희가 있어서야. 너희를 정말 사랑해. 부족한 엄마한테 와 줘서 고마워."

손해원 님(가명) | 경기도 안산시 2017년 1월 호

얼마 전 신생아 중환자실에 똘똘이(태명)와 부모님이 찾아왔다. 똘똘이 첫돌이라며 정성스레 구운 쿠키와 편지를 가져온 것이다. 어느새 훌쩍 큰 똘똘이는 작년 이맘때쯤 480그램으로 태어났다. 23주 만에 태어난 아주 작은 아기였다.

조산한 엄마들은 첫 면회 때부터 울음을 터뜨린다. 아이를 열 달간 온전히 지키지 못한 미안함 때문이다. 아빠까지 애써 눈물 참는 모습을 보면 먹먹해지지만 마음을 가다듬고 말한다.

"오늘까지만 우는 거예요. 내일부턴 씩씩하게 와서 아기한테 좋은 이야기 많이 들려주세요."

본원 입원 환아는 대부분 1000그램 미만으로 태어나기에 어떤 말도 위로가 되지 않는다는 걸 안다. 그래서 가장 먼저 하는 일은 비슷한 주수에 태어나 잘 커 가는 아기들을 보여 주는 것이다. 그렇게나마 희망을 전하며 용기를 준다.

그럼에도 늘 불안해하는 부모들을 위해 새로운 일을 시작했다. 간호사 한 명씩 엄마가 되어 환아마다 성장 일기를 써 주기로 했다. 간호사 엄마는 틈틈이 아기 사진도 찍어 일기장에 붙였다.

인공호흡기 뗄 때, 튜브로 첫 모유 줄 때, 몸무게가 줄거나 늘 때, 아기의 찡그린 표정이나 배냇짓 하나에도 감동하며 일기를 적었다. 130여 일 입원한 똘똘이의 성장 일기도 꽤 두툼했다.

몇 년 전부터는 부모에게도 숙제를 내 주었다. 엄마 또는 아빠의 편지나 응원을 육성으로 담아 오게 했다. 녹음기에는 동화책을 읽거나 동요를 부르는 목소리도 담겼다. 아기에게 해가 되지 않는 선에서 그 목소리를 들려주었다. 늘 미안해하던 부모 마음을 다독이며, 아기에게 뭔가 해 줄 수 있다는 만족감을 주었다. 정서적 교감에도 보탬이 되었다.

똘똘이 엄마도 매일 면회하며 말을 건넸다.

"똘똘아! 밤새 잘 지냈어? 엄마는 어제 다녀갔는데도 너무 보고 싶었어."

무사히 퇴원한 때가 엊그제 같은데 벌써 첫돌이 되었다며 찾아온 똘똘이. 그 기쁨과 보람은 30여 년간 간호사 길을 걸어온 내게 최고의 선물이었다.

조은숙 님 | 강남 성심 병원 신생아 중환자실 수간호사 2017년 1월 호

검버섯으로 촘촘히 뒤덮인 시어머니 얼굴이 파스텔 빛깔의 수술 모자와 대조를 이뤘다. 한 달 넘게 결정을 내리지 못한 94세 어머님의 대장암 수술이었다.

　피 한 방울 섞이지 않은 병실 보호자들도 그 연세에 수술은 위험하다며 자기 일인 양 말렸다. 가족 사이에서도 의견이 분분했다. 어머니에 대한 애정과 효도의 방식은 다섯 손가락처럼 제각각이었다. 위험해서 안 된다는 반대 의견과 어떻게 보고만 있느냐는 찬성 의견이 팽팽히 맞섰다.

　그날도 별반 다르지 않았다. 한 시간 넘게 병원 식당에서 소득 없는 토론을 하고 병실로 들어서니 옆 침상의 어르신이 넌지시 물어보았다.

　"수술은 본인 의지가 중요한데 어르신 생각은 여쭤봤어요? 정신이 말짱하시던데……."

　아! 맞다. 어머님에게 물으면 간단히 해결될 일이었다. 결정권은 어머님에게 있다는 당연한 사실을 왜 미처 생각지 못했을까? 어르신 의견을 듣고 보니 헤매던 수학 문제의 답을 찾은 듯 반가웠다. 한편으론 '혹시 정답이 아니면 어쩌지?'라는 불안도 슬며시 들었다.

　장남이 독대하기로 했다. 병실에서 나온 아주버님은 대화 내용을 전했다. "어머니 수술하시겠단다." 모두 놀랐다. 어머님으로부터 사는 게 지겹다는 말을 가장 많이 들은 막내 시누이는 몇 번이나 되물었다. "몸 안에 나쁜 혹이 자라고 있다. 대장암이다. 수술해야 하지만 연세가 있어 위험하다. 수술 중에 잘못될 수도 있다." 아주버님이 상황을 차분히

설명한 뒤 어머님 생각을 여쭤자 한 치의 망설임도 없이 바로 답했다고
한다.

"죽는 한이 있더라도 할란다."

아주버님은 수술의 위험성을 다시 말했다. 마취에서 깨어날 자신 있
느냐고. 어머님은 그 우문에 멋진 현답을 내렸다.

"언제 자신 있어 한세상 살았나."

사십 초반에 남편을 잃고 다섯 자식을 홀로 키운 삶이 고스란히 담긴
대답은 《논어》의 그 어떤 구절보다 큰 울림으로 다가왔다. 한 달 넘는
가족회의는 어머님의 마음을 조금도 헤아리지 못한 자식들의 탁상공론
일 뿐이었다.

'어르신 조언이 없었다면……'

박지영 님 | 대구시 달서구 2017년 5월 호

078

내 곁의 해리

2004년, 생후 3개월 된 진돗개를 얻었다. 나는 '해리'라는 이름을 지어 주고 온갖 정성을 들여 키웠다. 그러던 어느 날, 해리가 열린 차고 문을 통해 집을 나갔다.

'설마⋯⋯. 놀다 곧 들어오겠지.'

하지만 해리는 밤늦도록 오지 않았다. 온갖 방법을 동원해 찾았지만 어디에도 보이지 않았다. 그날부터 먹지도, 잠들지도 못했다. 한 달이 되었을 땐 얼굴이 상할 만큼 야위었다. 가슴이 까맣게 타들어 갈 때까지 해리는 소식이 없었다.

교사였던 나는 하루하루 힘겹게 학교로 출근했다. 그렇게 해리는 추억 속에 사는 존재가 되었다.

그러는 사이, 아랫배에 큰 혹이 생겨 수술을 받았다. 의사는 정밀 검사해 봐야 정확한 결과를 알 수 있다고 했다. 혹의 크기는 980그램, 난 그 숫자에 깜짝 놀라고 말았다.

예전에 아이를 임신했을 때, 아픈 몸을 이끌고 학교에 갔다가 쓰러져 조산한 적 있었다. 세상에 온 지 서른 시간 만에 떠난 아들의 몸무게가 바로 980그램이었다.

'그래. 오랫동안 날 기다린 우리 아이를 만나라고 하늘이 준 병인가

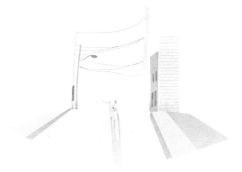

보다. 아쉬운 게 많지만 하늘나라에 가면 아이도 보고, 해리도 만날 테니 슬픈 일만은 아니야. 이제 마지막 순간까지 교단에 서서 책임을 다하는 거야.'

담담히 마음을 정리하는데 뜻밖에도 검사 결과는 정상이었다.

어느 저녁이었다. 밖에서 개 짖는 소리가 나기에 차고 앞으로 가니 어둠 속에 희미한 형체가 보였다. 살며시 다가가자 개가 갑자기 내 손과 얼굴을 마구 핥는 게 아닌가.

'처음 보는 사람한테 왜 이러지?'

"오늘 밤엔 우리 집에서 재워 줄게. 내일 같이 주인을 찾아보자."

집 안으로 데려가 불을 켜고 자세히 본 개. 아……! 8년 전 집을 나갔던 해리가 거짓말처럼 내 앞에 있었다. 녀석은 마치 '엄마, 너무 늦게 돌아와 미안해요.' 하는 표정으로 나에게 안겼다. 충격으로 가슴이 터질 듯했다. 현기증마저 밀려왔다.

"해리야! 너 살아 있었던 거야? 난 네가 돌아올 수 없는 곳으로 떠난 줄 알았어. 미안해……. 정말 고마워."

나는 해리를 안고 울부짖었다. 얼마나 굶주렸는지 앙상한 몸으로 내 허리에 매달리는 해리, 감동에 안쓰러움까지 더해져 마음을 추스르기 어려웠다.

'내가 아픈 동안 녀석도 나를 그리워했구나!'

얼른 먹을 것을 챙겨 주자 허겁지겁 밥그릇을 비웠다.

'대체 어디 있다 이제야 돌아온 걸까?'

해리의 목엔 가느다란 비닐 끈이 있었다. 그동안 단단한 쇠줄에 묶여 꼼짝 못했을 해리는 차츰 나이가 들어 어딘가로 팔려 갈 신세에 처했을 것이다. 그 전에 누군가 임시로 묶어 둔 얇은 끈을 끊고서 탈출한 것이리라.

나이가 들어 털이 하얗게 센 해리. 하지만 내 곁에 돌아와 준 사실만으로도 나는 더없이 행복했다.

그날 밤, 잠에서 깨면 사라질 꿈이 아닐까 싶어 해리의 이곳저곳을 확인하느라 한숨도 자지 못했다.

다음 날, 학생들에게 해리의 소식을 전하는 내 볼 위로 뜨거운 눈물이 흘러내렸다. 이야기를 듣는 학생들의 눈시울도 붉어졌다. 해리가 돌아온 그 기쁜 순간을 잊지 못할 것이다.

서순원 님 | 경북 구미시 2017년 8월 호

그녀의 당당함은 어디서 오나

내 시간 관리에 문제가 있는 게 분명하다. 늘 시간이 모자라니 말이다. 나보다 훨씬 바쁜 사람은 다 어떻게 사는 걸까? 갓난아이를 키우거나 병석에 있는 부모님을 돌보거나 다른 대단한 일을 하는 것도 아니건만 잠자는 시간을 줄여 가며 동동거려도 언제나 시간이 부족하다. 그래서 나는 내 시간을 절약해 주는 사람들이 제일 고맙다.

선화 씨도 그중 하나다. 작년부터 일주일에 반나절 집안일을 도와주는데 나는 하루 종일 해도 다 못할 일을 4시간 만에 뚝딱 해내는 청소 요정, 고마운 나의 우렁이 각시다. 40대 중반의 자그마하고 예쁘장한 이 아줌마는 삶의 태도 역시 야물고 반듯하다. 이런저런 얘기를 나누다 보면 고개가 끄덕여지고, 그날 밤에 일기를 쓰면서 다시금 새겨보게 된다.

무엇보다도 사람이 밝고 명랑하다. 이이가 집에 들어오면 그 밝은 에너지 덕분에 갑자기 집 안이 환해진다. 매번 현관문을 열고 눈이 마주치는 순간 누가 먼저라 할 것 없이 한바탕 웃는다. 그냥 입가만 살짝 올라가는 미소가 아니라 허리가 꼬부라지도록 소리 내서 웃는 폭소다. 언젠가 한번 그전 주에 우스웠던 장면을 동시에 떠올리며 그랬는데 그때 이후 지금은 습관처럼 이러고 있다.

이이는 매사에 당당하다. 일단은 자기 일에 대한 자부심이 높아서일 거다. 직업 자체가 아니라 자기가 맡은 일을 힘닿는 만큼 열심히 하고 있다는 자부심이다. "여태 일 못한다는 소리는 안 듣고 살았어요." 자랑삼아 하는 말이 귀엽다.

10년째 일을 하면서 얼마나 많은 사람을 만나고 얼마나 많은 일이 있었을까? 이따금 전에 당했던 얘기를 들으면 나는 화가 나서 심장이 벌렁벌렁한데 말하는 이 친구는 오히려 담담하다. 궂은일을 대신해 주는 가사 도우미에게 무자비한 '갑질'을 하는 이가 얼마나 많겠는가? 하지만 선화 씨의 결론은 이 일 덕분에 세상엔 별별 사람 다 있지만 나쁘고 이상한 사람보다 선하고 좋은 사람이 훨씬 많다는 걸 확실히 알게 되었단다.

고생을 해석하는 태도 역시 당당하다. 이 일은 취미가 아니라 생업이니까 힘들고 고단해도 남의 돈을 벌려면 이 정도는 마땅히 해야 한다고 생각한단다. 게다가 자기는 늘 목표가 있었기 때문에 이상한 사람을 만나도 참고 견디기가 훨씬 수월하다고 한다. 첫 번째 목표는 조그만 빌라를 사느라 받은 대출금을 갚는 것. 전세 700만 원으로 시작한 살림으로 운전하는 남편과 힘을 합해 최대로 안 쓰면서 드디어 작년에 대출금을 말끔히 갚았단다. 그러면서 하는 말, "힘은 좀 들었지만 대출금을 갚아 나가는 재미도 나름 쏠쏠했어요. 처음엔 언제 다 갚나 했는데 매달 남편 월급은 없다 생각하고 내 벌이로만 살았더니 어느새 다 갚아지더라고요."

대단하다고 두 엄지를 추켜세웠더니 수줍게 하는 말, "누구든 뚜렷한 목표를 정해 놓고 있는 힘을 다하면 할 수 있는 것 같아요. 나도 했는데요, 뭐."

그녀의 다음 목표는 1억 원 모으기! 언제일지는 모르지만 그 돈을 다 모으면 남편 개인택시를 사 주는 게 꿈이라는 그녀의 눈은 설렘과 결의로 가득 차 있었다. 이 야무진 여자, 이것도 분명히 해낼 거다. 당당하고도 재미있게!

내 보기에 선화 씨의 당당함은 뭐니 뭐니 해도 남편과의 좋은 관계에서 나오는 것 같다. 둘 다 서로 첫눈에 반해 결혼한 지 20년 차라는데 아직도 남편 애기를 하면 소녀처럼 좋아한다. 통닭구이를 사 가서 식구끼리 먹을 때 남편이 좋아하는 부위를 아이들이 먼저 가져가면 속상하단다. 아이들 사춘기 때 자기한테 뭐라고 하는 건 참겠는데 남편 직업을 비하하면서 남편 속을 끓이는 건 차마 참고 볼 수가 없었단다. 갑질을 당할 때도 이제 몇 시간만 지나면 남편한테 간다 하는 마음으로 견뎌 냈단다. 남편한테 그날 일을 고해바치면 때로는 화가 나서 때로는 눈물을 흘리며 당장 일을 그만두라고, 당신 일 안 해도 내가 다 먹여 살릴 거라고 하면 속이 싹 풀린단다.

어느 남편인들 이 잘 웃는 여자, 이 속 깊은 여자를 사랑하지 않을 수 있을까? 그 남편 정말 땡잡았다. 나 역시 일주일에 한 번씩 이런 '야물딱진' 우렁이 각시가 왔다 가 주니, '삼팔 광땡'을 잡았다.

한비야 님 | 국제 구호 전문가 2018년 8월 호

079

깨진 변기 뚜껑

난생처음 사귄 남자 친구였다. 나는 '모태 솔로'라는 수식어에 기가 잔뜩 꺾인 서른일곱 노처녀. "진지하게 만나 보자."라며 다가온 두 살 연하의 그는 키가 훤칠하고, 웃을 때 보조개가 생기는 훈훈한 남자였다.

예뻐 보이려 노란 니트와 꽃무늬 스커트를 차려입었다. 내숭 떠느라 음식을 입안에 넣는 둥 마는 둥 하며 저녁 식사를 마친 참이었다. 차를 마시러 가기 전, 화장실에 들렀다. 재빨리 머리를 고치고 화장품과 립스틱을 덧발랐다.

거울에 비친, 얼굴 주름에 눈을 흘겼다. 하지만 그를 오래 기다리게 할 수 없어 서둘러 단장을 끝내고 화장실 빈칸에 들어갔다.

짧고 시원하게 볼일을 보고 일어나는 순간이었다. 화장실 문고리를 잡는데 갑자기 무언가 나를 뒤로 쑥 잡아끌었다. 핸드백 끈이 변기 뚜껑 끝에 걸린 게 아닌가. 순식간에 두툼한 변기 뚜껑이 공중으로 뜨더니 바닥에 내리꽂혔다.

쨍그랑, 우지끈, 팍!

하얀 조각이 이리저리 튀었다. 그릇 하나 깬 정도가 아니었다. 건물 전체가 변기 뚜껑 깨지는 소리로 울릴 정도였다. 곧장 사람들이 달려올 것 같았다.

귀를 때리는 소음이 지나가고 고요한 정적이 흘렀다. 두 동강 난 변기 뚜껑과 파편이 흩어졌다. 정신을 추스르고 문고리를 딸깍 열었다. 다행인지 화장실에는 아무도 없었지만, 마음속에선 이미 CCTV가 돌아갔다. 나는 남자 친구와 데이트 나온 상큼한 아가씨에서 화장실 변기 뚜껑을 박살 낸, 듣도 보도 못한 실수를 저지른 사람이 되었다.

내가 이곳에 온 사실을 아는 사람은 한 명뿐이었다. 그런데 그가 하필 갓 사귄 남자 친구라니. 선택해야 했다. 이 사실을 사람들에게 알려야 하나 아니면 모르는 척하고 가야 하는가. 말없이 손을 씻고 복도로 나갔다. 그가 똥그란 눈을 하고 다급하게 물었다.

"뭐 깨뜨렸어요?"

나는 양심을 버리기로 했다. 도저히 변기를 깼다고 대답할 용기가 나지 않았다. 내가 아닌 척, 옆에 누군가 있었던 것처럼 숨겼다. 여자 친구와 깨진 변기 뚜껑······. 너무 안 어울리지 않는가. 낭만이 변기 뚜껑처럼 산산이 깨질 것 같았다.

어리둥절한 남자 친구와 거짓말쟁이인 나는 서둘러 그 자리를 떠났다. 그의 순진한 눈빛에 양심이 찔린 채 그날의 데이트는 끝났다.

나는 그가 집에 데려다주자마자 예쁜 옷을 집어던지고 청바지와 시커먼 점퍼로 갈아입었다. 늦은 시간에 버스를 타고 그 건물로 달려갔다. 공중화장실 변기 뚜껑을 깨뜨리고 뺑소니친 범인으로 몰려 경찰의 연락을 받는 상상을 하면서. 원래 어처구니없는 실수를 많이 하는 편이지만 정말 기구하다 싶었다.

건물 로비에 도착해 졸고 있는 경비 아저씨를 깨웠다. 여자 화장실 변기를 깼다고 고백했다. 같이 있던 사람에게 창피해서 도저히 말하지 못하고 집에 갔다가 다시 왔다고 자초지종을 설명했다.

경비 아저씨는 박살 난 변기 뚜껑을 보러 갔다. 기관실에서도 몇몇 사람이 와서 살펴보았다. 고맙게도 민망한 실수를 탓하는 분은 없었지만, 여러 사람 앞에서 변기 뚜껑을 부순 현장을 둘러보자니 얼굴이 벌게졌다. 가벼운 주머니라도 털려는 심정으로 얼마가 나오든 변상하겠다고 연락처를 남겼다.

며칠 후 전화가 왔다.

"이번 일은 저희 건물에서 비용을 내겠습니다. 저희도 참……. 처음 있는 일이라 황당하네요. 앞으로는 실수하지 않도록 조심해서 사용해 주세요."

나는 수화기에 대고 죄송하고 고맙다며 몇 번이나 고개를 숙였다. 그리고 실수를 솔직히 고백하면 너그럽게 받아 주는 살 만한 세상이라는 엉뚱한 결론으로 흐뭇해했다.

순진한 어린 양 같은 남자 친구는 그 뒤 나의 남편이 되었다. 어느덧 배 속에 아기도 생겼다. 그때의 쨍그랑 소리는? 물론 아직 모를 거다.

계태화 님 | 경기도 성남시 2018년 7월 호

080

돌떡 1호점

우리 부부는 결혼한 지 5년째다. 한가한 토요일 아침, 남편은 굳이 자기가 설거지하겠다고 난리 법석이었다. 콧노래까지 흥얼대면서 말이다.

"자기야, 뭐가 그렇게 기분 좋아?"

"내일이 둘째 돌잔치잖아. 게다가 이 집에서 맞는 첫돌이니 더 기쁘지. 첫째 때는 아버지 집에 살았지만 이젠 우리 집이 생겼으니까."

돌상을 차리고, 부모님들만 초대해 간단하게 치렀다. 나 역시 콧바람이 절로 나고, 발에 모터를 단 듯 신났다. 가족들의 축하를 받으며 무사히 돌잔치를 끝냈다. 한데 문제가 생겼다. 나뿐 아니라 시어머님과 친정 엄마까지 돌떡을 해 온 것이다. 앞집과 옆집, 경비실과 관리실까지 나눠 주었는데도 한참 남았다.

"이거 어떡하지?"

"내가 윗집부터 돌며 다 갖다 줄까?"

"에이, 티브이 보니 요즘은 인사하려고 음료수 들고 가도 문 안 열어준대."

돌떡은 여럿이 나눌수록 아이에게도 좋지만, 왠지 부담스러워할 것 같았다. 그때 딸이 한마디 했다.

"엄마! 엘리베이터에 두면 배고픈 사람이 가져갈 거 아니야."

다섯 살 딸 머릿속에서 이런 아이디어가 나오다니! 엘리베이터에 바구니를 걸고 떡을 두면 되겠구나. 우리는 짧은 글도 남겼다.

"이번에 입주한 101동 2605호 새댁입니다. 여러분과 기쁨을 나누고 싶습니다. 딸아이의 생각이니 맛있게 드세요!"

딸 사진까지 놓고 집에 돌아오니 자꾸 웃음이 났다.

"엄마, 궁금하다. 떡 가져갔는지 보러 갈까?"

나 또한 궁금했으나 고작 30분 지났는데 벌써 가져갔을 리가 없었다. 조금 뒤에 가 보자고 딸을 설득했다.

한 시간 뒤, 딸과 엘리베이터를 탔다. 그러곤 동시에 "대박!"이라고 외쳤다. 떡이 하나도 없었다.

"엄마! 가연이 축하 많이 받아서 안 아프겠다. 그렇지? 집에 있는 떡 더 가져오자. 그럼 가연이 빨리 클 수도 있어."

딸의 엉뚱함에 떡을 모두 들고 나와 다시 바구니에 넣었다. 우리를 생각하며 먹을 사람들을 떠올리니 기뻤다. 이런저런 얘기를 하며 둘째의 재롱에 웃음꽃을 피우는 중, '딩동' 하는 소리가 들렸다. '올 사람이 없는데.' 내다보니 헬멧 쓴 사람이 서 있었다.

"저희 배달시킨 거 없어요."

"그게 아니라 잠시 문 좀 열어 주세요. 할 말이 있어요."

밖으로 나간 남편은 그와 한참 얘기하더니 무언가를 들고 들어 왔다. 통닭이었다.

"통닭 배달하러 온 친구가 돌 떡을 몇 개 가져갔나 봐. 사장님 이 이렇게 착한 사람이 누굴까 궁금해서 얼굴 보러 왔대. 고마 워서 통닭 튀겨 왔다고, 무도 두 개나 넣었다는 말에 웃었지 뭐야. 특별한 분을 만나 기분 좋다고 하네."

그다음 날, 첫째는 유치원에 보내고 둘째를 목욕시키려는 차였다. 누군가 초인종을 눌렀다.

"누구세요?"

"이 아파트 사는 사람이에요. 잠깐 문 좀 열어 주실래요?"

문을 열자마자 선한 인상의 아주머니가 인사했다.

"어제 돌잔치 하셨죠? 그렇지 않아도 떡이 무척 먹고 싶었는데, 일요일이라 문 연 곳이 없더라고요. 쓰레기 버리러 가다 때마침 제가 좋아하는 무지개떡이 있어서 얼마나 기뻤는지 몰라요. 깜짝 선물 받은 것 같았어요. 이건 제 작은 성의입니다."

"아! 되받으려고 한 일은 아닌데, 고맙습니다."

"고맙긴요. 우리 자주 봐요. 커피 마시고 싶으면 저희 집에 놀러 오세요. 얼마 전에 커피 장사를 그만둬서 기계를 집에 가져다 두었거든요. 아이랑 한번 오세요."

이사 와서 처음 사귄 이웃이었다. 아무래도 이 집에선 좋은 일만 있을 듯하다. 엘리베이터에 돌떡 1호점을 연 덕분에.

장민옥 님 | 대구시 북구 2018년 7월 호

081

어려운 자리

눈을 뜨자마자 '망했다!' 하고 생각했다. 휴대 전화를 확인하니 "그냥 나오지 마."라는 문자 메시지가 와 있었다. '가지 말까, 그래도 갈까.' 고민하다 튕겨지듯 나와 택시에 올랐다. 학동 역에서 일산까지 가야 했다. 일산이라는 표지판이 눈에 들어올 즈음 기사 아저씨가 어디쯤에서 내리겠느냐고 물었다. 다시 집으로 가야겠다는 생각이 들었다.

"그냥 서울로 돌아가 주세요." "예?" "서울이요." 왈각 눈물이 났다. 택시 기사는 비상등을 켜고 차를 세웠다.

"무슨 일 있어요?"

몸을 돌려 나를 바라보는 눈빛이 따뜻했다. 나는 감정을 추스르며 사정을 이야기했다.

"전 영화 팀 막내인데, 첫 작품이라 일도 잘 못하고 매일 집에 가라는 말만 들어요. 새벽 다섯 시에 가야 했는데 휴대 전화 전원이 꺼져서 알람을 듣지 못하고 푹 잤어요. 마지막 연락이 오지 말라는 거였어요. 지금 가 봤자 돌아가라고 할 거예요. 진짜 열심히 했고, 잘해서 성공하고 싶었는데……. 제가 다 망쳤어요."

기사는 말없이 내 얘기를 듣더니 입을 열었다.

"학생, 성공하고 싶어? 그러려면 어떻게 해야 하는지 알려 줄까?"

눈이 번쩍 뜨였다. 눈물도 멈췄다.

"어려운 자리에 가야 해. 돈을 갚지 못해도 빌려준 친구를 만나고, 어떻게 될지 훤히 보이지만 가시방석에 앉는 거야. 피하는 게 쉬운 거 같지? 그 순간엔 그래도, 지나면 '그때 피하지 말아야 했는데.' 하는 후회가 들 거야. 힘든 걸 하는 순간 많은 게 달라지거든."

고개를 숙인 채 생각해 봤다. 피하는 것과 부딪히는 것.

"나도 예전에 회사를 다녔거든. 그때 사람들 참 많이 혼냈어. 근데 철칙이 있었지. 먼저 나한테 오는 걸음걸이를 봐. 뭐 잘못한 게 있으면 천천히 오더라고. 아까 자리에서 일어났는데 이제 온다는 건 내내 고민했다는 거야. 그런 사람한테는 아무 말 안 하고 가만히 쳐다만 봤지. 할 말이 뭐가 있겠어. 잘못은 본인이 제일 잘 알 텐데."

피식 헛웃음이 났다. 내가 그랬다. 머뭇거리지 않았으면 이미 도착할 시간이다. 세상에서 가장 천천히 가고 싶었다.

"한 소리 듣고 딱 그래. 죄송합니다. 시정하겠습니다. 다음에 잘하겠습니다. 그러면 상대도 미칠 노릇이지. 죄송하다고 다음에 잘한다는데 뭐라 그럴 거야."

"저를 워낙 미워하셔서."

"일 못하는데 그럼 좋겠어? 근데 오늘 안 가면 그 사람들은 영영 못 보는 거야. 오늘 가서 '죄송합니다.' 하면 이번에 잘린다 해도 다음은 있지."

나는 택시에서 내리자마자 팀 오빠에게 전화를 걸었다. 그는 다짜고짜 어디냐고 물었다. 보는 사람도 없는데 고개를 조아리며 연신 "죄송해요. 다 왔어요." 하고 굽실거렸다. 빨리 오라는 고함을 들으며 내달렸다.

나는 그날 잘리지 않았지만, 종일 가시방석에 앉은 기분이었다. 하지만 마지막일 줄 안 그날은 조금 더 힘들었던 하루로 무사히 지나갔다.

이제 나는 막내가 아니다. 우습지만 나도 누군가에게 무서운 상사가 되었다. 이따금씩 택시에서 급히 뛰어내리는 막내들을, 그날의 나를 만난다. 그러면 나는 '저 친구들도 좋은 기사님을 만났나 보네.' 하고 생각한다.

백성혜 님 | 서울시 강남구 2018년 8월 호

재작년 겨울, 하던 일이 어려워져 다른 일을 찾아야 했다. 집 근처 목조 주택 짓는 곳에서 사람을 뽑았다. 기술도 경력도 필요 없다는 말에 그날로 일을 시작했다. 추운 날씨에 밖에서 하는 일이라 쉽지 않았다. 그래도 일을 할 수 있어 다행이었다.

불쑥 한 친구 녀석이 떠올랐다. 혼자 방에만 있을 친구에게 좋은 기회란 생각이 들어 단호하게 말했다.

"당장 짐 싸서 여기로 와. 경력이나 기술이 없어도 돼. 숙소도 제공하니까 너한테 딱이야!"

어릴 적 옆집에 살았던 35년 지기 친구를 떠올리면 늘 가슴이 아팠다. 친구가 네 살 때, 아버지의 폭력을 견디다 못한 어머니는 집을 나갔다. "엄마 같이 가!" 하고 울며 쫓아가던 친구는 아버지에게 붙들려 집으로 끌려갔다.

술에 빠져 사는 아버지 앞에서 엄마가 보고 싶다는 말이라도 꺼내면 어김없이 매질을 당했던 친구. 아버지만 보면 가슴이 뛰는 공포를 느끼다 심장병을 얻어 군 복무도, 직장도 제대로 경험하지 못했다.

더욱이 아버지가 세상을 떠난 뒤 누나의 빚까지 대신 짊어졌다. 신용불량으로 모든 의지를 잃은 상태였다.

"난 너만 믿고 왔어. 너랑 한번 해 보지 뭐."

그사이 많이 쇠약해진 친구는 사다리를 오를 때도, 못질을 할 때도 위태로워 보였다. 처음엔 다 그렇다고, 그만한 일로 포기하지 말라며 친구를 격려했다. 월급 타면 친구 몸보신부터 시켜 줘야겠다고 생각하

2017~2022

며 나 역시 힘든 마음을 다잡았다.

일주일 되는 날, 옆에서 페인트 작업을 하던 친구가 갑자기 쓰러졌다. 친구는 의식을 잃은 채 땀을 흘렸다. 구급차를 타고 응급실에 갔다.

"뇌경색입니다."

앞이 캄캄했다. 모든 게 거짓말 같았다.

'고작 마흔네 살인데······.'

"뇌혈관 용해제를 써야 하는데 보호자 동의가 있어야 합니다."

"보호자 없는 거나 마찬가지예요. 제가 보호자입니다. 책임질게요. 빨리요!"

소리쳤지만 소용없었다. 세 시간 안에 보호자를 찾아오라고만 했다. 그때 친구가 겨우 눈을 뜨고 나를 쳐다봤다. 정신이 번쩍 들었다.

'그래, 내가 너를 살려 줄게.'

누나에게 연락하려 친구 옷에서 휴대 전화를 꺼냈다. 그러나 저장된 건 내 번호뿐이었다.

'도대체 이 녀석은 지금껏 어떻게 살았지?' 남은 희망마저 사라진 듯해 미칠 것 같았다.

얼른 정신을 차리고 다른 친구들에게 연락했다. 관공서와 경찰서를 수소문한 끝에 집을 떠난 친구 어머니와 연락이 닿았다.

통화로 동의를 얻고 치료를 시작했으나 이미 골든타임은 지난 뒤였다.

그날 밤, 친구는 중환자실로 옮겨졌다. 기적을 바랐지만 친구는 40년 만에 소식을 듣고 온 어머니를 끝내 보지 못하고 세상을 떠났다.

모두 내 탓이란 생각이 들었다. '그냥 가만히 둘걸. 그러면 이렇게 빨리 떠나진 않았을 텐데.'

장기 기증 담당자가 찾아왔다. 친구가 생전에 장기 기증을 신청했다며 그 뜻을 존중해 달라고 부탁했다. 기증할 수 있는 장기가 많아 서두르기만 하면 무려 여덟 명을 살릴 수 있단다. 한 번도 사는 것처럼 살아 본 적 없는 친구가 다른 이들의 삶을 살릴 수 있다니.

친구 어머니는 "자격 없는 어미지만 마지막 가는 길에 좋은 일 하게 해야지."라며 눈물로 동의했다.

친구 몇 명이 모여 장례를 치르고 돌아오는 저녁, 무심코 주머니에 손을 넣으니 친구의 휴대 전화가 있었다.

조심스레 화면을 켜고 내 번호를 누르자 세 글자가 떴다.

'내 친구'

"혼자 있다가 그런 변을 당했다면 얼마 만에 발견됐을지……. 그건 더 기막힌 일이죠. 마지막 좋은 일도 못하고, 나는 아들 떠난지도 모르는 어미로 살았을 거예요. 늘 혼자였을 아들이 그래도 친구와 마지막 일주일을 함께했다니 그저 미안하고 고마워요."

친구를 닮은 어머니의 말이었다. 미안함도, 원망도, 후회도 친구의 삶을 되돌릴 수 없었다.

그 밤, 고개를 드니 하늘에 별이 떠 있었다. 부디 다음 생은 별처럼 빛나기를. 보고 싶다, 내 친구야.

이재성 님 | 강원도 횡성군 2019년 3월 호

083

진짜가 된 가짜

"왜 안 되냐고요! 이제 와서 키워 달라는 것도 아니고. 얼굴 한번 보고 싶다는데, 그렇게 어려운 일이냐고요. 왜 안 찾아 주냐고요!"

어둠이 뉘엿뉘엿 내려앉은 즈음 녀석의 쩌렁쩌렁한 목소리가 사방으로 울려 퍼졌다. 심장이 철렁 내려앉았다. 녀석은 흥분을 가라앉히지 못한 채 씩씩 쇳소리를 내며 내 뒤를 따라 올라왔다.

겨우 현관문을 열고 들어와 들고 있던 쟁반을 식탁에 놓았다. 뒤따라온 녀석은 현관문을 꽝 닫고, 그것도 모자라 발로 세게 걷어찼다.

얼마나 하고 싶던 말이었을까. 피를 토하는 듯한 녀석의 심정이 그대로 전해졌다. 가슴 한가운데가 뾰족한 대나무에 찔린 듯 아팠다. "왜 말을 안 들어줘요?"

꾹 참고 있던 나는 소리를 질렀다. "그럼 난 너한테 뭔데? 왜 누굴 찾아 달라고 허구한 날 내 속을 후벼 파냐고!" "가짜잖아요, 진짜가 아니잖아요. 계모요." "내가 계모야?" "네. 가짜니까요."

그 말에 머리가 하얘졌다. "그래! 나는 계모야. 가짜니까. 근데 세상 천지에 이렇게 좋은 계모 봤어?"

녀석은 어처구니없다는 듯 "위매, 위매." 하면서 폭풍처럼 일렁이는 감정을 조금 가라앉히는 듯했다.

녀석을 처음 만난 건 17년 전, 사회 복지사 자격증을 따고 아동 복지 시설에 취업했을 때다. 당시 녀석은 여섯 살이었다. 고만고만한 녀석 열다섯 명을 '사무엘 방'이라 이름 지은 곳에서 양육했다.

아이들과 나는 비록 피를 나누지는 않았지만 한 가족이었다. 녀석은 유난히 말수가 적고, 있는 듯 없는 듯 조용했다.

어느 날, 대청소하느라 정신이 없었다. 녀석이 버리려고 모아 놓은 물건을 보더니 진지하게 물었다. "이게 뭐예요?" "응, 필요 없어서 버릴 거야."

별생각 없이 던진 내 답에 분노한 녀석의 말이 또렷이 들렸다. "버린다고요? 필요 없으면 저도 버릴 거예요?" 뜻밖의 질문에 손이 파르르 떨렸다.

녀석은 재촉하듯 한 번 더 물었다. "버릴 거예요? 대답해 봐요!" "무슨 소리야, 버리긴 누굴 버려. 한번 가족이면 끝까지 가족이지."

녀석은 내 대답에 안심하는 듯 초롱초롱한 눈망울을 내 턱밑까지 들이대며 다시 한 번 확인했다. "끝까지 안 버릴 거죠?" "당연하지. 힘들 때나 슬플 때나 함께할 거야."

이후 녀석은 내 그림자가 되었다. 고사리 손으로 늘 곁에서 도와주려고 애쓰는 녀석은 어느새 내 마음 깊이 들어와 있었다. 내가 견딜 수 있는 힘이자 기쁨이고, 삶의 동행자였다.

그러던 녀석이 사춘기 때문인지 내 가슴을 아프게 했고, 한동안 냉전이 이어졌다.

나도 모른 척한 건 아니었다. 영아원 기록을 토대로 주소도 찾아보고, 주민 등록 번호도 추적해 보았지만 소용없었다. 모든 게 허위로 작성된 것이었다. 녀석의 핏줄을 찾을 수 있는 실마리는 없었다.

그렇다고 녀석에게 곧이곧대로 이야기해 줄 수는 없었다. 그것마저도 상처로 남을까 봐 걱정됐다.

녀석은 대학 간호학과에 입학했다. 아프면 돌봐 주겠다는 야무진 약속과 함께 벌써 4학년이 되었다.

"어머니!" 요즘 녀석이 나를 부르는 호칭이다. 이번 설에도 나를 어머니라 부르며 찾아왔다. 뭐가 먹고 싶다는 말도 스스럼없이 했다. 결혼식 때 부모님 자리에 앉아 달라고 나에게만 이야기했다.

지금도 엄마를 찾고 싶으냐고 넌지시 물어보니 손사래를 쳤다. 나는 녀석의 손을 꼭 잡으며 나지막한 목소리로 말했다.

"엄마는 널 잊지 않고 기억하실 거야. 네가 보고 싶지 않아서가 아니라 그럴 수 없는 상황이라 찾지 못했을 거야. 그러니 엄마 마음을 이해해 드리자."

녀석은 고개를 떨어뜨렸다. 눈가에 반짝 눈물이 맺혔다.

이제 가짜가 진짜 하자는 내 말에 녀석은 고개를 들었다. 손바닥을 들어 힘차게 하이파이브를 했다. 나는 녀석을 보며 마음속으로 말했다. '이젠 녀석을 마음에서 내려놓아도 됩니다. 이렇게 잘 자랐습니다. 고맙습니다. 녀석을 내게 아들로 보내 주신 것 잊지 않겠습니다.'

어딘가에서 이 아이를 가슴에 묻고 살아가는 누군가에게 이 말이 들렸으면…….

이선화 님 | 광주시 동구 2019년 5월 호

POSITIVE THINKING ESSAY 100

084

수미와 신발

나는 2년 차 교사로, 시골 중학교 1학년 2반 담임이었다. 오월의 어느 날, 조용한 아침 자율 학습 시간이었다. 드르륵 뒷문이 열렸다. 모든 아이의 시선이 뒷문을 향했다. 수미가 수줍게 교실로 들어섰다. 3일 연속 지각이었다. 안 되겠다 싶어서 차분한 말투로 말했다.

"수미야, 수업 끝나고 교무실로 오렴."

하나 수미는 나타나지 않았다. 그러곤 아무 연락 없이 며칠간 결석했다. 물어물어 수미네 집을 찾아갔다. 산길을 따라 작은 언덕을 넘어 도착한 곳에는 대문도 잘 닫히지 않는 허름한 집이 있었다.

문을 밀고 들어가니 수동식 펌프 우물가에 찌그러진 양동이와 주전자만 덩그러니 놓여 있었다.

"수미야, 수미야."

아무 기척이 없었다. 부엌에 가 보니 온전한 그릇이 없었다. 재차 이름을 불렀다. 수미가 자다 깬 부스스한 모습으로 나타났다.

어머니는 아버지의 주사로 집을 나가고, 시내에 있는 학교를 다니는 오빠는 거의 오지 않는단다. 수미는 기운 없어 보였다.

"어디 아프니?"

대답하지 않아 거듭 물었다. 수미는 눈물을 글썽이며 기어 들어가는 목소리로 말했다.

"배가 고파요."

나는 수미의 손을 잡고 학교 앞 식당으로 향했다.

한 학기를 마칠 즈음, 비가 보슬보슬 내리는 날이었다. 지각한 수미

가 뒤꿈치를 들고 살금살금 자리로 들어가는데 바닥에 젖은 발자국이 남는 게 아닌가. 이상하다 싶어 신발장으로 가 수미의 신발을 살폈다. 밑창에 동전보다 커다란 구멍이 나 있었다.

일과를 끝내고 수미와 시내 신발 가게로 갔다. 마음에 드는 걸 신어 보라고 하니 제일 저렴한 하얀 실내화를 골랐다.

나는 아이들 사이에서 유행하는 신발을 골라 수미에게 신겼다. 수미는 어쩔 줄 몰라 하며 "괜찮아요." 하고 사양했다.

나는 웃으며 말했다. "나중에 커서 선생님한테 좋은 신발 사 줘." 새 신을 신은 수미는 무척 행복해 보였다.

오래전 교직에서 퇴임했다. 수미는 기억에서조차 까마득해졌다. 어느 오후, 명동 신발 가게에 들렀다. 한참 신발을 고르는데 오십 대 중반의 여자가 말을 걸었다.

"저 혹시 윤종경 선생님 아니세요?"

"네, 그런데요. 누구시죠?"

"선생님! 저 수미예요."

그녀는 나를 와락 부둥켜안았다.

우리는 자리를 옮겨 밤늦도록 살아온 이야기를 나누었다. 울기도 웃기도 하며 쉬지 않고 대화했다. 40년 만에 다시 만난 수미는 할머니가 되어 아들과 신발 가게를 운영하며 당당하게 살아가고 있었다.

윤종경 님 | 강원도 춘천시 2019년 9월 호

085

양치질하다 운 날

일곱 살인 아이가 양치질하다 말고 엉엉 울었다. "사실은 나 오늘 너무 속상했어. 나도 키즈 카페 가고 솜사탕 먹고 싶다고 말하고 싶었어!"

아이에게 고집쟁이 남동생이 생긴 지 2년 가까이 된 날이었다. 동생은 어리고 아빠는 아침 일찍 출근해 밤늦게 귀가했다. 아이는 생일도 엄마, 동생과 단출하게 보내야 했다. 아빠는 주말에 놀러 가자며 아이를 달랬다. 아이는 주말을 손꼽아 기다렸다. 하루, 이틀, 사흘…… 한 밤만 더 자면 아빠와 외출할 수 있다는 생각에 행복하게 잠들었다.

그런데 다음 날 눈을 떠 보니 아빠가 없었다. "아빠 회사에 급한 일이 생겨서 출근하셨어. 다음 주말에 꼭 놀러 가자." 아이는 웃으며 알겠다고 대답했다.

그날 저녁, 다 같이 밥을 먹고 옹기종기 화장실에 서서 양치했다. 그때 아이가 눈물을 쏟았다. 종일 꾹꾹 눌러 담았을 서러움이 거울에 비친 엄마 아빠 얼굴을 보자 터진 것이다.

"사실 있지, 나도 가고 싶다고 말하고 싶었어. 참기 싫었어. 떼쓰고 울고 싶었어. 근데 그러면 안 되는 거잖아. 미워하면 안 되잖아." 나는 치약 거품으로 엉망이 된 아이를 꼭 끌어안았다. 생전 운 적 없던 아빠도 눈시울이 벌겋게 달아올랐다. 때로는 포기해야 하는 일이 있다는 걸 깨우쳐 가는 게 대견하면서도 마음 아팠다. 아이가 사춘기에 접어들면 말해 줘야겠다. 떼쓰고 울고 싶으면 그래도 된다고.

이선영 님 | 경기도 수원시 2020년 7월 호

회사를 그만두고 재취업을 준비할 때였다. 생각보다 쉬는 기간이 길어졌다.

이대로는 안 되겠다 싶어 택배 상하차 아르바이트를 시작했다. 일 눈치라면 자신 있었다.

하지만 숙련된 이들 사이에서 나는 꿔다 놓은 보릿자루 신세였다. 툭하면 반장에게 혼났다.

다들 행복해 보이네…….

퇴근 후 집 앞 편의점에서 맥주 한 캔 마시며 행인을 구경하는 게 유일한 사치였다.

유독 심하게 혼난 날이었다. 그날은 캔 맥주를 닥치는 대로 집어 계산대에 올렸다.

편의점 아주머니는 맥주 한 캔만 남기고 나머지는 도로 가져갔다.

많이 마시면 속 버려! 이것만 가져가.

238

2019년 11월 호 <오늘도 수고했어>
글.정소라 님 | 경기도 수원시, 그림.김주아 님

황당했지만 지칠 대로 지친 터라 가만히 나가 편의점 앞 의자에 앉았다.

안주도 같이 먹어. 딸 같아서 주는 거야.

아주머니는 탁자에 안줏거리를 놓아 주었다.

내 딸도 늦게까지 일하고 퇴근하면 편의점에 앉아 지나가는 사람들 구경했어. 그땐 젊은 애가 웬 청승이냐고 타박했지.

아주머니 딸은 교대 근무를 마치고 돌아오는 길에 교통사고를 당했다고 한다.

이제는 못해. 하늘나라에 있으니까.

그럼 지금도 저처럼 사람 구경하고 있겠네요?

딸에게 꼭 하고 싶은 말이 있는데, 들어 줄 수 있어?

그럼요.

편의점에 들어오는 나를 보곤 가슴에 묻은 딸이 돌아온 줄 알았단다.

딸, 오늘도 수고했어.

그 한 마디에 나는 엉엉 울고 말았다.

239

086

전하지 못한 말

대학에 갓 입학한 아들이 가까운 꽃집이 어딘지 물었다. 꽃 사러 가는 사람 표정이 왜 어둡냐고 물으니 추모 공원에 간단다. 아들이 조심스럽게 입을 뗐다. "엄마, 사실은 친구가 하늘나라에 갔어."

"아니, 누가?" "엄마도 알지? 준오라는 애." 순간 내 귀를 의심했다. "너 괴롭혔던 그 애?" "응. 며칠 전에 오토바이 사고가 나서……." 아들은 나중에 이야기하겠다며 집을 나섰다.

아들이 초등학교 4학년 때였다. 가깝게 지내던 아이 친구 엄마에게서 전화가 걸려 왔다. 우리 애가 학교에서 맞는 모습을 몇 번 보았다고. 나는 그맘때 아이들 사이에서 일어날 수 있는 일로 여겼다. 아들에게도 물어보니 별일 아니라고 했다. 한데 시간이 흐를수록 아들의 눈빛이나 행동이 이상하게 변했다. 자주 화내고 짜증 부리며 용돈 씀씀이도 늘어갔다.

하루는 몰래 아들을 관찰하기로 했다. 점심을 먹은 아이들이 하나둘 운동장으로 나왔다. 멀리 아들이 보였다. 옆에는 덩치 큰 아이가 있었다. 그 애는 구석진 곳으로 아들을 데려가더니 때리기 시작했다. 아들은 용돈을 꺼내 건넸다. 순간 놀라 어찌할 바를 몰랐다.

우선 마음을 가다듬고 집으로 돌아왔다. 더 확실한 증거를 잡아야겠다고 결심했다.

때를 기다리다 결정적인 날이 왔다. 그 애가 외진 골목에서 아들을 때리는 현장을 목격한 것이다. 놀랐지만 물증을 확보하려 카메라 셔터를 눌렀다.

벌써 몇 대나 얻어맞은 아들은 나를 보곤 깜짝 놀랐다. 그 애는 멈칫하더니 뒤로 물러섰다. "네가 바로 우리 아들을 괴롭힌다는 그 애로구나. 너 이름이 뭐냐?" 당황한 아이는 내가 다그치자 자기 이름을 말했다. 다음 날 학교에 가서 상담하기로 하고, 아들을 데리고 집으로 왔다.

아들에게서 자초지종을 들었다. 아들이 괴롭힘 당한 기간은 생각보다 길었다.

아들도 처음엔 그 애를 친구라고 여겼단다. 한데 언젠가부터 자기 뜻대로 되지 않으면 폭력을 썼다고. 아들은 수시로 용돈을 빼앗기고 두들겨 맞으면서도 그 사실을 알리는 게 두려워 숨겼다.

다음 날 일찍 담임 선생님을 찾아갔다. 모든 사실을 알리고 처벌을 요구했다. 알고 보니 그 애한테 당한 아이가 한둘이 아니었다. 담임 선생님도 사건의 심각성을 알고는 깜짝 놀라는 눈치였다. 학교 폭력 위원회를 소집해 징계를 내렸다.

얄궂게도 그 애와 아들은 같은 중학교에 배정됐다. 나는 하던 일을 정리하고 아들의 보디가드로 나섰다. 승용차로 아들 등·하교를 책임지며 세심하게 살폈다. 그러면서도 내가 없을 때 어떤 일이 생길지 몰라 늘 노심초사했다. 그 애는 중학교 2학년 때 다른 학교로 전학을 갔다.

이후 그 애가 어떻게 사는지 알지 못했다. 아니, 그 애를 기억에서 지우고 싶었다. 우연히 횡단보도에서 그 애와 마주쳤을 때도 애써 외면했다. 나를 보고 고개를 숙이며 지나가던 그 애의 축 처진 어깨에 만감이 교차했다. 그게 마지막이었다.

저녁 무렵 돌아온 아들을 통해 새로운 사실을 알았다. 엄마 없이 자란 그 애는 어릴 적부터 아버지에게 맞으며 살았단다. 학교생활에 적응하지 못해 결국 고등학교도 자퇴했다고. 돈을 벌기 위해 아르바이트하다 오토바이 사고를 당한 것이었다.

모든 이야기를 듣고 나니 가슴이 먹먹했다. 그동안 아들이 당한 일만 생각하고 그 애를 얼마나 미워했는지 모른다. 아들이 상처받은 걸 생각하면 용서하기 어려웠다. 그런데 아들은 아픈 기억을 잊고 그 친구를 용서했다.

성숙해진 아들을 보면서 숙제 하나를 얻었다. '그 애를 진심으로 용서하기.'

한 청춘이 꿈을 이루지 못하고 짧은 생을 마감했다는 사실이 안쓰러웠다. 상처뿐인 인연이었지만 보듬어 주지 못했다는 후회가 파도처럼 밀려왔다. 용서하고 싶어도 그 애가 이 세상에 없다는 사실에 마음이 무거웠다.

곧 지천에 봄꽃이 흐드러지게 필 것이다. 그 모든 꽃을 그 애에게 바친다. 진심으로 용서한다는 말과 함께.

홍인자 님 | 경북 포항시 2020년 4월 호

POSITIVE THINKING ESSAY 100

087

물안경 소년

아이의 얼굴에는 물안경 모양으로 햇볕에 그을린 자국이 선명했다. 나는 아이를 보자마자 깔깔 웃으며 손을 내밀었다.

"너, 여름을 완전 즐기고 있구나? 안녕! 이제부터 너한테 영어를 가르쳐 줄 선생님이야."

악수를 청하면 아이들은 어른 대접을 받는 듯한 우쭐함과 진지함을 동시에 나타내곤 했다. 물안경 소년은 내 손을 잡고 힘없이 흔들었다. 미소도 대답도 없었다. 나는 수업이 조금 어려워질 것을 직감했다. 수업도 사람 간의 소통인지라 감정을 드러내지 않는 학생들과 마주하면 원맨쇼를 하는 기분이 들기도 했다.

소년은 다른 아이들과 조금 떨어져 앉았다. 수업은 영어로 진행하는데, 중간중간 소년을 살펴보니 이해하지 못한 듯 떨떠름한 표정이었다.

학생들이 돌아가며 대답하는 퀴즈 시간에도 소년만 대답을 하지 못했다. 소년이 우물대면 주변 아이들은 하나둘 말을 보탰다.

"와, 엄청 쉬운 건데 모르냐."

"쌤, 쟤 모르나 봐요. 제가 대답해도 돼요?"

나는 소년이 풀이 죽어 수업에 소극적으로 반응할까 걱정되었다. 수업 후반, 복습 게임을 했다. 정답을 말하려면 달리거나 공을 타깃에 맞추는 등 활동을 해서 대답할 기회를 따내는 것이 규칙이었다. 소년은 신체 활동에서 두각을 나타냈다. 누구보다 재빠르게 뛰고, 공을 정확히 던졌다.

나는 이때다 싶어 칭찬을 아끼지 않았다. 소년의 얼굴에 점점 웃음꽃

이 피었다. 다만 소년이 발언 기회를 얻고도 대답을 못하는 게 안타까
웠다. 칠판에 힌트를 적어 줘도 감을 잡지 못하는 듯했다.

며칠이 지났다. 게임 덕인지 소년은 눈에 띄게 밝아졌다. 교실에 들
어오면 서툰 영어로 내게 인사하고 아이들 옆에 앉았다. 하나 소년의
영어 실력은 썩 나아지는 것 같지 않았다. 특히 쓰기나 읽기 활동을 할
때는 하기 싫어 꾀를 부리는 게 아닌지 의심될 정도로 시간을 끌었다.
기다리다 못해 내가 대신 읽거나 정답을 말해 주면 소년은 뾰로통한 얼
굴로 "지금 그렇게 말하려고 했는데요." 하며 억울해했다.

쓰기 활동을 한 어느 날 나는 소년을 꾸짖었다. 정답을 칠판에 써 줬
는데도 안 적는 건 무슨 심보인가 싶어 화가 났다. 이런 일이 몇 번 반
복되자 소년이 진짜 모르는 것인지, 나를 만만하게 보고 놀리는 것인지
헷갈릴 지경이었다.

수업이 끝나고 예전에 소년을 가르친 선생님에게 상의했다. 선생님
은 놀란 표정으로 말했다.

"어머, 그 친구 난독증인데 모르셨어요? 칠판 글씨나 책 읽는 걸 어
려워해서 시키지 않는데……."

소년의 우물쭈물하는 입술과 정답을 말하려던 참이었다며 억울해한
표정, 읽기 활동만 시작하면 어두워진 모습이 스쳐 지나갔다.

그길로 소년의 어머니에게 전화해 면담 요청을 했다. 혼자 온 어머니
에게 사과의 말을 건넸다. 소년의 난독증에 대해 듣지 못했고, 그 때문
에 충분히 배려하지 못했다고. 웃으며 듣던 어머니가 대답했다.

"선생님. 아이가 영어 수업을 어찌나 좋아하는지, 운동 말고 다른 걸
좋아하는 모습을 처음 봐서 놀랐답니다. 왜 좋은지 물어보니까 선생님
이 차별을 안 한대요. 말씀을 듣고 보니 그동안 다른 선생님들의 배려
가 아이에겐 오히려 차별로 느껴진 모양이에요. 자기만 친구들과 다르

게 대하는 게 싫었나 봐요. 앞으로도 똑같이 해 주세요. 부탁드려요."

머리를 한 대 맞은 듯했다. 나의 배려 없음이 아이에겐 오히려 진정한 배려였다니. 장애를 가진 친구의 말이 생각났다. 가끔은 그저 평범한 사람처럼 대우받고 싶고, 거기엔 막역한 장난도 포함된다고.

약자로 보호받느라 무언가를 제대로 시도하거나 실패할 기회조차 잃는 사람들이 머릿속에 떠올랐다. 넘어질세라, 마음이 다칠세라 일정 경계 이상으로 다가가지 않는 것보다 넘어진 자리에 같이 앉아 웃고, 함께 일어나 걷는 것이 배려임을 배웠다.

다음 날도, 그다음 날도 물안경 소년은 하얀 이를 드러내며 게임을 하고 틀린 답을 말하고 다 같이 깔깔 웃다 돌아갔다.

목순정 님 | 프랑스에서 2020년 7월 호

기억 저장소

코로나19 – 코로나19는 2019년부터 전 세계적으로 발생한 급성 호흡기 전염병
이다. 전염력, 고령층 치사율 등이 높아 감염자가 크게 늘어난 시기에는 병원 및
요양원 등이 출입을 제한하기도 했다.

달밤의 면회

지지난달, 운동하다가 뜻하지 않은 골절 사고를 당해 3주 동안 병원 신
세를 지고 말았다.

"3주나요?"

내가 놀란 표정을 짓자 담당 의사에게선 이런 답이 돌아왔다.

"왼쪽 팔하고 왼쪽 다리가 같이 부러졌잖아요. 입원 기간만 3주인 거
지, 재활까지 합치면 두 달은 족히 걸려요."

나는 걱정이 앞섰다. 원고야 병실에 노트북을 갖다 놓고 쓴다 해도, 집
안일은 그럴 수 없는 법. 신종 코로나 바이러스 감염증(코로나19) 때문
에 집에 갇혀 있는 중학생 한 명과 초등학생 두 명의 밥과 빨래는 어쩌
나? 직장에 다니는 아내 혼자 그 일을 감당하긴 어려울 것 같았다.

"당신한텐 미안한 말이지만…… 사실 아이들이 아빠가 해 주는 밥 먹
기 싫대……."

내가 입원실에 누워 걱정을 늘어놓자 아내가 심드렁한 목소리로 이야
기했다.

"그리고 나도 맛있다곤 했지만……, 그게 참……."

아내는 그 말을 하면서 풋, 하고 웃었다. 그러곤 "그러니까 걱정하지
말고 휴가다 생각하고 푹 쉬어."라는 말을 덧붙였다. 나는 좀 삐친 마음

이 되었지만, 다 나를 염려해서 하는 아내의 거짓말이라고 여겼다. 내 음식 솜씨가 뭐가 어때서…….

"그나저나 병실에도 보호자가 있어야 할 텐데."

아내 말에 나는 손사래를 쳤다.

"뭐 할 게 있다고. 오른팔과 오른쪽 다리는 말짱한데, 뭘."

말은 그렇게 했지만 그게 그리 만만한 일이 아니었다. 식사 시간마다 조리사 아주머니들이 침대까지 식판을 직접 가져다주었지만 다 먹고 뒤처리는 각자의 몫이었다. 빈 식판을 한 손에 든 채 휠체어를 타고 다시 배식 차까지 가져가야 했는데, 몇 번이고 기우뚱 식판을 엎을 뻔했다.

"병원에도 매일 올 필요 없어. 그 시간에 잠이나 더 자. 영상 통화 하면 되지, 뭐." 나는 그게 내 진심이라고 생각했다. 아내한테 미안한 마음이 먼저였으니까.

하지만 입원 첫날부터 나는 좀 외로웠다. 코로나19로 면회객의 병동 출입이 제한되었지만, 병원 주차장 옆 등나무 벤치에선 만남이 가능했다. 어쨌든 그곳은 야외였으니까. 저녁을 먹고 바람이라도 쐴 겸 그곳으로 휠체어를 타고 나가 보니 띄엄띄엄 환자와 그 가족들이 앉아 이야기를 나누고 있었다. 나는 멀거니 그들을 보다가 병실로 돌아왔다. 애들은 오면 안 되지, 나는 혼자 생각했다. 가뜩이나 거리두기 해야 하는데. 나는 괜스레 핸드폰에 저장된 아이들 사진을 넘겨보았다. 맨날 밥 먹는 것 때문에 싸우기나 했지, 뭐. 이참에 아빠 소중한 것도 알고, 좋지, 뭐……. 나는 일부러 영상 통화도 하지 않았다.

아내는 매일 두 번, 출근할 때와 퇴근할 때 잠깐잠깐 간식과 속옷을 챙겨 병원에 들렀다. 그때마다 나는 빼먹지 않고 물었다.

"애들이 아빠 안 보고 싶대?"

그러면 아내는 늘 되물었다.

"왜? 애들 보고 싶어? 한번 같이 올까?"

"에이, 어딜 데려와? 코로나 때문에 안 돼."

"아니, 당신이 자꾸 물으니까."

보고 싶긴 한데, 어디 그럴 수가 있나? 나는 아내가 부담스러울까 봐 속마음을 드러내지 않으려고 노력했다. 아빠 밥이 먹기 싫다고 했다니…….

병원에 입원하고 맞은 첫 주말, 밤 아홉 시쯤 아내에게서 전화가 왔다.

"잠깐 휠체어 타고 주차장으로 내려와 봐."

나는 무슨 간식을 갖고 왔으려니 생각하고 갔다.

거기에 아이들이 있었다. 아이들은 아내의 차에 탄 채 유리창을 내리고 "아빠!" 하며 두 손을 흔들어 댔다. 나는 5미터쯤 떨어진 곳에 휠체어를 멈춘 채 아이들의 얼굴을 바라보았다. "이게 드라이브스루 면회야." 아내가 찡긋 웃으며 말했다.

나는 하마터면 눈물이 날 뻔했다. 우리 사이의 물리적 거리가 마음을 더 가깝게 만들어 주는 것 같았다.

나는 그러지 않아도 되는데 큰 목소리로 아이들에게 말을 걸었다.

"아빠 없으니까 밥 먹기 힘들지? 조금만 참아!"

그러자 좀 전까지만 해도 환하게 웃던 아이들의 얼굴이 일순 무표정하게 바뀌었다. 그러거나 말거나 나는 계속 깁스한 왼쪽 팔까지 함께 흔들며 "아빠가 떡볶이 또 해 줄게!"라고 소리쳤다. 달이 환한 여름밤이었다.

이기호 님 / 소설가 2020년 11월 호

248

088

꽃보다 아름다운

내게 남아 있는 부모님 모습은 소리치고 싸우고 때리는 것뿐이다. 매일 같이 다툴 때마다 집은 난장판이 되었다. 술을 마시고 온 아버지는 흙바닥에 밥상을 내동댕이쳤다. 열 살이 채 안 된 내게 '살아가는 일이란 이런 건가 보다.' 하는 생각이 깊이 박혔다. 늘 불안하고 두려웠다.

　부모님 싸움의 원인은 가난이었다. 가장 많이 들은 말은 "공장 가서 돈 벌어 와라."였다. 최종 학력이 초등학교 졸업일 수도 있다는 불안이 그림자처럼 따라다녔다. 당시 동네에 낮에는 방직 공장에서 일하고, 밤에는 기숙사 딸린 야간 고등학교에 다니는 언니가 있었다. 일해서 번 돈을 집으로 부치는 모양이었다. 부모님은 내게도 돈을 벌어 오라며 계속 다그쳤다.

　하루하루가 어둠 같기만 한 어느 날, 부모님은 평소보다 심하게 다퉜다. 이후 우리 가족은 다시 모이지 못했다. 어린 나이라 무슨 일이 벌어졌는지 제대로 알기 어려웠다. 교류가 없는 친척들에게 물어볼 수도 없었다. 언니는 외지로 나가 홀로 생계를 꾸렸다. 나는 한동안 이웃집을 돌며 생활했다. 동네 어른들이 수군거리는 모습, 나를 두고 하는 말에서 혼자 남겨졌음을 알았다.

　눈칫밥을 먹은 지 얼마나 됐을까? 동네 아이들로부터 이야기를 전해 들었다.

　"너 보육원 보낸대." 이웃들도 더는 나를 돌봐 줄 수 없는 상황이 온 것이다. 부모님은 끝내 나타나지 않았다.

　'내가 아들이었다면 아버지가 찾아왔을까?' 싶은 생각이 들었다. 아버지는 아들을 간절히 원했다. 첫째 딸은 태어난 지 얼마 안 되어 병으로 세상을 떠났고, 이후로 언니와 내가 태어났다. 나는 아들이 아니라서 아쉽다는 말을 자주 듣고 자랐다.

얼마 후 나는 할머니 집으로 가게 되었다. 할머니는 덤덤히 말했다. 당신은 아버지의 친엄마가 아니라고. 자식이 없었기에 집안 어른들 뜻에 따라 시동생의 아이 중 한 명을 양자로 들였고 그게 우리 아버지였노라고. 성인이 되고 그 사실을 안 아버지는 할머니를 외면했다. 나는 이상하게 여겼던 가족사를 그제야 조금 알 듯했다.

할머니는 내게 말했다. "너를 보육원에 보내지 않을 거다. 학교도 계속 다니렴." 침묵과 무표정으로 살아온 나였다. 하지만 그 말을 들은 순간 펑펑 울고 말았다.

할머니는 직접 뜯은 나물로 밥상을 차리고, 소풍 때마다 예쁜 도시락을 싸 주고, 졸업과 입학의 순간을 함께했다. 보는 사람마다 나를 '우리 딸'이라고 소개했다. '예쁜 할머니'로 불린 할머니는 쪽 찐 머리를 한 다른 할머니와 달리 곱슬곱슬한 단발에 진주 머리핀을 했다. 내 눈에도 할머니는 세련되고 예뻐 보였다.

어른이 되어 일을 하면서부터 나이 든 할머니 모습이 눈에 들어왔다. 할머니는 기력이 점점 떨어졌고 고향이며 어릴 적 이야기를 종종 꺼냈다. 그리고 찬바람이 불기 시작한 계절에 조용히 하늘나라로 떠났다. 화장한 뒤 앞산 도토리나무 아래에 묻어 주었다.

그 며칠 전, 할머니는 당신이 떠나거든 옷장 맨 위 서랍장을 열어 보라고 일렀다. 서랍장 안 빛바랜 무명천에 금반지 수십 개가 들었다. 내 생일마다 하나씩 사서 모았다며, 내게 고마웠다고, 잘 살라는 내용의 편지와 함께.

눈물이 하염없이 흘렀다. 할머니는 왜 나를 키워 주었을까? 끝내 물어보지 못했다. 이 말을 하면 내게 내려온 동아줄이 끊어질까 봐, 행복이 사라질까 봐 두려웠다.

이제 나는 할머니가 남긴 '사람 사는 법'을 실천하려고 노력한다. 꽃보다 아름다운 모습을 보여 준 할머니의 당부대로 오랜 세월 소식 모르던 언니를 찾았고 지금은 서로 오가며 지낸다. 어려서는 언니한테 서운했지만 언니의 삶도 녹록지 않았음을 알았다.

내 곁엔 내가 할머니와 살기 시작한 나이의 아이가 있다. 아이가 내게 물었다. "우리는 왜 외가가 없어요? 엄마의 엄마는 왜 없어요?" 마냥 예쁘기만 하고 어리광 부리는 아이가 엄마의 어린 시절을 이해할까? 엄마랑 아빠랑 자주 산책 가는 공원 나무 곁에 나를 키워 준 분이 있다고 말해 주어야겠다.

김기연 님(가명) | 경기도 피주시 2020년 11월 호

군밤 할머니와 고구마 도둑

우리 동네 빵집 옆에는 1년 내내 자리를 지키는 할머니가 있다. 날씨가 따뜻할 땐 옥수수를, 추울 적엔 군밤과 고구마를 판다. 할머니를 보면 먼저 세상을 떠난 우리 할머니가 떠올라 찡하다. 그런 할머니에 대한 마음이 존경으로 바뀐 사건이 있다.

엄마와 빵집을 지날 때였다. 할머니가 자리를 비운 사이, 긴 머리의 낯선 할머니가 고구마 한두 개를 낡은 가방에 넣었다. 엄마가 큰소리로 외쳤다. "뭐 하시는 거예요? 왜 고구마를 그냥 가져가세요?"

긴 머리 할머니는 마침 신호가 바뀐 횡단보도를 건너며 중얼댔다. "이건 가져가도 괜찮은 거예요……."

곧 군밤 할머니가 돌아왔다. 엄마는 씩씩거리며 평소보다 군밤을 더 많이 샀다. 엄마가 방금 전 일을 말하자 할머니는 까르르 웃었다. 도둑의 행색을 묻기에 내가 설명하니 할머니는 고개를 주억거렸다. "어쩐지 어디 갔다 오면 고구마 한두 개가 사라져 있더라." 그러곤 화가 난 엄마에게 한마디 덧붙였다. "그 할머니 쑥스럽게 그러지 말아."

아까 본 고구마 도둑 할머니의 모습이 스쳤다. 추레하고 얇은 옷, 정리되지 않은 긴 머리……. 어쩌면 고구마 한두 개로 생계를 이어 나가는 건 아니었을까?

군밤 할머니는 늘 같은 자리에서 사람들을 관찰한다. 여름에는 든든한 옥수수를, 겨울에는 따뜻한 밤과 고구마를 내주며 배를 채워 준다. 나도 할머니 같은 사람이 되고 싶다.

오승예 님 | 서울시 서대문구 2020년 12월 호

POSITIVE THINKING ESSAY 100

장어구이집 아주머니

2017-2022

부모님은 내가 고등학생 때 이혼했다. 철없던 나는 드라마에서처럼 가출을 결심했다. 친구에게 단돈 2만 원을 빌린 뒤 야간 자율 학습 시간에 학교를 빠져나왔다. 울산에서 서울로 가는 시외버스에 몸을 실었다. 돌아올 차비는 없었다.

버스에서 잠들었다가 깨니 밤이 깊었다. 창밖으로는 산과 들만 보이고 비가 내렸다. 그제야 덜컥 겁이 났다. '내가 왜 이런 짓을 했을까……' 동서울 터미널에 도착했지만 갈 곳이 마땅찮았다. 눈앞에 한강이 보여 그곳으로 갔다. 가만히 앉아 있자니 쌀쌀해 정처 없이 강변을 걸었다.

다리 밑 여기저기서 한 맺힌 사람들이 통곡하고 있었다. 무엇이 그리 힘들고 슬픈지, 작정하고 우는 듯했다. 내 인생도 여기서 끝인 것 같다. '사는 것이 왜 이렇게 고달플까.'

새벽 다섯 시가 되니 대로변에 위치한 큰 교회로 들어가는 사람들이 보였다. 나도 거기 가서 몸을 녹이다가 다시 아무 데로나 걸었다. 시장을 지나치는 중에 문 앞에 떡을 깔아 놓은 떡집이 보였다. 순간 떡 한 팩을 훔쳐 달아나는 상상을 했다. 이제껏 도둑질은 꿈도 못 꿨는데……

계속해서 걷다 보니 어느 집 앞 버려진 이불이 눈에 띄었다. 이불을 둘러메고 한강 벤치로 돌아왔다. 낮이 되자 햇살이 따뜻했다. 깜빡 잠들었다가 눈을 뜨니 한 아주머니가 옆에 앉아 있었다.

"학생, 무슨 고민 있어?" "네?"

망설이다가 처음 본 아주머니에게 일련의 일을 토해 냈다. 마치 누군가의 도움을 기다린 것처럼.

애기를 다 들은 아주머니는 일단 자기 가게로 가자며 날 일으켰다. 근처 장어구이집이었다. 나는 뜨거운 된장찌개에 입천장이 데는 줄도 모르고 밥 세 공기를 비웠다. 아주머니가 5만 원을 쥐여 주며 말했다.

"이 돈으로 뭘 하든지 네 마음이겠지만, 집으로 돌아갈 차비로 쓴다면 널 도와준 보람이 있을 것 같구나."

돈을 받고 가게를 나와 고민했다. '이대로 울산으로 돌아간다면 웃음거리만 될 거야. 호기롭게 서울행 버스에 올라탄 지 24시간도 지나지 않았잖아.'

하지만 아주머니 말이 계속 귓가에 맴돌았다. '보람이 있겠다, 보람이 있겠다……' 그렇게 나의 가출은 막을 내렸다.

어느덧 10년이 흘렀다. 그간 나는 군대를 전역하고 대학을 졸업했다. 아주머니 연락처를 적은 종이는 잃어버리고, 아주머니 성함도 몰랐다.

청담 역 근처, 한강이 보이는 장어구이집. 생각나는 건 이것뿐이다. 하지만 아주머니에 대한 기억만큼은 한 번도 잊은 적 없다. 만나는 사람들마다 아주머니 애기를 하고 다녔다.

취업 후 상경한 나는 아주머니를 찾아 나섰다. 두근거리는 마음으로 청담 역에 내려 한강을 향해 걸었다. 강변에 서서 주변을 둘러보니 장어구이집 하나가 눈에 딱 들어왔다.

'그 가게가 맞을까? 주인이 바뀌었으면 어쩌지?' 노심초사하며 가게로 들어갔다.

점심 장사를 마친 종업원들이 쉬고 있었다. 저녁때 나온다는 주인아주머니를 기다리는 동안 나는 입이 바짝 마르고 손에 땀이 났다.

마침내 아주머니를 마주한 순간, 첫눈에 그 분을 알아봤다. 10년 전 그날처럼 아주머니 뒤에서 햇살이 비추는 듯했다.

아주머니는 내 얼굴을 알아보지 못했으나 당시 상황만은 생생히 기억하며 감격스러워했다.

준비해 간 5만 원을 겨우 드리고, 7만 원짜리 장어구이 한 상을 받았다. 나는 앞으로 천천히 이자를 갚겠다고 했다.

머지않아 울산으로 발령받아 돌아왔지만, 종종 아주머니에게 전화 걸어 안부를 나눈다. 연말에는 아주머니 앞으로 선물을 보낸다. 1년 중 가장 즐거운 시간이다.

가끔 서울로 출장 가면 한강을 찾곤 한다. 흘러가는 강물을 보고 있노라면 고등학생 시절이 생각난다. 나는 다짐한다.

'힘들지만 그래도 살 만한 세상을 만들도록 최선을 다해야지.'

"청담동 장어구이집 임인옥 아주머니! 이제 저를 도와준 보람이 있으신가요?"

고재천 님 | 울산시 북구 2021년 1월 호

091

슬픈 동화를 쓴 날

큰애가 돌이 좀 지나 걸어 다닐 무렵이었다. 도서관에서 아이에게 책을 읽어 주었다. 한 여자아이가 곁에 다가와 내 이야기를 함께 들었다. 서너 살쯤으로 보이는 아이였는데, 나한테 너무 바싹 붙어 앉아서 신경이 쓰였다. 남의 아이와 신체가 닿을 정도로 붙는 건 삼가야 하는 미국식 정서가 몸에 밴 터였다. 아이의 부모가 보면 탐탁지 않아 할 것 같았다.

주변을 둘러봤으나 아이의 보호자인 듯한 사람이 없었다. 나는 다정한 표정으로 아이에게 물었다. "엄마는 어디 계셔?" 언제 빗었는지 모를, 뒤엉킨 붉은 곱슬머리를 가진 아이가 겁먹은 얼굴로 대답했다. "난 엄마 없어요." 그제야 내가 실수한 걸 깨달았지만 갑자기 대화를 끊을 수도 없어서 말을 이어 갔다. "그럼 누구랑 왔어?" "할머니요."

아이의 손가락이 가리키는 쪽을 보니 한 할머니가 벽에 몸을 기댄 채 앉아 있었다. 남루한 행색에 안색도 창백해 건강이 좋지 않아 보였다. 손녀에게 책을 읽어 줄 기운은커녕 끼니를 챙길 여력도 없어 보였다. 주변에 아이의 언니나 오빠로 보이는 아이가 둘 더 있었다. 생활이 어렵고 몸도 약한 할머니가 손주들을 돌보느라 고생이 이만저만이 아니리라 짐작했다.

내 다리에 몸을 바싹 붙이고 앉은 아이를 내려다봤다. 아이는 내가 언제 다시 책을 읽어 주나 기대에 찬 눈으로 기다리고 있었다. 나는 내 실수에 대한 속죄로 아이에게 책을 오래 읽어 주었다. 하지만 엄마가 없다고 대답할 때의 아이 눈빛이 마음에 남아 두고두고 괴로웠다.

그 후 다시는 어떤 아이에게도 '네 엄마, 아빠는 어디 계시니?' 하는 질문은 하지 않는다. 하지만 그날 내가 한 질문이 아이에게 남겼을 상실감은 결코 주워 담을 수 없을 테다.

홍예진 님 | 미국에서 2021년 3월 호

092

팔지 않는 물건

겨울날 새벽, 나와 누나는 동묘 시장에 도착했다. 양초 먹인 옛날 나무 의자를 구하기 위해서였다.

얼마 전 누나는 오랫동안 다닌 회사를 그만두고 작은 가게를 열었다. 누나의 취향이 깐깐하기도 하고, 가게가 좁기도 해서 인테리어에 신중을 기했다. 경운기 소리에 잠을 깨곤 했던 유년 시절의 향수 덕인지 우리 남매는 유난히 오래된 물건을 좋아했다.

여러 가게를 둘러보는데 도무지 눈에 들어오는 물건이 없었다. 동묘를 거쳐 풍물 시장에 다다랐다. 온갖 골동품과 잡동사니가 눈앞에 쏟아졌다. 돈이 될 만한 물건은 무엇이든 흥정하는 곳처럼 보였다. 시골집 문짝, 유행 지난 가수의 브로마이드, 심지어 속셈 학원 가방까지.

우리는 시간 가는 줄 모르고 구경하다 한 가게에 들어갔다. 주인은 잠시 자리를 비운 듯했다. 우리는 기대에 찬 눈으로 물건을 꼼꼼히 훑었다. 등받이가 화려한 의자들은 멋스러워 보였지만 찾는 게 아니라 아쉬웠다. 그러다 가게 구석에서 삭은 의자 하나를 발견했다. '이거다!' 싶었다.

주인은 소리도 없이 나타났다. 그의 우락부락한 생김새에 잠시 경계심이 스쳤다가 수줍은 미소를 보

고 마음을 놓았다. 우리는 의자를 가리키며 가격을 물었다. 주인이 답했다.

"팔지 않는 물건입니다."

조바심이 난 우리는 값을 더 쳐줄 테니 팔면 좋겠다고 다시 한 번 말했다.

"허허, 못 팔아요. 저건 내가 밥 먹을 때 앉는 의자야. 저 의자 없으면 밥도 못 먹어요."

부드러운 듯 단호한 한마디에 마음을 접었다. 주인은 좋아 보이는 다른 의자를 가리키며 되레 값을 깎아 주겠으니 가져가라고 했다. 결국 두 번째로 맘에 들었던 의자를 사서 집으로 돌아왔다.

쓰다 버린 이쑤시개도 팔 것 같은 그곳에 팔지 않는 물건이 있다. 팔지 않는 삶이 있다.

박현규 님 | 서울시 서초구 2021년 4월 호

바쁘다는 핑계로 고마움을 느끼지 못하며 사는 모습이 부끄러워 일주일에 한 번 영아원을 찾아갔다. 처음엔 신생아 방에서 분유를 먹였다. 나의 체온으로 아이들의 가슴을 따뜻하게 해 주고 싶었다. 그다음엔 놀이방에 가서 색종이, 풍선으로 함께 놀아 주고 동화도 들려주었다. 아이들과 둘러앉아 시간을 보내자 가슴에 서서히 사랑이 스며들었다. 아몬드를 가져가 입에 넣어 줬더니 아이들은 나를 '콩 할머니'라고 불렀다.

부모와의 관계가 지속되는 아이들은 의기양양했다. "나 엄마 집 갔다 왔다. 피자 먹고 동물원도 갔다." 빨간 매니큐어를 바른 손을 자랑하기도 했다.

찾아오는 이가 없는 아이들은 그 모습을 시무룩하니 바라볼 뿐이었다. 하루는 내가 매니큐어를 가져가 아이들 손톱에 발라 주었다. "할머니, 발톱도!" 그 작은 손발을 만지작거리며 '꿋꿋이 걸어 나가게 도와주소서. 지켜 주소서.' 하고 기도했다.

훈이는 자신보다 어린 동생들을 위해 주는 아이였다. 눈에 외로움이 눈물처럼 고여 있었다. "난 엄마가 있다는데 한 번도 본 적이 없어요." 나는 울컥하는 마음을 겨우 누르고 훈이를 꼭 안아 주었다. 그렇게 훈이는 내 마음 깊숙이 들어왔다.

어느 토요일, 바깥에서 일어나는 모든 일을 책임지고, 여섯 시까지 돌려보내겠다는 서약을 한 뒤 훈이를 데리고 외출했다. 훈이의 환한 얼굴을 보자 가족 같은 소속감이 느껴졌다. 맛있는 점심을 먹고 선물을

POSITIVE THINKING ESSAY 100

사 주었다. 손을 잡고 산책하고, 도서관에 가서 책도 읽었다. 좋아하는 훈이 모습에 내가 더 행복했다.

저녁을 먹은 후 약속한 여섯 시가 되자 훈이가 훌쩍이기 시작했다. 우린 끌어안고 울었다. 돌아가는 차 안에서도 둘 다 눈물이 멎지 않았다. 눈물범벅이 된 훈이를 영아원에 내려 주고, 외로움이 묻어나는 작은 어깨를 바라보았다. '이 외롭고 착한 아이를 내가 키울 수 없을까⋯⋯.' 그럴 수 없는 상황에 오랫동안 먹먹했다.

"네가 울면 할머니 마음이 몹시 아파. 울지 않고 씩씩하게 돌아갈 수 있지?" 훈이와 약속하고 가끔씩 데리고 나와 함께 시간을 보냈다.

초등학교 2학년이 된 훈이는 보육원으로 거처를 옮겼다. 훈이를 위해 실 한 올 한 올에 온기를 담아 모자와 목도리를 떴다. 일기장과 초콜릿도 준비해 찾아갔다. 어려움은 없는지 물어보고 꼭 안아 주었다. "널 사랑하는 할머니가 있다는 걸 잊지 말고 씩씩하게 지내렴."

나는 자주 편지를 써 보냈다. 봉투에 하트 모양 스티커를 붙이고, 사랑한다는 말부터 썼다.

훈이는 내 바람대로 꿋꿋하게 자랐다. 마트에 가서 갖고 싶은 걸 고르라고 하면 주변 사람부터 챙겼다. "이건 방 친구들 거, 이건 선생님 거. 이건 비싸니까 놔두고." 내 주머니 사정까지 생각하는 훈이를 보며 또 기도했다. '좋은 인연이 많이 생겨 훈이에게 도움이 되면 좋겠습니다.'

기도가 통한 걸까? 중학생이 된 훈이는 친구 관계가 원만했다. 친구의 가족 여행에 초대받기도 했다. 학원 원장님은 돈을 받지 않고 수학을 가르쳐 주고, 어떤 봉사자는 휴대폰을 선물했다. 한 기업에선 장학금을 주었다. 만날 때마다 당당한 모습으로 기쁜 소식을 전해 주어 가슴이 벅찼다. 나는 어려움을 딛고 일어선 선인들의 얘기를 들려주고,

책도 사 주었다. "불행은 누구에게나 예고 없이 온단다. 엄마에게도 널 두고 갈 수밖에 없었던 사정이 있었을 거야. 좋은 사람으로 사는 것이 중요하다. 우리 훈이는 영특하고 착해서 큰사람이 될 거야. 모든 것에 고마워하며 시간을 소중히 쓰거라."

훈이는 쑥쑥 자라 고등학교 3학년이 됐다. "할머니, 나 군인이 되려고 했는데 사회 복지사 하려고요. 어려운 사람들 도우며 살래요." 그 말에 더없이 기뻤다.

"훈이를 잘 키워 주셔서 고맙습니다." 보육원 원장님의 인사를 받고는 부끄러웠다. 나는 "사랑한다, 사랑한다." 하고 이야기해 준 것밖에 없는데…….

얼마 전, 훈이는 말한 적 없는 내 생일을 알아내 내게 축하 문자 메시지를 보냈다. "할머니, 생신이시죠? 오늘 즐겁게 보내세요. 제 걱정 마시고 몸 잘 챙기세요. 아프면 꼭 연락하세요. 사랑합니다."

사랑은 사람이 가진 가장 소중한 생명력이다. 나는 오늘도 훈이에게 말한다.

"성실히 노력하면 안 되는 게 없단다. 신이 너에게 좋은 인연을 더 많이 만들어 주실 거야."

한선 님 | 전북 전주시 2021년 5월 호

봄이에게

해가 쨍쨍한 어느 날 빨래를 너는데 언니에게서 전화가 걸려 왔다. "처음 본 순간 심장이 멎는 줄 알았어. 딱 내 아이더라."

나는 언니가 꺼낸 '입양'이란 말에 환호성을 질렀다.

언니 부부는 갖은 노력에도 12년 동안 아이가 생기지 않자 절망에서 쉬이 헤어나지 못했다. 그러다 정기적으로 봉사 활동을 하는 입양원에서 만난 여자 아기를 입양하기로 한 것이다. 언니의 달뜬 목소리가 왠지 가여워서 축축한 빨래에 얼굴을 묻고 한참을 울었다.

한파가 몰아치는 무렵, 우리는 오랜 기다림 끝에 아기 천사를 품에 안았다. 아기는 부모의 간절함을 아는지 보채지도 않고 방긋방긋 웃었다. 말간 눈망울은 또 어찌나 반짝이는지. 만물이 소생하는 봄처럼 새롭게 살아가라고 아기에게 '봄'이라는 예쁜 이름도 지어 주었다.

어느덧 봄이는 네 살이 되었다. "처제, 미안한데 지금 우리 집으로 와 줄 수 있을까?" 새벽녘 형부에게서 온 전화를 얼결에 받고, 이유도 묻지 않고 언니 집으로 내달렸다. 여기저기 널브러진 세간이며 술에 취해 고꾸라진 언니를 보자니 말이 나오지 않았다. 다행히 봄이는 자고 있었다.

난임으로 부부 사이가 소원해지자 언니는 술에 의존하기 시작했고 이를 보듬어 주지 못한 형부가 밖으로 겉돈 지 수년이라 했다. 그러다 봄이를 만나 다시 행복을 꿈꿨지만 둘 사이 묵은 감정의 골은 메울 수 없더란다. 상담도 받아 봤지만 결국 제자리였고, 그사이 언니는 알코올 의존증과 우울증이 진행돼 병원에서 입원을 권유할 지경에 이르렀다고.

나는 더 듣지 않고 봄이 짐부터 쌌다. 자는 아이를 둘러업고 집으로 돌아오는데 봄이가 불쌍해 하염없이 눈물이 났다.

다음 날 언니는 입원했고 형부는 봄이 얼굴을 보지도 않고 출장을 가 버렸다. 봄이가 이모인 나를 잘 따랐기에 육아는 온전히 내 몫이었다.

가족들은 이를 말렸다. 급기야 파양 얘기까지 나오자 여태 가만있던 남편이 봄이를 키우겠다고 나섰다.

우리는 봄이가 결핍을 느끼지 않도록 최선을 다해 보살폈다. 언니도 봄이를 만날 때마다 의지를 다지는 듯했다. 하지만 치료는 쉽지 않았다. 언니가 입원과 퇴원을 반복하는 동안 가족들은 지쳐 갔고 나 역시 우울과 불안을 주체하지 못해 무너지곤 했다.

초등학생이 된 봄이는 대견하게 학교생활을 잘 해냈고 그사이 우리 부부도 아이를 낳았다. 처음 동생을 만나는 날, 봄이는 제일 좋아하는 원피스를 입고 씻은 손을 또 씻은 뒤 동생을 안았다. "안녕?" 하던 봄이의 표정이 잊히지 않는다. 봄이는 다정하고 듬직한 언니가 되어 주었다.

초등학교 3학년 공개 수업 날, 교실 게시판에 전시된 봄이의 가족 그림엔 나와 남편이 있었다. 그날 맹세했다. '무슨 일이 있더라도 우리가 널 끝까지 지켜 주마. 다시는 상처받지 않게 하겠다.'

중학생이 된 봄이는 자신의 입양 사실을 알고 반항이 잦아졌다. 남편과 내가 한밤중에 경찰서에 달려가고 가출한 아이를 찾아 헤매기도 여러 날이었다. 지칠 적마다 나를 붙든 것은 지금 가장 위태로운 사람은 봄이라는 사실이었다. 봄이에게 '널 기다리는 따뜻한 가정이 있다'는 사실을 계속 알려 주자 봄이는 천천히 돌아왔다. 나중에 들은 말이지만 봄이는 책상에 내가 적어 둔 시 한 구절을 보고 지난 일을 후회했다고 한다.

"어디서든 예쁜 민들레를 피워 낼 수 있는 건/ 좋은 땅에 닿을 거라는 희망을 품었고/ 바람에서의 여행도 즐길 수 있는/ 긍정을 가졌기 때문일 거야// 아직 작은 씨앗이기에/ 그리 조급해하지 않아도 괜찮아/ 그리 불안해하지 않아도 괜찮아// 넌 머지않아/ 예쁜 꽃이 될 테니까 (〈봄이에게〉, 박치성)."

　　나의 친구이자 큰딸로 잘 자라 준 봄이는 올해 수능을 치른다. 이제 자기가 엄마와 이모의 보호자가 되겠다는 기특한 봄이. 존재만으로도 귀한 봄이의 앞날을 진심으로 응원한다.

이서율 님 | 부산시 동래구 2021년 11월 호

095

후회 없는 시간

POSITIVE THINKING ESSAY 100

"우리 아기, 이 몇 개 있나 세어 볼까? 하나, 둘, 셋, 넷, 다섯! 이가 다섯 개나 남아 있네!"

같은 병실의 환자들과 간병인들이 내 말에 웃음을 터트렸다. 사람들이 뭐라 하건 나는 남편의 미소가 보고 싶어 자꾸 우스갯소리를 던졌다. 남편의 오감 중에서 그나마 제 기능을 하는 감각은 청각뿐인 것 같아서였다.

8개월간 남편의 감각이 서서히 사라지는 모습을 지켜보며 마음의 준비를 했다. 눈에 초점을 잃는 듯싶더니 나중에는 아예 눈동자 색이 회색으로 변하며 앞을 못 보게 되었다. 피부는 웬만한 자극에는 고통조차 느끼지 못할 만큼 바짝 메말랐다. 위도 기능을 잃어 음식을 삼키지 못하고 영양 주사로 버틴 지 4개월째였다.

병약한 남편을 대신해 가장 노릇을 한 나는 하루 열두 시간씩 교대로 근무하는 공장에 다녔다. 남편은 치매 증상이 심해져 나와 딸아이가 출근하고 나면 동네방네 나를 찾으러 다녔다. 이웃이나 경찰관의 도움으로 집에 돌아온 적도 부지기수였다.

나보다 일찍 퇴근한 딸아이에게 욕설에 폭력까지 휘두르니 딸은 딸대로 고통스러워하고, 나는 나대로 일하다 말고 달려와야 했다. 그나마 내가 있으면 남편의 문제 행동이 덜한 편이라 결국 20년간의 직장 생활을 그만두었다.

남편과 함께 있기로 한 첫날, 남편은 세 살배기처럼 환하게 웃었다.

'이렇게 좋아하는데 진작 같이 있어 줄걸!'

후회가 밀려왔다. 남편의 말썽도 눈에 띄게 줄었다. 나를 찾는다며 소변 주머니를 들고 돌아다니지 않으니 동네 사람들의 구경거리가 되는 일도 없어 마음이 한결 편해졌다.

남편은 응석을 부리는가 하면 낮잠 잘 때에도 내 손을 놓지 않았다. 그렇게 점점 아기가 되어 간 남편이 급기야 내게 안겨 '토닥토닥'까지 해 달라는 게 아닌가. 어이없는 한편 가엾기도 했다. '할 수 있는 한 잘해 줘야지. 이런 시간이 길어 봤자 얼마나 되겠어.'라는 생각도 들었다.

1년 반 동안 육아하듯 남편을 돌보았다. 정성을 다했으나 남편의 몸을 소생시키기에는 역부족이었나 보다. 남편은 병세가 날로 악화돼 입원했고, 나는 조금씩 오그라드는 남편의 몸을 지켜볼 수밖에 없었다.

남편은 대부분의 감각을 잃어 갔지만 내 목소리만큼은 알아듣는지 말을 걸면 회색 눈동자를 나와 맞추려 애썼다. 내가 물수건으로 몸을 닦아 주면 남편 입가가 살짝 올라가는 듯했다.

그 모습이 사랑받고 싶어 하는 갓난아기처럼 귀여워서 "아가! 우리 아가!"라고 부르기 시작했다.

간호사에게 "우리 큰 아기 치료해 줄 시간인 것 같은데요!" 하면 병실이 웃음바다가 되었다.

나는 창피하기는커녕 오히려 더 큰 소리로 "내가 키우는 큰 아기예요!"라고 당당하게 말했다. 고통스러운 몸으로 몇 달째 버티는 남편이 고맙기도, 자랑스럽기도 해서 "우리 아기 참 대견하네. 이렇게 잘 견디고!"라며 칭찬의 말을 속삭이기도 했다.

남편과 함께한 2년간의 시간 덕분일까. 40년을 가족으로 살아온 남편을 영원히 떠나보내는 날에도 현실을 담담하게 받아들일 수 있었다. 남편에게 내가 할 수 있는 최선을 다했고, 남편도 행복해하며 떠난 듯해 후회가 들지 않았다.

소중한 이를 떠나보낸 뒤 잘해 주지 못한 죄책감으로 괴로워하는 사람도 많은데, 그런 회한을 겪지 않아도 된다는 것은 큰 행운인지도 모른다.

"여보! 당신을 아기처럼 여기고 간호하며 지낸 2년은 내 평생 가장 후회 없이 보낸 시간이었어요. 당신도 그 시간 동안 내 마음 충분히 헤아렸으리라 믿어요. 그곳에서 고통 없이 편안히 쉬고 있겠죠? 부디 그곳에서도 사랑 많이 받고 행복하게 지내길 바라요. 당신의 편안함을 늘 기도하는 당신의 아내로부터."

이희자 님 | 충북 충주시 2021년 12월 호

096

위대한 사랑

무더운 여름날, 부산의 한 병원으로부터 연락이 왔다.

"선생님, 뇌사 추정자가 있는데 환자 어머니가 장기 기증 원하신대요. 그런데…… 여섯 살 여자아이예요."

중환자실에서 아이를 본 순간, 탄식이 절로 나왔다. 아이는 손대면 부서질 것처럼 작고 여렸다. 하늘이 원망스러웠다.

나는 아이 어머니에게 전화를 걸었다.

"어머니, 장기 기증 뜻을 밝히셨다고 해 상담하고자 합니다."

핼쑥한 아이 어머니는 앉아 있기도 힘들어 보였다. 곁에 앉은 아이 아버지에게서 그간의 이야기를 들을 수 있었다.

장기 기증 이야기를 처음 들었을 때는 절대 하지 않겠노라 다짐했단다. 그런데 긴 시간 병상에 있는 아이를 보니, 문득 부모 욕심으로 아이를 붙잡고 있다는 생각이 들었다고 했다.

아이로 인해 누군가 새 삶을 살고, 이로써 아이가 하늘에서라도 축복받길 바라는 마음으로 기증을 결심했다는 것이다. 떨리는 손으로 동의서를 작성하는 그들에게 위로의 말조차 건넬 수 없었다.

"잘 가……. 안녕." 아이 오빠가 마지막 인사를 했다.

"엄마가 잘못 생각한 건 아니지? 어딘가에 살아 있을 거지? 미안해. 우리 아기……" 아이의 고사리손을 잡고 목 놓아 우는 가족들 뒤에서 간호사들과 나도 눈물을 훔쳤다.

기증을 마치고 아이의 어머니가 다가와 말했다. "우리 아기 마지막 가는 길 함께해 주셔서 고마워요. 수혜자 분이 건강하길 바랍니다."

2017~2022

아이 덕에 세 사람이 새로운 삶을 선물 받았다. 어려운 결정을 내린 분들을 보며 생명의 소중함을 가슴 깊이 새긴다.

이채은 님 | 부산시 남구 2022년 5월 호

너무 애쓰지 않기를

큰아이가 중학생 때 일이다. 주말에 녀석이 아무것도 하지 않고 침대에 누워 있었다. 처음에는 그러다 일어나겠지 했는데 몇 시간째 멀뚱멀뚱 미동도 없는 것이다. 슬슬 신경이 쓰여 한마디 했다. "왜 그러고 있어?" 이유가 궁금하다기보다 뭐라도 하라는 의미로 한 말이었다. 녀석은 "그냥!"이라 이야기하고 계속 누워 있었다. 이해되지 않았다. 결국 나는 목소리를 높였다.

"왜 아무것도 안 하고 있어! 차라리 잠이라도 자든지."

녀석이 대뜸 물었다. "꼭 뭘 해야 하나요? 아무것도 안 할 수도 있지 않나요?" 당혹스러워서였을까? 나는 소리를 지르고 말았다. "아빠 말이 우스워? 멍하게 있지 말고 뭐라도 하라고!" 큰아이는 몸을 일으키더니 다시 물었다. "아빠도 아무것도 안 하고 싶을 때가 있지 않아요?" 그 말에 말문이 막혔다.

정신 질환은 시대에 따라 그 양상이 변화한다. 과거에는 화병이나 히스테리가 많았으나 지금은 드물다. 그에 비해 최근 심각하게 늘어나는 삼총사가 있다. 우울증이야 예전부터 많았으나 공황 장애, 성인 ADHD, 번아웃 증후군이 그렇다. 이는 과도한 스트레스와 관련 있다.

대부분 쉬는 시간도 없이 너무 많은 일을 하는 탓이라고 단순히 생각한다. 실제로는 그렇지 않다. 휴식 시간이 없어서가 아니라 휴식 시간에도 잘 쉬지 못하는 경우가 많다. 쉴 때조차 긴장을 하거나, 하고 싶은 일이 아닌 무언가를 자꾸 하려고 애쓰는 것이다. 마치 전쟁터에서 완전 무장을 한 상태로 식사하거나 토막 잠을 자는 군인과 비슷하다.

2017 - 2022

271

이렇듯 현대인은 늘 긴장하고 날이 서 있다. 특히 시간을 효과적으로 보내야 한다는 '생산성 강박'에 빠져 있다.

그러므로 아무것도 하지 않으면 불안을 느낀다. '이상한' 것으로 여기거나 죄책감을 느끼는 경우도 많다. '내가 이렇게 있어도 되나? 이 시간에 뭐라도 해야 하지 않을까?'

여행을 떠나면 읽지 않는 책을 꼭 들고 가고, 자신은 물론 다른 사람이 가만히 있으면 시간을 의미 있게 보내야 한다고 다그친다. 물론 '좋은 휴식을 위해서'라고 강조하지만 결국 이들의 휴식은 놀이가 아니라 또 하나의 일이 되고 만다. 이완이 깃들 시간이 없는 것이다. 이는 자기 계발이 아니라 자기 착취. 그 끝은 무엇일까? 바로 공황 장애, 성인 ADHD, 번아웃 증후군이다.

사는 일은 쉽지 않으며 잘 살기는 더욱 어렵다. 그렇기에 애를 써야 한다. 하지만 애를 쓰려면 역설적으로 '애쓰지 않는 시간'이 필요하다. '애쓰다'의 '애'는 창자의 옛말이라고 한다. 말하자면 내 속의 모든 역량을 동원하여 무엇을 해내려고 힘쓰는 것이니, 여기에 얼마나 많은 에너지가 소모되겠는가!

우리의 에너지는 한정되어 있기에 마냥 애쓸 수 없다. 애쓰지 않는 시간이 있어야만 다시 애를 쓸 수 있다는 평범한 사실을 우리는 잊고 살아간다. 숨을 크게 들이마시고 참아 보라. 얼마나 오래 참을 수 있는가? 숨을 들이마셨으면 내쉬어야 한다. 그래야 또 숨을 들이마실 수 있다.

우리 삶에는 애를 쓴 만큼 애를 쓰지 않는 시간이 있어야 한다. 목적 있는 시간만큼 목적 없는 시간이 필요하다. 아무것도 하고 싶지 않을 때에는 아무것도 하지 않아도 된다. 지나치지만 않으면 그 시간은 온전한 휴식이 될 수 있다. 애쓰지 않는 시간이 있기에 하고 싶은 것도 생기고, 해야 하는 일도 해 나갈 수 있다. 길게 보면 아무것도 하지 않는 것 또한 무언가를 하는 셈이다.

당신이 너무 애쓰지 않기를 바란다.

문요한 님 | 정신 건강 의학과 의사 2022년 5월 호

097

나와 똑같은 사람

종합 병원 원무과에서 근무할 때였다. 점심시간 무렵 수간호사님이 휠 체어를 끌고 다가왔다. 휠체어에 앉은 남자를 본 순간 깜짝 놀랐다.

"어, 이분……." "아는 사람이야?" 나는 그에게서 눈을 떼지 못하며 고개를 끄덕였다. 머리는 언제 감았는지 모르게 떡이 지고 수염은 덥수 룩한 채 우리 동네를 어슬렁어슬렁 걸어 다니던 남자였다. 그 옆을 지 나가면 코를 움켜쥐고 재빨리 걸음을 옮기곤 했다.

하루는 엄마와 점심을 먹고 산책하는데 엄마가 우뚝 멈춰 섰다. 엄마 의 시선은 편의점 쓰레기통 옆에 앉은 그 남자에게 향했다.

"종철이 닮지 않았니?" 종철이 외삼촌은 엄마의 막냇동생이다. 십수 년 전 사업을 크게 하다 망해 빚을 지고 잠적해 버렸다. 가족들과 연락 도 끊어 생사조차 알 수 없었다. 엄마는 늘 외삼촌을 걱정하며 비슷한 사람만 봐도 종철이 아니냐고 묻곤 했다. "외삼촌은 예순이 넘었는데 저 아저씨는 쉰 정도밖에 안돼 보이잖아. 얼른 가요."

엄마는 내 손을 뿌리치고는 근처 식당에 들어가 김밥을 몇 줄 샀다. 그러곤 그에게 다가가 말했다. "식사 좀 하세요." 엄마는 편의점 테이 블에 그를 끌어 앉히고는 김밥을 펼쳐 놓고 젓가락을 쥐어 줬다. 그는 어리둥절한 표정을 짓더니 고개를 살짝 숙여 고마움을 전했다. 엄마는 앉아서 곁을 지키다가 그가 식사를 마치자 만 원짜리 몇 장을 내밀며 굶지 말라고 당부했다.

나는 잠시 후 돌아온 엄마에게 말했다. "저런 사람들 술이나 사 먹는 다니까." "그러지 마라. 인생의 풍파를 제대로 못 넘겨서 그렇지. 행색은 저래도 우리랑 똑같이 한 끼만 굶어도 배고픈 사람이다."

그 뒤로 이상하게 그에게 눈길이 갔다. 추운 날 얇은 점퍼만 입고 빌라 앞 공터에 누운 그를 보면 마음이 시렸다. 남편이 잘 입지 않는 롱패딩을 챙겨 핫 팩과 간식거리를 넣어서 그의 옆에 조심스레 놓고 오기도 했다. 며칠 후 그가 롱 패딩을 입고 다니는 모습을 보니 왠지 마음이 놓였다. 나는 그를 볼 때마다 먹을거리를 사서 옆에 두고 왔다.

몇 주 전 출근길, 공사 중인 길을 걷고 있었다. 그가 다리를 이리저리 저으며 나를 앞서 걸어갔다. 늦었는데 좁은 인도에서 앞질러 갈 수도 없고 짜증이 날 즈음 그가 뒤를 돌며 내게 싱긋 웃어 보였다. 그의 발 옆에는 돌들이 치워져 있었다. 앞서 가며 돌을 치워 준 것이다. 감동했으나 고개만 꾸벅하고 재빨리 지나갔다.

그런 그가 휠체어에 타고 있었다. 수간호사님이 귓속말로 말했다. "환자분이 입원해야 하는데 목욕해야 병실로 갈 수 있거든. 다들 고개를 절레절레 흔들어서 내가 씻기려는데 자기가 도와줘." 엉겁결에 수간호사님을 따라 욕실로 들어갔다. 우리는 장갑을 끼고 그의 거칠고 앙상한 몸을 씻기기 시작했다. 그의 몸에 고달픈 인생이 녹아 있는 듯했다.

며칠 뒤, 수간호사님이 나에게 사과즙 하나와 쪽지를 건넸다. 그가 쉼터로 가게 되었다며 나에게 전해 달라고 부탁했단다. 쪽지에는 삐뚤빼뚤한 글씨로 이렇게 쓰였다. "선생님이 패딩 점퍼를 건넨 날 너무 춥고 배가 고팠습니다. 점퍼와 먹을거리를 주신 덕에 겨울을 따뜻하게 보냈습니다. 선생님은 제 여동생과 닮았습니다. 여동생은 어릴 때부터 절 많이 챙겨 주었습니다. 그 사랑을 다시 느꼈습니다. 건강하시길 바랍니다."

그때 깨달았다. 그 역시 나처럼 부드러운 눈 맞춤과 사랑의 손길을 원하는 존재라는 것을.

최미정 님 | 서울시 은평구 2022년 7월 호

몇 달 전부터 잠 못 자고 고민하며 미룬 말을 시어머니에게 꼭 하기로 결심했다. "후~." 심호흡해도 심장이 고동쳤다. 재혼 소식을 전하기가 쉽지 않아, 전화 대신 문자 메시지를 택했는데 답장이 오지 않았다. 기다리는 내내 일이 손에 잡히지 않았다.

반나절 뒤에야 답장이 도착했다. 축복한다는 말에 눈물이 터졌다. 바로 답장하지 못한 시간 동안 만감이 교차했으리라.

재혼을 시부모님에게 허락받는다니 조금 이상하지만, 먼저 떠난 남편에 대한 미안함이 남아서였다. 내 나이 서른둘, 남편은 나와 아이만 덩그러니 남겨 두고 세상을 떠났다.

하루하루 아픔을 견디다 보니 10년이 흘렀다. 그간 다시 누군가를 만날 거라는 생각은 하지 않았지만, 같은 상처를 지닌 사람과 새로 시작하기로 마음먹고 딸과 의논했다. 어릴 적에 새 아빠는 진짜가 아니라고 말한 딸이 이제는 엄마가 좋으면 좋다고 했다. 딸도 지나온 시간만큼 성장해 있었다.

전 시부모님과 딸의 허락을 받은 나는 편안한 마음으로 예비 시부모님에게 첫 인사를 갔다. 며느리를 먼저 떠나보낸 아픔이 있는 두 분은 나를 따뜻하게 맞아 주었다. 예비 시아버지가 내 나이만큼 장미꽃을 준비해 감동을 더했다. 이야기가 무르익어 갈 즈음, 예비 시어머니가 조심스레 이야기를 꺼냈다. "우리는 자식이 셋이나 있지만 전 시부모님은 떠난 자식 외에 아무도 없으니 한번 뵙고 싶은데⋯⋯."

그러면서도 괜한 오지랖을 부리는 것 아닌가 걱정했지만 나는 그 속

뜻을 짐작할 수 있었다. '며느리와 손녀딸은 걱정 말라.'는 마음을 전하고 싶었으리라.

전 시댁에서도 손녀딸을 같이 키울 사람을 만나고 싶어 해 자리가 마련되었다. 며느리를 떠나보내야 하는 전 시댁과 새로운 며느리를 맞이하는 예비 시댁. 시어머니 시아버지가 넷, 며느리는 나 하나였다. 남들이 본다면 이상한 자리일 테다. 하나 이야기를 나누는 사이 두 시댁 어른의 마음이 열린 듯했다. "두 아이 모두 아픔이 있으니 잘 살 거예요. 손녀 잘 키울 테니 걱정하지 마세요." "네. 잘 부탁드려요."

전 시아버지는 내 손과 예비 남편의 손을 포개며 말했다. "만나고 나니 마음이 놓인다. 아팠던 만큼 행복하게 살아라."

떨리는 목소리에 나까지 눈물이 터져 나올 것 같았다. 두 시댁 어른을 주차장까지 배웅하고 버스에 올라타서야 참았던 눈물을 흘렸다.

집에 도착해 전화를 걸자 전 시어머니는 담담하게 이야기했다. "네가 복이 있나 보다. 시부모님이 좋아 보이신다." 마음 아프지만 애써 웃으며 말하는 걸 알기에 가슴이 아렸다.

친구들은 말했다. "10년 동안 할 만큼 했어. 재혼하는데 왜 전 시댁을 챙겨?" 한데 내 마음은 그렇지 않았다. 예비 남편에게도 전 시댁을 챙기고 싶다고 이야기했고, 그 까닭을 이해해 주는 사람이기에 재혼을 결정했다.

재혼한 뒤로도 나는 자연스레 전 시댁과 현 시댁을 오간다. 나이를 한 살 한 살 먹으며 살아가는 게 둥글둥글해졌다. 그 덕에 두 시댁의 만남도 무리 없이 이루어진 게 아닐까. 그래서인지 요즘 가수 노사연의 노래 〈바램〉의 가사가 내 마음에 자리 잡고 있다. "우린 늙어 가는 것이 아니라 조금씩 익어 가는 겁니다."

유경희 님 | 서울시 양천구 2022년 7월 호

099

아빠가 있잖아

대리운전 호출을 기다리며 번쩍이는 술집 간판이 즐비한 길가 벤치에 앉았다. 그때 아들에게서 전화가 왔다.

"아빠, 산에 가자. 산에!"

"그래, 이번 주 일요일에 꼭 가자."

"산에 가자. 산에!"

스물일곱 아들은 이따금 하나에만 집중해 끝없이 떼를 쓴다.

아내는 출산을 앞두고 친정인 제주도로 갔다. 출산 임박이란 소식을 듣고 세상이 내 것인 양 행복에 젖어 비행기를 탔다. 아이는 순하게 태어났다.

그러나 의사로부터 아들의 장애 진단을 받고 세상이 와르르 무너져 내렸다. 내 아들이 다운 증후군이라니.

아들의 지적 장애가 심한 정도는 아니었다. 초중고 전부 일반 학교 장애 반에서 공부할 수 있었다. 아들이 고등학교 졸업장을 딴 게 얼마나 대단한 일인가 싶었다.

아들의 노력은 그것으로 끝나지 않았다. 스스로의 힘으로 한국 제과 학교에 들어간 것이다. 국비 지원이라 경쟁률이 높았음에도 면접시험을 위해 열심히 빵 봉지를 접으며 연습한 아들이 대견했다. 실습한 날에는 자기가 구운 빵을 싸 들고 와 씨익 웃으며 말했다. "아빠, 이거 먹어." 그때마다 눈물이 울컥 솟았다.

호출을 받으면 나를 불러 준 손님에게 허리를 굽혀 인사부터 한다. 그런 뒤 뒷좌석에 태우고 그들의 차를 몬다. 오늘은 술값으로 백만 원

POSITIVE THINKING ESSAY 100

을 썼다는 둥, 팁으로 수십만 원을 줬다는 둥, 취객들의 음주 무용담은 들을 적마다 놀랍다.

나보다 족히 열 살은 어려 보이는 사람이 "잔돈은 가지세요." 하며 내 어깨를 툭툭 치는 일도 예사다. 운전비를 던지지 않고 손에 쥐어 주는 사람은 정말 양반이다. 잠에 들어도 목적지에 도착했다고 깨우면 바로 일어나는 사람 또한 고맙다. 바람이 세차게 불지 않는 날은 그래도 덜 서글프다.

교대를 하고 나니 허기가 몰려왔다. 해장국집에서 뜨끈한 국밥 한 그릇 먹고 싶은 마음이 굴뚝같으나 꾹 참고 편의점으로 갔다. 사발면 하나, 이것이 나의 한 끼다.

아낀 몇천 원으로 일요일 산에 갔다 내려와서 아들에게 맛있는 국수 한 그릇과 김밥이라도 사 줘야 하니까. 이것이 아들 녀석과 나의 떼려야 뗄 수 없는 애틋한 연분이리라.

요기를 마친 후 편의점을 나섰다. 그런데 아까 지나간 해장국집 앞에 웬 남자 둘이 멀뚱히 서 있다. 멀리서만 봐도 안다. 저들이 내 아들과 같은 다운 증후군이란 것을. 나이가 꽤 들어 보였고, 옷차림이 남루했다.

둘은 해장국집으로 들어갔다가 도로 나왔다. 쫓겨난 듯했다. 순간 화가 치밀고 가슴에 서늘한 바람이 불어 나도 모르게 그들에게 다가갔다. 낯선 이에게 경계의 눈빛을 보내는 둘에게 조심스럽게 말을 걸었다.

"해장국 먹고 싶어요?"

그러자 귀밑머리가 제법 허연 남자가 우물쭈물 대답했다.

"내…… 내 동생, 배가…… 고파요."

둘은 아마도 형제지간인 듯했다. 나는 그들을 데리고 해장국집으로 들어갔다. 일하는 아주머니 몇 분과 식사 중인 손님 서넛이 인상을 찌푸렸다. 그러거나 말거나 나는 둘 먼저 자리에 앉히고 해장국을 주문했다.

채 5분이 지나기 전에 김이 모락모락 나는 해장국이 나왔다. 둘은 서로 멀뚱멀뚱 쳐다볼 뿐 먹으려 하지 않았다.

"천천히 먹어요. 아무도 뭐라고 하지 않으니까."

그제야 둘은 숟가락을 들고 해장국을 허겁지겁 먹기 시작했다. 혹시 여러 끼를 굶은 것일까.

잠시 후, 옆에 있던 손님이 나를 향해 말했다.

"애들 엄마가 오늘은 아직 밥을 못 챙겨 줬나 보네요."

듣고 보니 둘은 노모와 살고 있단다. 노모는 시장에서 채소 장사를 한다 했다. 시설에서 뛰쳐나온 게 아니라 엄마가 있다 하니 다행이었다.

게 눈 감추듯 해장국을 먹어 치운 둘은 내가 계산하는 사이 쏜살같이 사라졌다.

어서 집으로 가야겠다. 곤히 잠들어 있을 아들 녀석 곁으로 서둘러 가야지. 그러곤 아들 녀석 꿈속으로 들어가 말해 주어야겠다.

"다 괜찮다. 아빠가 있잖아."

김대원 님(가명) | 대전시 대덕구 2022년 9월 호

열매산 호랑이

열매산 호랑이는 올해 83세인 친정아버지의 SNS 닉네임이다. 아버지는 퇴직하고 컴퓨터를 배웠다. 하루는 일하는데 전화가 왔다. 메일을 보냈으니 확인해 보라는 거였다. '사랑하는 마ㄱ내딸. 메일 보내는 ㅇㅕ습 중.' 오타가 섞인 한 줄이 전부였다. 한 자 한 자 자판을 쳤을 모습을 생각하니 웃음이 났다.

열매산은 어릴 적 동네 아이들의 놀이터였다. 여름이면 칡넝쿨을 잘라 나무에 걸쳐 놓고 총싸움을 했고, 겨울이면 포대를 들고 나와 눈이다 녹을 때까지 썰매를 탔다. 토끼가 나오면 나왔지 호랑이가 나올 산은 아니었지만 아버지는 그곳에 호랑이가 살았다고 했다. 그 호랑이의기백을 닮고 싶다는 의미로 닉네임을 열매산 호랑이로 지은 것이다.

휴대폰을 개통한 뒤로는 새로운 배움이 시작되었다. 막내 조카가 제일 좋은 스승이었다. 뭐든 알 것 같은 할아버지가 문자 메시지 보내기부터 사진 저장, 유튜브 보는 법 따위를 물으니 신이 난 것이다.

아버지는 손 안의 세상을 접한 뒤 단체 채팅방을 만들어 사진을 전송하고 스스로 고속버스 예매도 했다. 그 모습에 문득 의문이 들었다.

'왜 80이란 나이에는 아무것도 배울 필요가 없다고 생각했을까?'

"구르는 돌에는 이끼가 끼지 않는다."

열매산 호랑이의 좌우명이다. 세상을 떠날 때까지 배우고 익혀야 한다는 신조를 가진 아버지는 앞으로도 자신에게 이끼가 끼도록 내버려두지 않을 것이다.

성기숙 님 | 충남 서산시 2022년 9월 호

POSITIVE THINKING ESSAY 100

생활문예대상은 좋은생각이
2006년부터 매년 개최하는 생활 수필 공모전입니다.

생활문예대상
대상 수상작

일러두기

* 제3회는 대상 수상작이 없어 싣지 않았습니다.

두릅과 어머니

고진성 님

동네 사거리를 지나다가 조그만 바구니에 두릅을 담아 파시는 할머니를 만났다. 나는 가격도 물어보지 않고 바구니 하나를 집어 봉지에 넣어달라고 했다. 두릅은 이상한 향을 내며 코끝을 따갑게 했다. 문득, 정신이 아찔해졌다.

"송계리 쪽에? 어머머, 그렇게 많이 났대? 그래, 내일 6시 반에 보자잉."

전화를 끊은 어머니가 분주하게 움직였다. 다락방을 오르락내리락하더니 허름한 옷가지며 가방을 꾸리기에, 어디에 가는지 물었다.

"송계리에 두릅이 그렇게 많이 나왔다잖니. 내일 이모랑 같이 따러 가려고."

송계리는 어머니가 태어난 곳이다. 열세 살 아이 치고는 나물이며 갖가지 풀이름을 제법 잘 아는 나도 '두릅'이라는 말은 처음 들었다.

"나뭇가지 끝에 순처럼 열리는 게 있어. 고 녀석들을 가지에서 똑똑 떼는 재미가 얼마나 좋은지 몰라. 많이 열렸다니까 재미 좀 보겠지야."

어머니는 두릅 얘기를 하면서, 벌써 가방 한가득 두릅을 따온 것처럼 행복해했다.

"엄마, 같이 가요. 재미있을 것 같아요."

일요일, 새벽 공기가 무척 시원했다. 신림의 송계리에 도착하자 어머니와 이모는 나무를 베어 끝이 갈고리 모양으로 생긴 긴 나무 막대를 만들었다. '갈고다리'라는, 두릅나무 가지를 휘어잡을 때 쓰는 도구였다. 어머니가 알려 준 두릅나무의 회색빛 가지에는 가시가 박혀 있는데, 가지 끝에는 연해 보이는 순이 달려 있었다. 오른손에 든 갈고다리로 높은 가지를 휘어잡은 뒤 왼손으로 '똑' 하고 두릅을 따는 맛은 최고였다.

한참을 정신없이 따고 있을 때였다. 내 뒤에 있던 어머니가 비명을 질렀다. 아뿔싸. 내가 갑작스레 놓은 두릅 나뭇가지의 가시가 어머니의 왼쪽 눈을 찌른 것이었다. 눈을 감싼 어머니 손에서 피가 뚝뚝 떨어졌다.

"엄마. 엄마……."

어머니 눈에 깊은 상처가 났다. 날파리증(시력이 급격히 나빠지게 되면 검은 점이 날파리처럼 나타나 보이는 증상)이 심해지더니 결국 왼쪽 시력을 잃고 말았다. 며칠을 죄책감에 시달렸다. 눈을 다치고 난 다음 날에도 내 도시락을 싸 주던 어머니. 마음고생이 얼마나 심할까, 생각하니 가슴이 미어질 것 같았다.

그러던 어느 날 학교에서 '어머니회'가 열렸다. 나는 왼쪽 눈동자가 움직이지 않는 어머니를 보고 아이들이 놀릴까 두려워 어머니회에 참석하라는 가정통신문을 보여주지 않았다. 그런데 웬일인지 어머니가 뒷문으로 슬그머니 들어왔다. 나는 그만 울음을 터뜨리며 도망치듯 앞문으로 달려 나가 버렸다. 같은 동네 사는 친구 어머니 때문에 안 모양이었다.

집에 와서도 눈물은 멈출 생각을 않고 쏟아졌다. 두 시간 정도 지났을까. 울고 있는 내 등 뒤로 어머니가 가만히 오더니 꼭 안아 주었다.

"엄마가 미안하게 됐어. 울지 마, 진성아……."

속으로 끝없이 울렁거리는 말 하나가 목구멍 끝에서 넘어오지 못하고 맴돌기만 했다.

'엄마 미안해. 엄마 미안해.'

벌써 10년이 지났다. 타지로 대학을 오게 돼 어머니와 4년째 떨어져 살고 있다. 이제는 나머지 오른쪽 눈에도 그놈의 날파리가 보인다고 하는 어머니. 마음이 조급해진다. 이제 곧 나는 선생님이 된다. 어머니는 내가 선생님이 되길 얼마나 바랐는지 모른다. 오른쪽 시력이 더 닳기 전에 어머니가 다린 와이셔츠를 입고 학교로 출근하는 멋진 모습을 하루 빨리 보여 주고 싶다. 이제 내가 어머니의 눈이 될 차례다.

단골손님

황인숙 님

"색깔이 너무 밝지? 그냥 잠바 입고 갈까 봐."

3년 만에 다시 꺼내 입은 양복이 어색한지 남편은 거울 앞에서 몇 번씩 옷매무새를 살폈다. 꽉 끼던 윗옷은 어깨심 하나를 더 넣어야 할 만큼 헐렁해졌고 바지도 허리춤까지 추켜올려 허리띠를 매 보지만 자꾸 속에 넣은 셔츠가 빠져나왔다.

울컥하는 마음이 눈물로 나올 것 같아 출근 시간에 늦겠다며 남편 손을 잡고 서둘러 집을 나섰다. 표 끊고 전철을 기다리는 5분 동안 남편은 긴장이 되는지, 늦을까 염려가 되는지 몇 번씩 손목시계를 본다. 그때 비녀 아주머니께서 반갑게 인사를 건넸다.

"각시도 출근하나?"

"아니요! 오늘만 회사까지 배웅하려고요."

어젯밤 아주머니에게 남편이 출근하게 됐다는 소식을 전했더니 기뻐하며 일부러 전철역까지 나온 것이다. 아주머니는 남편 손을 꽉 잡고 아무 말도 하지 않았지만 우리 부부는 아주머니의 마음을 알 수 있었다. 아주머니 등 뒤로 비추는 햇살이 맑고 따뜻했다.

한 직장에서 20년을 일한 남편은 회사가 어려워지자 우리 집 전세금까지 빼서 회사를 살리려고 했다. 회사에서는 다시 일어설 희망이 없자 남편에게 다른 직장을 알선해 주며 떠나라고 했다. 그러나 남편은 자기 한 몸 편하자고 다른 회사에 갈 수 없다며 회사 물건을 팔기 위해 전철에서 손가방 보따리 장사까지 시작했다.

나는 그런 남편을 이해할 수 없어서 아이들을 데리고 친정으로 간다며 몇 번이나 보따리를 쌌다. 하지만 혼자서 끝까지 회사를 지키겠다고 밤샘하는 남편 앞에서 내 몸 하나 지치는 것만 내세우는 게 부끄러웠다. 그래서 남편을 따라나섰지만 전철 첫 칸에서 끝 칸까지 짐 가방만 끌고 다닐 뿐, 사라는 말 한마디 꺼내지 못했다. 어디선가 여고 동창생, 고향 친구, 109호 아주머니가 뛰쳐나올 것 같아 입이 열리지 않았다.

그렇게 5일이 지났다. 물건이라도 손에 들고 있으면 필요한 사람은 사겠지 싶어서 가방을 한 아름 안고 전철 안을 왕복하고 있는데 비녀 아주머니가 첫 손님이 되어 준 것이다. 얼마나 고맙고 기쁘던지 물건값을 받는 것도 잊은 채 "고맙습니다."만 연발했다.

그래도 가방 사라는 말이 나오지 않아서 계속 짐 가방만 끌고 다니자 아주머니는 답답했는지 "자, 사세요. 김지미, 엄앵란 가방입니다. 문희의 꽃 가방도 있습니다." 하고 보따리 장사를 대신 해 주는 거였다. 가족도 선뜻 나서서 도와주기 힘든 일을 아주머니는 당신 일처럼 도와주었다.

그날 우리 부부는 보따리 장사를 시작한 뒤 처음으로 가방 열일곱 개를 팔고, 6만 원이 안 되는 돈을 몇 번씩 헤아려 보며 큰돈을 번 것처럼 들떴다. 비녀 아주머니가 건네준 용기로 나는 이승연, 고소영, 보아 이름을 불러 가며 손가방을 열심히 팔았다. 저녁이면 목이 쉬어서 아이들 이름도 제대로 부를 수 없을 만큼 힘이 들었지만 남편 회사가 문을 닫지 않고 있다는 것이 희망이었다.

그러기를 3년! 오늘 남편이 다시 회사로 출근하게 됐다. 어젯밤 남편은 내가 짐 가방을 버릴까 걱정됐는지 "우리가 남길 유산이야. 잘 보관해."라며 당부했다. 어렵고 캄캄한 세월 한가운데 있을 때는 더디기만 한 세월이, 지나고 나니 한순간으로 느껴지고 그마저도 그리울 때가 있다. 그런 그리움은 전철에서 우리를 만날 때마다 손가방을 사 주었던 비녀 아주머니의 사랑이 있었기 때문일 것이다. 그분은 우리 부부에게 어려움을 극복할 사랑과 힘을 준 단골손님이었다.

내릴 채비를 하는데 커다란 상자에 고무장갑을 가득 담은 아주머니가 서 있었다. 나처럼 말도 못하고 왔다 갔다만 하면 어쩌나 하는 걱정에 가슴이 조마조마했는데 그 아주머니는 씩씩했다. "1미터를 잡아 당겨도 찢어지지 않고 삶아도 되는 고무장갑이 세 켤레에 2000원!"이라며 사람들 무릎 위에 한 개씩 놓았다. 우리 셋은 말없이 웃으며 옆 사람이 내려놓은 것까지 샀다. 아주머니는 우리가 첫 손님인 듯 고맙다는 인사를 몇 번이나 했다. 비녀 아주머니가 우리 부부에게 단골손님이 되어 주었듯이 그 아주머니에게 우리가 단골손님이 되어 주고 싶었다.

"그 장갑 다 뭐 할 건데?"

우리와 헤어지며 아주머니는 큰소리로 물었다.

"비밀이에요. 아주머니는요?"

"나도 비밀!"

하지만 우리는 그 비밀이 무엇인지 안다. 내일도 고무장갑 아주머니를 만났으면 좋겠다.

상여 꽃 피는 하늘

김진아 님

어릴 때 동생과 내 취미는 별을 보는 것이었다. 별자리 그림책을 들고 쌀쌀한 가을과 추운 겨울 하늘 아래 둘이 함께 들떠 있었다. 추위를 많이 타는 나였지만 별을 보는 순간만큼은 추위를 잊을 정도로 즐거웠다.

별을 왜 그렇게 좋아했는지 진지하게 생각해 본 건 사춘기 때였다. 하늘에 박혀 있다고 생각한 별이, 알고 보니 저 먼 바깥세상의 행성이라는 사실이 나를 매혹시켰다. 그것은 마치 하늘에 떠 있는 또 다른 세상, 이 생을 마친 이들에게만 허락되는 비밀의 섬처럼 여겨졌다. 죽음에 관심을 갖게 된 것도 바로 그 시기였다.

열다섯 살 생일 아침, 키우던 새끼 강아지가 죽었다. 내 소홀함 때문에 강아지는 밤새 말라 버린 물병 앞에서 메마른 입을 벌린 채 죽은 것이다. 고독과 홀로 싸웠을 녀석을 생각하면 11년이 지난 지금도 가슴이 먹먹해진다. 사람들은 동물이 죽으면 '무지개다리를 건넌다.'라고 말한다. 하지만 나는 동물이 죽으면 동물들끼리만 모여 사는 고요한 별로 간다고 믿는다. 녀석이 도착한 별은 저 별들 중 어떤 것일까. 별을 보며 강아지에 대한 그리움에서 헤어나지 못했던 그날 밤의 기억이 떠오른다.

몇 년 뒤 나는 기숙사에 들어가게 되었다. 하루는 가장 친한 친구로부터 오늘 밤 사자자리 유성우가 떨어진다는 기막힌 정보를 들었다. 무려 100년에 단 한 번 떨어지는 별똥별 잔치였다. 매혹적인 소식에 무서운 사감 선생님도 그날 밤만큼은 옥상에 올라가도 좋다고 허락했다. 새벽 세 시까지 하늘 무료 관람권을 얻은 나와 친구는 담요와 따끈한 코

코아를 들고 기숙사 옥상으로 올라갔다. 어디를 가나 짝꿍이던 우리는 끝도 없는 수다로 지루한 기다림을 채웠다.

열 시쯤 되자, 드디어 별똥별이 떨어지기 시작했다. 기대한 것보다 더 완벽한 축제였다. 저쪽 하늘에서 별똥별 하나가 떨어졌다. 머리 위로 선명하고도 긴 빛의 꼬리를 달고 하늘을 가로질렀다. 그때 반대쪽 하늘에서 또 하나의 별똥별이 떨어졌다. 그리고 또 하나, 또 하나……. 네 시간 동안 대략 500개가 넘는 별똥별을 봤다. 사람들은 잘 모르지만 별똥별은 떨어질 때 '삐융' 하고 신기한 소리를 내며 빨갛고 파란 불씨를 공중에 쏘아 댄다. 마치 요술 지팡이가 빛을 뿜으며 요술을 부리듯 귓가를 청명하게 만드는 환상적인 소리를 낸다.

나란히 누워 하늘을 관람하던 우리는 꿈꿀 수 있는 온갖 소원을 빌었다. 별똥별 하나가 한 가지의 소원을 들어준다면 우리는 수백 개의 소원도 이룰 수 있다고 믿었다. 싱싱한 열아홉 꿈들이 밤하늘에 넘쳐흘렀다. 서로 소원을 터놓지는 않았지만 한마음이라는 걸 알 수 있었다. 자연의 힘은 극적으로 순수해서 마음 깊은 욕심을 깨끗이 씻어 간다. 덕분에 우리는 내가 아닌 남을 위해 소원을 빌었다. 서로의 행복을 외쳤고, 서로의 건강을 바랐다.

그리고 얼마 뒤 그 친구는 하늘나라로 갔다. 추락사였다. 죽기 전까지 한동안 의식이 있었다는 말에 가슴이 무너졌다. 나는 죽은 강아지를 봐야 했던 생일 아침을 떠올렸다. 친구를 지켜 주지 못했다는 죄책감에 사로잡혔고, 친구의 얼굴과 목소리가 떠올라 한동안 밤하늘을 바라볼 수 없었다. 사람은 죽으면 별이 된다고 한다. 하지만 나는 그 친구가 별이 되었다고 생각하지 않는다. 삶을 떠나 비로소 자연과 하나가 되었는데 어떻게 한곳에만 머물 수 있겠는가. 나는 친구의 영혼이 수많은 별 사이를 자유롭게 유영하고 있을 거라고 확신한다.

이제 하늘을 보면 상여 꽃이 보인다. 친구의 얼굴만큼 빛나는 영혼도 보인다. 오늘도 나는 별에 매혹된다. 밤은 길이다. 다음 세상으로 건너가기 위한 영혼이 밟는 길이다. 간혹 사는 일에 지쳐 기운이 빠질 정도로 울고 나면 밤하늘을 유영하는 수만 개의 상여 꽃을 바라본다. 그들이 내게 전해 주는 생생한 영혼의 기운, 사랑하는 이들을 내려다보는 그 따뜻한 시선에 위로받는다. 그것이 오늘날 나를 버티게 하는 가장 자연적인 치유다.

청개구리의 후예들

김민정 님

가방이 먼저 도착했다. 초록색 바탕에 체크무늬가 있는 것으로 병원에
서 아버님을 따라왔다. 남편이 마루에 내려놓은 가방을 안방 장롱 옆으
로 옮기는 동안 가슴이 뭉클했다.

"아버지는 조금 있다 오실 모양이야. 바람 좀 쐬고 싶으신가 봐. 자
식 집인데 그냥 들어오시지. 아버지도 참······."

남편의 혼잣말이 남편을 따라 계단을 내려갔다. 어쩌면 자식 집이기
에 한걸음에 들어설 수 없는 건지도 모른다.

아버님은 삼 형제가 어디 사는지 알려고 하지 않았다. 알면 자꾸 찾
아가 귀찮게 한다는 것이 이유였다. 그런 반평생의 금기를 깨고 잠시나
마 우리 집에 모신 건, 아버님이 환자였기 때문이다. 살구씨가 식도에
걸려 내려가지 않는 비상사태가 발생해 수술을 받았다. 충분한 영양 섭
취와 절대 안정이 아버님의 고집을 꺾는 데 일조한 것이다.

아버님은 사방에 어둑발이 질 무렵, 창가에 그림자를 비추며 왔다.
자꾸 데워서 졸아 버린 찌개만으로 밥 한 공기를 비우고 진즉 장롱 옆
자리를 차지한 가방을 끌어다 기댔다. 베개를 건넸지만 금방 다시 일어
날 거니 괜찮다고 했다. 섭생이 제대로 안된 일흔의 노인네가 한참을
바깥에서 서성댔으니 오죽 피곤할까. 지친 듯 눈을 감으며, 가방에 온
몸을 의지해 휴식을 취하는 고단한 아버님 모습이 안타까워 눈앞이 부
예지는 바람에 얼른 방에서 나왔다.

"가방은 정리하지 말고 그대로 두어라."

이튿날, 서랍장을 열고 가방을 비우려는 내게 아버님이 말했다. 곧 집으로 돌아갈 테니 그대로 두라는 것이다. 그 말이 서운해서 안 된다고도, 이제 여기서 함께 사는 건 어떤지 묻지도 못한 채 서랍 문을 닫고 말았다. 아버님은 하루에도 몇 번씩 가고 싶은 모양이었다.

종일 일하던 분이 아무것도 못한 채 시계만 자꾸 봤다. 애꿎은 가방만 아버님의 큰 체구를 견디느라 이리 찌그러지고, 저리 찌그러지며 몸살을 앓게 생겼다. 곧 갈 거라고 입버릇처럼 말하던 아버님은 우리 집에서 겨우 닷새만 머물렀다.

그동안 내내 속을 비워 내지 못한 가방은 열심히 아버님의 등받이 노릇, 베개 노릇만 몸살 나게 하고는 왔을 때같이 아버님을 따라나섰다. 아버님보다 먼저 마루 끄트머리로 나가 떠나기를 재촉하는 것이 밉살스러워 괜스레 '쿵!' 하고 가방을 들었다 놓았다.

"어미야! 잘 쉬었다 간다. 고맙다."

평생 거친 일에 단련되어 투박해진 아버님 손이 내 손을 따뜻하게 잡았다. 손자 손녀 어리광 받아 주느라 낮잠 한번 못 자고, 1층에 주인 할머니 혼자 산다는 말을 들은 뒤 부러 바깥출입을 삼간 채 열한 평 남짓한 좁은 집에 갇혀 지내다시피 한 가여운 아버님. 점점 멀어지는 뒷모습에 자꾸 눈물이 났다.

그로부터 얼마 뒤 우리는 이사했다. 남편의 근무처가 바뀐 탓이었다. 새로운 생활에 적응하느라 바빠서 아버님에게 안부 전화 하는 일을 게을리하던 어느 날, 아버님에게서 전화가 왔다. 그저 아이들은 잘 있느냐, 아비는 일 나갔느냐 등의 말이었는데, 평소 아버님답지 않아 마음이 썩 좋지 않았다. 자식 집에 전화한 적이 없었기 때문이다.

아니나 다를까. 얼마 안 가 아버님 소식이 전해졌다. 오랫동안 간암을 앓은 것을 아무도 몰랐다는 것이다.

아버님이 입원하던 날, 지난번보다 가벼운 가방을 건네면서 말했다.

"들고 다니기 무겁고 귀찮아서 필요한 것만 넣었는데도 그 모양이다."

가벼운 가방마저 무겁다 하는 아버님 때문에 마음이 무거워졌다. 아버님이 퇴원할 쯤에는 가방 속을 빵빵하게 채워 병원 문을 나서리라 다짐했다. 가방을 열면 내의, 수건 그리고 좋아하는 소주 한 병이 바로 보이도록 맨 위에 넣어 두리라. 그렇게 아버님 웃음을 보려는 욕심을 하루하루 키우며 쾌차하기를 기도했다.

훗날, 아버님의 홀쭉한 가방을 채운 건 소주뿐이 아니었다. 아버님 구두, 입원하던 날 입은 점퍼, 피우던 담배, 손에 쥔 채 곧잘 돌리던 라이터까지……. 이제는 정말 가방이 빵빵해졌다. 아버님을 모시고 집으로 돌아가 맛깔스러운 밥상을 차려 놓고, 잔 가득 소주를 채워 줘야 하는데 그만 아버님을 잃고 말았다. 화장해서 아무 데고 뿌려 달라는 한마디만 남긴 채 아버님은 고단하고 외롭던 생의 끈을 놓았다.

아버님 유언에 따라 화장하기로 뜻이 모였다. 너무나 작아진 아버님을 시숙 품에 안기고, 상복과 태울 것을 찾던 중 아버님 가방을 발견했다. 내의, 신발 등도 태우라고 해서 가방 안의 것을 꾸역꾸역 토해 내는데 자꾸 아버님 모습이 떠올랐다. 가방에 기대 텔레비전 보던 아버님, 가방을 베고 누운 아버님, 곧 갈 테니 가방 정리하지 말라던 아버님……. 거짓말쟁이 아버님, 일부러 강한 척하던 아버님. 실은 너무 허약하고 외로워 서러웠을, 생전의 아버님 모습이 눈앞을 두리번거렸다.

자식 셋이 고만고만하게 사니 그저 부담 주지 말아야 한다는 아버님의 깊은 마음이 오히려 아버님을 외롭게 했는데도 알아차리지 못했다. 이렇게 훨훨 보내고 아무렇지 않게 살 자신이 없었다. 그래서 꺼내다 만 아버님 옷가지를 귀퉁이로 옮겨 두고 아버님 배웅을 간 시숙을 쫓아 산으로 올라갔다. 조금씩 빗줄기가 흩뿌려지는 바람에 마음은 더 바빠졌다.

아들의 성정을 잘 알아 산에 묻어 주기를 바라는 마음을 반대로 전해 강가에 묻어 달라 한 청개구리 엄마와 비로소 철든 청개구리 아들. 엄마의 유언만큼은 지켜 강가에 엄마를 묻고 비만 오면 무덤이 떠내려갈까 걱정되어 개굴개굴 운다는 이야기. 이제껏 우리는 청개구리 아들이었다. 한순간도 자식들 주위를 떠난 적 없던 아버님인데, 자식이 어떻게 사는지 관심조차 없는 무정한 분으로 생각했다.

빗속에서 시숙을 찾았다. 시숙 또한 나와 같은 마음이었던 모양이다. 아버님을 안은 채 함부로 움직일 수 없는 듯 우두커니 비에 몸을 적시고 있었다. 아버님을 이렇게 잃어버릴 수 없다는 데 마음을 맞추고 서둘러 산을 내려왔다. 산으로 올라간 시숙이 다시금 아버님을 품은 채 내려온다면 친지들이 한바탕 설전할지도 몰랐다. 그래서 아버님 가방이 필요했다. 빗줄기를 피해 소리 소문 없이 안전하게 아버님을 모셔 가기 위해서였다.

가방은 내가 둔 장소에 그대로 있었다. 속의 것을 마저 끄집어내 가방을 비웠다. 조용한 납골당을 찾아 아버님을 모셔야겠다고, 1년에 한두 번 아이들 손잡고 아버님 찾아갈 꿈을 꾸며, 못다 한 수많은 이야기를 주섬주섬 마음에 챙기며 바쁘게 산으로 올라갔다.

남편과 시숙이 애쓴 덕분에 아버님을 인근 납골당으로 모셨다. 납골당에서 집으로 아버님 가방도 함께 왔다. 이따금 아버님이 생각나면 가방을 쓸어 본다. 여느 가방과 다른, 끈끈한 정이 고스란히 담겼기 때문이다.

때때로 아버님이 보고 싶으면 아이들을 데리고 납골당에 다녀온다. 어느 날엔가 아이들이 아버님 잠든 머리맡에서 물었다.

"엄마는 할아버지한테 오면 왜 자꾸 울어? 할아버지 안 계시는 게 그렇게 슬퍼?"

"엄마가 청개구리라서 울어. 그래서 비가 오면 자꾸 눈물이 나네."

그 말을 미처 이해하지 못하는 아이의 커다란 눈망울을 보고 웃고 말았다. 아버님도 아이의 눈망울을 보았다면 크게 웃었으리라. 깊은 눈빛으로 한순간도 자식들을 놓치지 않았던 아버님이 그립다.

짝짝이 신발

임주성 님

"목에 염증이 있어서 열이 좀 높은데, 약 먹고 하룻밤 자면 괜찮을 겁니다. 걱정 마세요."

의사 선생님 말씀을 듣고서야 안도의 한숨을 내쉬었다. 갓난아이를 키우는 부모 마음이 다 그렇겠지만, 아이가 아프면 지레 겁부터 난다. 오늘도 밤 10시가 다 된 시간에 열이 39도 가까이 올라 허둥지둥 병원을 찾았다. 야간 진료를 끝낸 뒤 가운을 벗다 말고 진료해 준 의사 선생님의 한마디에 그나마 마음이 놓였다.

"다행이네. 조금만 늦었더라면 진료도 못 받을 뻔했어."

병원을 나서며 아내에게 말을 건넸다.

"그러게. 낮에 약간 열이 있을 때 병원 올걸. 내가 게을러서 우리 아이만 고생시키네."

아내는 아이가 아픈 게 자기 탓인 것처럼 울먹거렸다.

"근데 여보, 슬리퍼 신고 왔어? 그것도 짝짝이네."

아내는 추운 날씨에 맨발로 슬리퍼를 신고 있었다. 그나마도 내 것과 자기 것 하나씩. 짝짝이였다.

"마음이 급해서 신발 갖춰 신을 정신도 없었어."

아내의 한마디에 양말까지 신은 내 모습이 부끄러웠다. 빨개진 아내 발가락을 보니, 자식을 사랑하는 엄마 마음이 새삼 느껴져 뭉클했다.

춘천 102보충대 입소를 하루 앞둔 1998년 어느 겨울날이었다. 하루 먼저 춘천에 가 있기 위해 떠날 채비가 한창인 나와 달리 어머니는 주방에서 덤덤히 일만 하셨다. 애지중지 키운 아들을 군대 보내는 마음이 편치 않을 텐데, 내색하지 않으려고 애쓰는 건지 아니면 정말 아무렇지 않으신 건지 평소와 다름없이, 아니 평소보나 더 차분해 보였다. 철이 덜 든 나는 집을 떠난다는 아쉬움과 군 생활에 대한 두려움보다 친구들과 마지막 자유의 날을 어떻게 보낼지에 여념이 없었다.

"점심 단단히 먹고 가래이. 갈라면 꽤 멀 텐데 속을 든든히 채워야제."

갓 깎은 머리에 무스를 발라 가며 멋을 부리는 내게 어머니는 밥상을 들고 오며 말씀하셨다.

"배고프면 기차에서 사 먹지 뭐."

한동안 먹지 못할 어머니의 음식인데, 그때는 아쉬운 줄도 모르고 퉁명스럽게 내뱉었다.

"엄마는 멀리 안 나간데이. 친구들도 따라가니까 너희끼리 가도 되지?"

"뭐 하러 나와요. 내가 애도 아니고."

말은 그렇게 했지만, 기차역까지도 안 나온다는 어머니 말에 약간 서운한 마음이 들었다. 말없이 꾸역꾸역 밥을 먹고 집을 나섰다.

"엄마, 갔다 올게. 얼른 점심 챙겨 잡숴요."

잠깐 친구 만나러 가듯 인사를 건네는 아들에게 어머니의 배웅 인사도 특별할 것 없었다.

"차 조심해라. 저녁 때 술 많이 먹지 말고."

기차역에 도착하니, 친구들이 미리 와서 기다렸다.

"어머니는 안 나오셨나?"

친구들은 의아한 듯 물었고, "추운데 뭐 하러. 집이나 역이나 그게 그거지." 난 당연하다는 듯 대답했다.

시간이 다 되어 기차에 올랐다. 자리에 앉으니, 까까머리 또래들이

군데군데 적잖게 보였다. 기차가 곧 떠난다는 안내방송을 듣자니 창 밖 고향 풍경이 왠지 애틋해 보였다.

"야, 저기 너네 엄마 아이가?"

친구가 가리키는 곳을 보니 정말 어머니가 멀지도 가깝지도 않은 플랫폼 가운데서 계셨다.

"안 나오신다더니만 나오셨네. 지금은 나가지도 못하니 손이라도 흔들어 드려라."

나를 보는 건지 아니면 딴 곳을 보는 건지 손을 흔들어도 반응 없는 어머니는 그저 기차만 주시하셨다. 고맙고, 죄송하고, 슬프고……. 오만 가지 감정이 가슴을 먹먹하게 짓누르는 찰나 어머니 신발이 눈에 확 들어왔다. 양말도 신지 않아 빨갛게 언 듯 보이는 어머니 발가락, 그 발가락을 채 감싸지 못하는 짝짝이 슬리퍼.

안 나오신다더니 얼마나 서둘렀으면 신발도 제대로 못 챙기셨을까. '덜컹' 소리를 내며 기차가 출발하는데, 그 흔들림 때문인지 짝짝이 슬리퍼 때문인지 순간 마음이 울컥했다.

발이 시린지 아내의 발가락에 힘이 잔뜩 들어갔다. 아내와 어머니의 짝짝이 슬리퍼, 양말에 운동화까지 갖춰 신은 내 발을 보며 엄마의 사랑을 다시 한 번 생각해 본다.

아버지의 마지막 길을 함께한 군인들 조병욱 님

아버지가 뇌경색으로 쓰러져 돌아가신 뒤 상여를 메고 장지로 향할 때였다. 지금이야 장례식장에서 알아서 하고, 상여가 나가는 경우도 거의 없지만 6년 전 우리 동네에서는 누군가 돌아가시면 관을 싣고 장지로 가곤 했다.

아버지의 죽음을 어느 정도 예상한지라 사람들은 호상(好喪)이라 여겼고, 슬픔도 그리 크지 않았다. 하지만 막상 돌아가시니 하염없이 눈물이 흐르고 정신없었다.

동네 어르신들이 장례 절차를 다 준비해 주셨는데 상여를 짊어질 상여꾼이 없었다. 젊은 사람은 거의 없고, 가장 나이 적은 분이 예순을 한참 넘기셨기에 상여꾼 구하기가 힘들었다.

동네 어르신들은 마지막 길을 함께 한다며 애써 상여꾼 노릇을 자처하셨지만 마음이 편치 않았다. 혹시 상여 메고 올라가다 다치시지 않을까 더 걱정이었다.

어찌할 도리가 없어 동네 어르신들이 상여를 메고 올라가시는데 아니나 다를까, 산 중턱에 있는 장지까지 가기엔 무리였다. 이럴 줄 알았으면 삯을 주고서라도 사람을 구했어야 하는데……. 형편이 여의치 않았고, 돈이 있다 해도 젊은 사람이 없는 상황이었다.

장지가 있는 선산은 외길인데다 비탈져서 상여가 휘청거렸다. 결국 반도 못 올라가고 멈춰야만 했다. 더군다나 앞에서 선소리 하시는 어르신이 벌집을 잘못 건드리는 바람에 뒤따르던 상여꾼들이 벌에 쏘이기까지 했다. 상여를 내려놓고, 모두 어떻게 해야 하나 허탈해 했다. 여자들이 멜 수도 없고, 여기에 그냥 묻을 수도 없고……

그때였다. 건너편 산에 있던 군인들이 우리 쪽으로 향했다. 중대장인 듯한 인솔자와 병사들이 땀을 흘리며 부리나케 달려왔다. 멀리서 훈련하다 장례 행렬이 눈에 띄어 유심히 본 모양이었다. 상여가 올라가지 못하고 중턱에 멈춰 서자 도와주러 온 것이었다. 훈련받기도 힘들 텐데 이곳까지 와서 도와줄 생각을 하다니……

전투복을 입은 열두 명이 나란히 상여 옆에 섰다. 전투화를 질끈 동여 메고, 상여에 달린 끈을 어깨에 걸고, 서서히 힘을 주니 상여도 춤추듯 일어났다.

우리가 한 시간 넘게 온 길을 군인들은 순식간에 올라갔다. 인솔자의 지시대로 일사불란하게 기합을 외치면서 한 발 한발 올라가는데, 그 모습을 바라보자니 절로 눈물이 나기 시작했다. 아버지가 돌아가셔서가 아니라 고마워서 흘리는 눈물이었다.

얼굴에는 땀방울이 비 오듯 흐르고, 그 땀으로 전투복이 젖어 가는데 고인의 마지막 길을 함께 한다는 생각 때문인지 힘든 내색 없이 장지까지 올라가는 젊은 군인들이 눈물 나게 고마웠다. 한 군인은 부모님 생각이 났는지 울먹이기도 했다.

상여를 따라 석관을 들고 올라가야 했는데 그것마저도 군인들이 도와주었다. 석관이 얼마나 무거운가!

땅 속에 아버지를 누이고, 칠성판을 덮고, 흙을 한 삽 두 삽 털어낼 때 군인들이 하나둘씩 흐느꼈다. 얼굴 한 번 본 적 없고, 그저 상여를 메준 인연이 다인데 마치 오래 알았던 사람들처럼 슬퍼하고 안타까워 해 주는 마음에 감동했다.

아마 아버지는 외롭지 않으셨을 것이다. 군인들이 마지막 길을 함께

했기에 기쁜 마음으로 고단한 생을 마감하고 좋은 곳으로 가셨을 거다.
산소에 갈 때마다 그 군인들이 아버지만큼이나 그리워진다.

남편의 양복

신지윤님

이상하게 하루 종일 일이 손에 잡히지 않고 머리도 멍했다. 뒤숭숭한 집안 분위기 때문인 듯했다. 설거지한 다음 옷장에서 안 입는 옷들을 꺼내 상자에 집어넣었다.

검은 털이 달린 모직 망토, 누군가에게 얻은 자주색 가죽 반코트, 너무 얇아서 몸매가 드러나 부담스러운 니트, 나이에 맞지 않는 옷, 입을 일 없을 것 같은 청바지, 식구들의 구두와 운동화도 꺼내 놓았다.

며칠 전 마트 가는 길에 보고 저장해 둔 전화번호를 눌렀다.

"네. 뭐든지 가져갑니다. 겉옷, 속옷, 이불, 신발, 카펫, 가방. 20킬로그램 이상 모아 놓으면 좋고요. 1킬로그램에 300원씩 쳐 드립니다."

어차피 누군가 가져가서 잘 쓰면 그만인데 돈까지 준다니, 게다가 직접 옮기지 않아도 되니 참 편리한 일이었다. 그동안 정리할 엄두를 내지 못한 건 5층에서 들고 내려가는 게 힘들기 때문이기도 했다. 그런데 "상태가 어떻든 무조건 가져갑니다."라는 말이 조금 미심쩍었다.

"물건들을 가져다 어떻게 쓰시는데요?"

"아프리카와 동남아시아에 수출합니다. 여기서 보내면 그분들이 다시 손봐서 파니까 상관없고요. 300원은 감사의 뜻으로 드리는 겁니다."

"아, 네. 알겠습니다."

내 옷을 골라 놓고 보니 아깝다는 생각이 먼저 들었다. 남편에게 상자를 현관 쪽으로 옮겨 달라고 했다. 다시 보면 원래 있던 자리로 가져다 둘 것 같아서였다. '20킬로그램이 될까?' 갸우뚱하다 남편에게도 안 입는 옷을 골라내라고 했다. 7년 전 회사를 그만둔 뒤 양복 입을 일이 거의 없어 열 벌 넘게 자리만 차지하는 것이 생각났기 때문이다.

남편은 양복이 유난히 잘 어울렸다. 점퍼를 입었을 때와 10년 이상 차이 나 보일 정도였다.

회사 중간 관리자로 있을 때는 양복과 셔츠, 넥타이를 1년에 한 번씩 샀다. 생일 때 직원들에게 선물받은 것도 있었다.

정리 해고를 당한 뒤론 혼자 일하다 보니 양복이 필요 없었다. 점퍼나 티셔츠를 입고 다니면서부터 왠지 남편의 어깨가 왜소해 보였다. 일정치 않은 수입으로 살면서 카드 쓰는 일도 자제하다 보니 땡처리하는 매장에서 싼 옷만 사 주곤 했다.

'누구한테 특별히 보일 일도 없는데, 뭐.'

남편이 옷을 쉽게 골라낼 거라는 생각은 착각이었다. 남편은 아무것도 꺼내지 못한 채 옷장 속을 우두커니 바라만 보았다.

"왜 안 꺼내? 양복, 셔츠, 넥타이 다 받는다니까 이번에 정리하지."

남편은 옷장을 도로 닫으며 말했다. "어, 마땅히 버릴 게 없네. 그냥 두지 뭐."

그제야 남편에게 실수했다는 사실을 깨달았다. 쉰네 살, 여전히 할 일 많고 팔팔한 나이였다. 아이들 교육이나 결혼까지 생각하면 해야 할 일이 청년기 못지않기도 했다. 아직 남편은 사회생활, 즉 무리에 들어가 출퇴근하는 꿈을 버리지 않았나 보다. 지금은 아니지만 곧 다시 입고 다닐 거라는 희망을 품고 있는 것이리라.

나는 남편이 출근한 다음 양복과 셔츠를 꺼내 손보았다. 옷장에 넣어 두었어도 오랫동안 입지 않아 먼지가 더께처럼 쌓였다. 베란다 문을 열고 옷을 털었다.

잠시 뒤 남편 또래로 보이는 사람이 옷을 수거해 갔다. 달아 보니 26

킬로그램이었고 8000원이 생겼다. 신발장을 열어 딱딱하게 굳은 구두약을 버리고 새로 사 왔다.

오랜만에 남편 구두를 닦았다. 팽팽한 돛을 단 것처럼 문밖을 나서던 신혼 시절의 남편이 떠올랐다. 잠시 좌초된 것 같은 그 배를 손보는 내 모습도.

보퉁이

이서율 님

2학기가 시작되자마자 조마조마하던 일이 터지고 말았다. 딸아이는 울면서 제 방에 들어간 뒤 하루 종일 나오지 않았다.

아이가 초등 5학년 되던 해 부산으로 전학을 오면서 자연스레 '서울애'라는 꼬리표가 붙었고 몇몇 짓궂은 아이들의 텃세는 날이 갈수록 심해졌다.

화장실 청소할 때 쓰는 대걸레로 딸아이의 사물함을 박박 문질러 댔다는 얘길 듣고 얼마나 억장이 무너지던지. 걸레로 비벼댄 딸아이의 체육복을 빨면서 그간 더께로 쌓였던 일이 울음으로 터지고 말았다.

내가 딸아이 나이였을 때 방학이면 시골 큰집으로 놀러 가곤 했다. 큰집은 지리산 산골짜기에서도 무시무시한 협곡에 있는 작은 마을이어서 버스를 여섯 번이나 갈아타야 했다. 큰집에는 나와 놀아 줄 다섯 명의 사촌이 있었고, 자연의 놀잇감이 지천으로 가득했다.

큰아버지는 마을 유지였는데, 큰어머니가 돌아가신 이태 후부터 수시로 다른 여자들을 집안에 들어앉혔다. 방학이 되어 큰집에 갈 때마다 여자들은 새로이 바뀌었다. 나는 그들에게 한 며칠간은 데면데면하다 불시에 큰엄마라고 불러 주곤 했다. 그러면 모든(?) 큰엄마들이 좋아했다. 유들유들했던 내 성격 덕분이었다.

하지만 정작 사촌들은 또 언제 떠날지 모르는 여자라며 드문드문 집에 오는 큰아버지의 눈을 피해 새엄마 내쫓기를 서슴없이 했다. 지금 생각하면 참으로 모욕적인 말도 남발했는데 결국 큰아버지가 없는 틈을 타 큰엄마들은 질린 얼굴로 도망치듯 나가 버리곤 했다. 어떤 여자도 제 핏줄 아닌 다섯 명의 되바라진 자식을 견뎌 내지 못했으리라.

그럼에도 무려 5년 넘게 버틴 여자가 있었다. 사촌들의 어떤 맹공에도 꿋꿋이 엄마 역할을 해낸 그녀는 5년이 지나자 안주인으로 자리를 잡았다. 그사이 사촌들도 하나둘씩 머리가 커져 장난질에 시시해졌고, 엄마로서 충실한 그 여자에게 점점 마음을 여는 듯 보였다. 그동안 사촌들의 어떤 악행에도 가담하지 않았던 내가 어째서 그녀에게만 뿔따구가 났던 걸까.

그녀가 우리 엄마보다 젊고 피부도 하얗고 머리카락도 곱슬거리지 않아서? 아님 구경도 해 본 적 없는 서울 여자라서? 여하튼 그녀는 묘한 거부감을 줘 내게서 한 번도 큰엄마라 불리지 못한 유일한 여자였다. 그리고 그녀를 몰아낸 건 사촌들이 아닌 나였다.

마을 잔치가 있던 날, 그녀도 새벽부터 나가 마을 아낙들과 음식 마련에 분주했다. 정오 무렵 그녀는 우리의 점심상을 차려 주러 집으로 왔다. 난 마당으로 나오려다가 웬 술 취한 장정 하나가 한달음에 부엌으로 뛰어 들어가는 것을 보았다. 그녀가 거칠게 반항하자 장정은 장난이었다는 가벼운 농을 던지며 부리나케 도망갔지만 나는 이를 놓치지 않았다.

온갖 설레발을 치며 사촌들에게 일렀고 곧 큰아버지의 귀에 들어갔다. 머지않아 마을 전체로 퍼져 나갔을 쯤엔 그녀는 이미 부정한 여자가 되었다. 그녀는 큰집으로 들어올 때 이고 왔던 반질반질한 보퉁이 대신 낡고 허룩한 보퉁이를 안고 떠났다. 그리고 그 이후로는 어떤 여자도 큰집에 들어오지 않았다.

어느새 십수 년의 세월이 흘렀다. 얼마 전 결혼한 사촌을 만날 일이 있었다. 그때 놀라운 이야기를 들었다. 신부 대기실에 앉아 정신없는 와중에 그녀를 환영처럼 보았다는 것이다. 그녀가 불과 몇 년 전까지 사촌 중 맏이한테만은 잘 살고 있다며 몰래 기별해 왔단다. 맏언니도 모른 척하다 언젠가 기별조차 끊기자 그제야 털어놓았다고 했다.

헤어질 즈음 버스 정류장에서 던진 사촌의 말은 끝내 내 가슴속에 묵혀 둔 치부를 끌어내고 말았다.

"너, 그때 왜 그랬니?"

그녀가 큰집을 떠난 뒤, 나도 쫓기듯 집으로 돌아와 오랫동안 앓았다. 엄마는 병이 아니라, 내게 무슨 일이 있었다는 것을 금세 알아차렸고 나는 곧 이실직고할 수밖에 없었다. 내가 우리 엄마의 경쟁 상대로 생각했던 그녀는 정작 엄마와 가장 살갑게 지내던 사이였다.

다음 날 해가 뜨자마자 난 엄마 손에 이끌려 버스를 반나절이나 타고 낯선 곳으로 갔다. 그곳엔 그녀가 있었다. 엄마는 그녀를 붙들고 한참이나 울었다. 먼발치에서 꺼이꺼이 울던 나를 그녀가 오히려 달래 줬다. 네 탓이 아니라고, 다른 문제가 있었노라고. 그러면서 자신을 미안하게 만들지 말라며 내 등을 한참이나 쳤다. 그때의 동통을 아직도 잊을 수 없다.

딸아이의 체육복에서 나던 비릿한 냄새가 다 가시고 나니 한결 마음이 가다듬어졌다. 저녁엔 아이가 좋아하는 어묵 찌개를 얼큰하게 끓여 볼 생각이다. 그동안 내가 간과해서 더 외롭고 쓰렸을 아이의 고통과 직면하기 위해 나는 애써 지워 버렸던 지난 과오를 토해 냈다. 그때 그 여자가 여린 손으로 안고 나갔던 초라한 보퉁이가 내 머리 위에 무겁게 내려앉는 것만 같다.

'부디 저를 용서해 주세요.'

친구의 유언

홍옥순 님

30년 전 겨울, 집으로 차압 우편이 날아왔다. 남편 급여가 압류된 것이었다. 남편은 술자리에서 친구에게 보증을 서 줬다. 그런데 사업이 망하자 친구가 도망가 버렸다. 우린 3000만 원의 빚만 떠안고 말았다. 당시 큰딸이 고등학교 입학을 앞두었고 그 밑으로 두 살 터울의 아이가 셋이었다. 앞으로 어떻게 살아야 하나, 눈앞이 캄캄했다. 막막한 현실에 눈물도 나오지 않았다.

우리는 집을 팔아 빚을 갚고 낯선 곳으로 이사 와 새롭게 시작해야 했다. 공부를 잘했던 큰딸은 집안에 보탬이 되겠다고 야간 고등학교를 지원했다. 둘째 시누이는 이삿짐을 싣는 내게 50만 원을 손에 쥐어 주었다. 그 돈으로 쌀과 연탄을 사서 한동안 살았다. 남편은 농장에서 궂은일을 했고 나는 파출부로 일했다.

그러던 어느 날, 친구의 행방을 찾았다는 연락이 왔다. 모든 걸 제쳐 두고 한걸음에 달려갔다. 그곳은 드라마에서나 보던 달동네였다. 한참을 올라가니 허름한 집이 나왔고 친구 부부가 일 나간 사이, 고만고만한 세 아이가 라면 하나를 끓여 서로 먹겠다고 싸우고 있었다. 빚지고 도망갔다는 말에는 눈물도 안 나왔는데 그 아이들을 보니 눈물이 왈칵 쏟아졌다.

'그래, 큰딸이 야간 고등학교에 갔어도, 풍족하게 못 살아도 우린 굶진 않잖아.'

우리 부부는 그 집을 나와 근처 가게에서 라면 두 상자를 샀다. 쪽지에 '○○ 씨, 우린 원망 안 해요. 언젠가 웃으면서 만나요.'라고 적어 놓고 돌아왔다.

　세월이 흘러 네 자녀 모두 출가시키고 손주도 보며 친구를 까맣게 잊고 지냈다. 그러던 어느 날 건장한 청년이 집으로 찾아왔다. 우리를 보자마자 넙죽 절하더니 30년 전에 우리가 사 준 라면 먹고 이렇게 자랐다면서 자신이 ○○ 씨의 장남이라고 소개했다. 그는 3년 전 아버지가 꼭 빚을 갚아야 한다는 유언을 남기고 돌아가셨다는 말을 전했다. 죽기 전에 갚아야 했는데, 미안해서 면목이 없다."라며 아버지는 편치 못한 얼굴로 눈을 감았다고 했다.

　청년은 3000만 원이 든 봉투를 건넸다. 이걸 받아야 하나 망설이는데 "아버지가 이제 빚 갚고 편히 갈 수 있게 받아 주세요."라며 청년이 봉투를 놓고 서둘러 떠났다.

　먹먹한 마음에 우두커니 서 있었다.

　'○○ 씨, 나는 그날 이미 빚을 잊었는데, 30년을 그 빚 때문에 힘들어 했군요. 웃으면서 만나자는 약속, 우리 하늘에서 지켜요.'

　이제 칠순이 되는 남편과 먼저 간 친구의 넋을 기리며 언젠가 만날 날을 기다린다.

날마다 축복

김은수 님

교실은 늘 왁자지껄하다. 평균 나이 여든 살인 어르신들이 계단처럼 구부러진 손가락으로 'ㄱ, ㄴ, ㄷ, ㄹ' 자음을 쓴다. 'ㅏ, ㅑ, ㅓ, ㅕ' 모음과 만나면 글자가 된다는 것을 배운다. 딸 같은 나를 선생님이라 부르며 하늘처럼 떠받든다. 복지 회관에서 초등학교 졸업장을 받기 위해 3년째 한글 공부하는 어르신들이다.

기초 생계비로 생활하는 분, 베트남 며느리가 집을 나가 손자를 키우는 분, 새벽에 건물 청소하는 분, 직장 다니는 며느리 대신 손녀를 돌보는 분, 오일장에서 장사하는 분, 독거노인에게 도시락 배달하는 분 등 어르신들의 환경은 넉넉지 않다. 한글을 모르니 "천당과 지옥 팻말을 읽을 수 없어 죽어서도 한이다."라고 한다. 학교 오는 날이 제일 행복하다고 말하는 얼굴에 웃음꽃이 만발한다.

어르신들을 만난 건 늦은 나이에 대학교에 들어가 배움의 한을 달래던 여름 방학 때였다. 배워서 남 줄 일이 뭐가 있을까 고민하던 차에 글을 가르치는 교원 양성 과정을 접했다. 기초부터 심화 과정까지 이수하고 일주일간 실습도 했다.

내성적인 성격에 사람들 앞에서 말도 못하고 진땀만 빼는 내가 과연 할 수 있을까? 몇 날 며칠 고민하다 내 인생의 전환점을 찍었다. 선인들의 행보가 고단하다는 것을 알지만 이 일을 택했다. 운명이라고 생각했다.

처음 수업을 나갔다. 계획대로 되지 않았다. 등에서 땀이 쫙 흘러내렸다. 어르신들은 서툰 나를 격려하며 토닥였다. 날마다 축복이었다. 어르신들 얼굴에 주름살이 활짝 펴졌다.

받침 글자, 된소리, 이중 모음을 배울 때는 어렵다고 고개를 갸우뚱거리지만 알파벳은 재미있다고 한다. 셈 공부를 하자고 하니 머리를 좌우로 흔든다. 한 자리 숫자를 더하지도 빼지도 못한다는 사실에 가슴이 먹먹해졌다. 숫자는 돈 계산으로 가르치니 훨씬 수월했다.

손자가 메던 가방 속에는 친구들의 사랑만큼이나 간식이 많다. 속셈 학원 글씨를 지운 흔적이 남은 가방에서 간식을 쏟아 놓는다. 요술 가방이라고 불린다. 냉동실에 넣어 둔 송편, 찐 고구마, 아들이 택배로 보내온 건강 즙을 꺼내며 수줍게 웃는다. 어릴 적 소아마비를 앓아서 다리가 불편한 어르신은 양복점 하는 남자 친구가 손수 만들어 준 재킷을 멋스럽게 입고 다닌다. 고운 마음씨에 반했다고 자랑하며 날마다 향수를 뿌리고 등교한다. 그 꽃 같은 몸짓이 사랑스럽다.

또 다른 어르신은 폐지를 주워 용돈을 마련한다. 그 돈으로 스승의 날 선물이라며 양말을 사 온다. 유일한 남자 어르신은 젊을 때 일하다 척추를 다쳤다. 자세는 구부정하지만 성실하고 자상해서 인기가 많다. 마음은 이팔청춘이다.

여학생들이 "오빠, 오빠." 하면서 비행기를 태우면 다음 날 여지없이 비타민 음료 한 병씩을 돌린다. 교실에선 늘 행복이 쑥쑥 자란다.

어르신들은 서로 배려하며 공부하는 지금이 가장 즐겁다고 한다. 세상에 태어나 처음 해 보는 것이 많다. 색연필로 색칠하고 시를 지어 시화전을 열고, 일기를 써 보고, 도서관과 시청도 가 본다. 글자를 배운 뒤 난생처음 은행에서 돈을 찾고, 남편에게 쓴 편지를 읽으면서 펑펑운다. 교실은 금방 울음바다가 된다.

문자를 앎과 모름의 차이. 이 땅에 글을 읽고 쓰지 못하는 사람이 약

260만 명이라고 한다. 여든 살이 되도록 땅바닥만 보며 살다 글자를 깨우치니 아파트 현관에 쓰인 '웃으며 인사합시다!'가 보인다며 내 손을 잡고 깡충깡충 뛰는 어르신, 휴대 전화 문자 메시지를 읽을 수 있다고 기뻐하는 어르신의 변화된 삶을 보면 가슴 뭉클하다.

어르신 대부분은 전쟁을 겪은 아픔이 있다. 글 모르고 결혼해 남편에게 구박받고 아이 낳아 기르느라 자신의 인생을 제대로 살아 보지 못했다. 하지만 이제는 위풍당당하게 가방 메고 학교에 다닌다. 가는 길목의 간판도 읽을 수 있다. 버스 번호도 외워서 탄다. 방학 때는 "선상님 보고 싶다."라고 전화한다. 아이처럼 천진난만한 웃음 속에서 행복과 나눔을 배운다.

스스로를 까막눈이라 했던 분들이 달라지고 있다. 어느덧 사회 일원으로 당당히 살아간다. 환산할 수 없는 소중함을 배웠으니 지금껏 가장 잘한 일 같다. 어르신들이 활짝 웃는 세상은 참 아름답다.

갠지스 강물에 소똥을 씻다

정경애 님

　인도 바라나시로 여행 갔을 때다. 12억 인구를 자랑하는 인도답게 갠지스강으로 가는 길은 사람들로 넘쳤다. 자전거 페달을 밟는 릭샤꾼과 오토바이를 개조한 오토릭샤, 경적을 울리는 자동차, 배회하는 소 떼들로 뒤엉킨 거리를 마치 혼이 빠진 듯 걸었다.

　그러다 그만 소똥 무더기에 왼발이 푹 빠졌다. 여행 잘 다녀오라고 남편이 사 준 검은색 가죽신이 순식간에 황토색이 되었다. 인도인들은 당황해 어쩔 줄 모르는 날 보고 웃었다.

　똥을 잔뜩 묻힌 채 갠지스강까지 걸어갔다. 강변에서 한참 신발을 닦다 보니 똥을 밟았다는 불쾌감과 '왜 그리 부주의했을까?' 하는 자책이 조금씩 사라졌다. 물에 젖은 신을 신으려는데 구두 닦는 소년이 다가왔다. 1불만 주면 말끔히 말려 주고 구두약을 발라 새것처럼 만들 수 있다고 했다. 잠시 후, 약속대로 깨끗해진 신발을 건네며 소년이 물었다.

　"자, 이제 행복해졌어요?"

　난 전혀 행복하지 않았다. 남들처럼 좋은 동네에 살지 못해 우울했고, 자녀들을 성공시키지 못해 불행했으며 돈 많이 버는 남편을 두지 못해 늘 짜증스러웠다. 약속에 입고 나갈 옷과 가방이 없어 슬프고 물려받을 유산은커녕 부양의 의무만 지은 양가 부모님이 버거웠다. 어려운 일이 있을 때만 연락하는 형제들, 형식적인 관계로 흐르는 친구들, 불안한 노후, 남들의 평가와 시선으로 내면이 텅 빈 나 자신…… 모든 게 두렵고 힘들었다.

죄를 씻기 위해 찾는다는 갠지스강의 화장터 연기를 바라보았다. 바라나시에 한번 왔다고 무슨 거창한 깨달음을 얻었으랴. 하지만 적어도 한 가지는 확실히 배웠다. 불행의 대부분은 스스로 만든 것이었다. 좋은 동네와 성공을 향한 허상, 여러 인간관계의 문제가 나 자신을 온전히 받아들이고 사랑하지 못하게 막았다.

여행에서 돌아오니 작년에 환갑을 맞은 남편이 아무래도 더 이상 직장 생활이 힘들 것 같다고 고백했다. 딸아이도 사사건건 트집 잡는 정규직 직원에게 그렇게 살지 말라며 쏘아붙이고 멋지게 나왔단다. 두 사람은 운이 좋은 편이었다. 나는 이제 막 강물에 소똥을 씻고 온 사람이었으니 말이다. 남편과 딸아이에게 잘했다고 웃어 주었다.

물론 이 마음이 곧 변하리란 걸 안다. 며칠 지나 동창 모임에 다녀오면 다시 새로운 욕심과 질투에 눈멀 것이다. 그러면 또 어떠랴. 지금 우리 집 신발장에는 갠지스강에서 똥을 씻어 낸 신발이 가지런히 놓여 있는 것을.

똥을 밟았을 땐 화나고 창피했지만 그 덕에 강물에 손발을 담글 수 있었다. 강변의 진회색 모래도 만지고 소년이 신발 닦는 동안 석양에 물드는 강물도 바라보았다.

앞으로도 살면서 무수히 똥을 밟는 순간을 만날 것이다. 하지만 시간이 지나면 그것 역시 추억이 된다는 것을 깨우친 나이가 되었다. 나는 우리가 겪는 실수와 고난도 삶에 꼭 필요한 것임을 알아 버렸다.

사소한 것을 극복해 나가는 사람들 구민정 님

오늘 식탁에는 우리 가족이 제일 좋아하는 삼겹살이 올랐다. 나는 상추에 고기 한 점을 올려 아버지 입에 넣어 드렸다. 이렇게 사소한 일이 행복하고 감격스러워 순간 울컥했다.

내가 초등학생 때 아버지는 설암에 걸렸다. 마른기침과 쉰 목소리, 혀에 돋은 좁쌀. 아버지는 이런 증상을 대수롭지 않게 여겼다. 차도가 없자 어머니에게 등 떠밀려 간 동네 병원에서 대학 병원으로 가라는 소견서를 받았다. 그리고 설암 진단이 내려졌다. 암도 두려운데 '혀에 생긴 암'이라니. 게다가 병은 많이 진행된 상태였다.

아버지에게는 두 가지 선택이 있었다. 수술할 것인가, 말 것인가. 수술하지 않으면 전이되어 남은 시간은 길어야 10개월이라고 했다. 하지만 그 수술조차 국내에서 단 한 번 시행되어 성공 여부를 확답할 수 없었다. 혀는 3분의 1만 보존할 수 있다고 했다. 한쪽 턱과 볼을 절개하고, 전이가 의심스러운 기관지도 동시 개복 수술을 해야 했다. 허벅지 살을 볼에 이식하고 목에 구멍도 뚫어야 했다. 듣는 것만으로도 끔찍했다. 그러니 쉽게 결정할 수가 없었다.

아버지는 운이 좋아 수술에 성공하더라도 불편한 몸으로 엄마와 내게 짐만 될 거라고 생각했단다. 의사는 그 마음 이해한다며 아버지와 같은 수술을 한 첫 번째이자 유일한 환자를 만나게 해 주었다. 아버지 마음을 움직인 건 뜻밖에도 그의 아내가 건 전화였다.

"가족을 위해 용기 내세요. 우리는 그이가 살아 있는 것만으로도 고맙습니다."

아버지가 수술을 결심하자 모든 것은 빠르게 진행되었다. 아버지는 수술실로 들어가기 전 "나중에 보자, 우리 딸." 하고 말했다. 그리고 반나절이 지나 그 문에서 다시 나왔다.

아버지는 한동안 중환자실에 있었다. 나는 할머니 집에 머물며 아버지를 볼 날만 손꼽아 기다렸다. 한 달 뒤 아버지를 보러 가기 전, 절대 울지 않겠다고 몇 번이나 다짐했다.

병실에는 아버지가 아닌 다른 사람이 있었다. 나를 향해 벙긋벙긋 입을 벌려도 바람 소리만 났다. 애써 눈물을 삼켰다. 다행히 수술은 잘됐지만 오랫동안 병원 생활을 했다. 퇴원하고도 그 기간만큼 방사선 치료를 받았다. 아버지는 미음만 먹으면서 그 힘든 시간을 버텨 냈다. 그리고 녹음기를 사서 "아, 야, 어……." 하며 아이가 처음 말을 배우듯 연습했다. 매일 저녁 베란다에 나가 녹음기와 씨름하며 점점 긴 단어와 문장을 익혔다.

언젠가 거울을 보던 아버지가 "수술 부위에 다시 혓바늘이 돋았네." 라고 말했다. 가족 모두 혼비백산해 병원을 찾았다. 의사가 핀셋으로 꺼내 보여 준 건 어제 먹은 된장국에 든 팽이버섯. 그제야 우리 가족은 안도하며 웃었다.

때론 이렇게 가슴을 쓸어내리지만, 매일 사소한 것에서 행복을 경험한다. 밥을 먹고, 말하고, 외출하고, 남들에겐 당연한 걸 해내기 위해 노력하는 아버지를 사랑하고 존경한다. 혹시 비슷한 상황에서 수술을 고민하는 분이 있다면 용기 내라고 말하고 싶다. 당신이 어떤 모습이든 사랑할 가족이 있으니 걱정하지 말라고.

밤길

김동규 님

평생 그림을 그리며 살다가 50세가 되어 처음으로 이력서를 썼다. '끼니 걱정을 해야 할 형편에 더 이상 그림 재료를 구할 수 없다.'라는 건 변명이고, 실은 아무도 알아주지 않는 그림을 그리며 사는 일에 지친 것이 더 큰 이유였다.

'그래, 여기까지만 하자. 이쯤 했으면 할 만큼 한 거야.'

애써 스스로를 위로하며 작업실을 정리하고 2교대 부직포 생산 공장에 취업했다.

내가 하는 일은 부직포 재료인 원사를 종류별로 계량해 기계에 넣는 것이다. 생산 시스템이 자동화되지 않아 일일이 사람 손으로 해야 하는 고된 작업이다 보니 6개월을 버티는 사람이 없단다. 아니나 다를까, 일을 시작한 지 겨우 일주일 만에 젓가락질을 할 수 없을 정도로 손가락 마디마디가 아팠다. 손톱 주위엔 거스러미가 생기고 피가 맺혔다.

의자에 똑바로 앉기 힘들어 복대를 두르고 밥을 먹을 적마다 '이 일을 언제까지 할 수 있으려나, 이렇게 살려고 파리 유학까지 다녀왔나.' 하는 자괴감에 빠지기 일쑤였다.

동료들은 그런 나를 보며 내가 과연 언제까지 출근할지 내기를 걸었다고 한다. 하지만 나는 더 이상 물러설 곳도, 다른 선택을 할 수도 없었다. 3년간 병원을 내 집처럼 드나들며 산 덕분에 지금은 전반적인 생산 공정에도 참여할 만큼 일에 적응했다.

지난해 12월, 젊은 시절 함께 유학한 옛 친구로부터 연락이 왔다. 소식이 끊긴 지 꼭 20년 만이었다. 내 연락처를 수소문하느라 애를 먹었다며 "지금 있는 곳이 어디야? 우리 만나야지!" 하며 목청을 높이는데 눈앞이 캄캄했다. 나를 어떻게 보여 줘야 하나, 두렵고 걱정되어 잠이 오지 않았다. 몇 번이나 약속을 취소하려 했지만 차마 그럴 수가 없었다.

역에 도착해 군중에 섞여 있는 친구를 어렵지 않게 찾아냈다. 친구는 눈앞에서도 나를 알아보지 못하고 계속 두리번거리며 전화기를 꺼내 들었다. 반가운 만큼 어색하고 불편한 시간이었다. 아직도 선명한 청춘의 기억 앞에 지금 내 모습이 서글펐다. 저녁을 먹는 동안 친구의 얼굴에 언뜻 찬 기운이 스치면 '어쩌다 이렇게 망가졌니.' 하고 나를 동정하는 것 같아 자존심이 상하기도 했다.

'아름답게 추억할 수 있도록 둘 걸 그랬다.'

가슴 저리게 후회하며 친구를 밤 기차에 태워 보낸 뒤 집으로 돌아왔다. 가로등이 길을 훤히 비추었지만 마음은 칠흑처럼 어두웠다.

피카소를 꿈꾼 찬란한 시절이 있었다. 내 그림을 보는 사람들이 잠시라도 행복하면 좋겠다는 아름다운 꿈을 꾸었지만, 막상 그 꿈에서 깨고 보니 현실이 악몽 같았다. 옷도 갈아입지 않고 누워 있는데 친구로부터 문자 메시지가 왔다.

"자네를 보며 나도 다시 시작할 용기를 얻었네. 고마워, 자네는 역시 멋진 친구야."

열등감과 패배 의식에 눈이 멀어 아무것도 보지 못한 나 자신이 부끄러웠다.

야간 근무를 하다 보면 유독 시간이 더디게 가는 날이 있다. 아무리 일해도 끝이 없고 도무지 날이 밝을 것 같지 않은 날. 친구를 다시 만나면 꼭 하고 싶은 말이 생각나서 메모지에 적어 놓았다.

"아무리 깊고 어두운 밤이어도 그 끝은 언제나 새벽이었네. 우리 지금까지 그 길을 50년 넘게 걸어오지 않았나. 몇 번이고 넘어져도 괜찮네. 길이 어두워서 그런 걸 어쩌겠나. 다시 일어나 걸으면 그뿐이라네."

지구 반대편 내 친구

구서영 님

몇 달간 미국 대학교에서 수업을 들을 기회가 있었다. 강을 끼고 있는, 보스턴의 아름다운 학교였다. 초등학생 때부터 유학 가고 싶다고 노래 불렀던 나는 부푼 꿈을 안고 미국에 도착했다. 그러나 현실은 기대와 달랐다. 낯선 사람들 속에서 웃고 떠들면서도 무리에 진정 속하지 못하는 느낌이었다.

"그럼, 큰딸 잘 지내지. 걱정 붙들어 매셔." 애써 웃으며 통화를 끝낸 나는 룸메이트에게 눈물을 들키지 않으려 화장실로 달려가곤 했다. 가족과 친구들이 너무나도 그리웠다.

어느 날 새로 신청한 '말하기 연습' 수업에서 인상적인 발표를 들었다. "나는 매일 아침마다 나무를 꼭 안습니다. 오늘은 나무를 잘 안아 주는 세 가지 방법을 이야기하려고 합니다." 엉뚱한 이야기를 하는, 히잡을 쓴 인도 여인은 수업에서 단연 최고령자였다. 그녀의 목소리는 부드럽고 차분하지만 어딘가 힘이 있었다. 깊고 큰, 신비로운 눈으로 활짝 웃는 그녀는 미술관에 걸린 명화 같았다.

다음 날 기숙사 식당에서 밥을 먹고 나오는데 마당에 익숙한 뒷모습이 보였다. 커다란 나무를 안고 있는 그녀였다. 반가운 마음에 인사하러 다가갔다. 인도 전통 옷을 입은 작은 체구의 그녀는 눈을 지그시 감고 옅은 미소를 띠고 있었다. 이상한 점은 그녀가 코알라처럼 나무에 매달려 있는 게 아니라 큰 나무를 감싸는 듯 보였다는 것이다.

얼마 지나지 않아 우리는 친한 친구가 되었다. 엄마뻘 외국인과 친구라니, 존댓말 문화가 없는 미국에서 함께 공부했기에 가능한 일이었다. 그녀를 아끼는 사람은 나뿐 아니었다. 같은 수업의 교수님과 친구 모두 그녀를 사랑했다. 그녀는 사람들의 발표에서 부족한 점을 놀랄 만큼 예리하게 집어냈다. 그러면서도 그녀의 말엔 따뜻함이 있었다. 우리는 노을 지는 찰스강 변에서 자전거를 타며 많은 이야기를 나눴다. 시와 사랑에 관하여, 그녀가 듣는 연극 수업과, 그녀가 맡은 반란군 역할에 대하여. 나는 집에 온 듯한 기분에 뭉클했다.

시간이 흘러 미국 생활도 막을 내리고 있었다. 우리는 아쉬움을 뒤로한 채 편지와 선물을 교환하며 마지막 만찬 장소로 베트남 식당을 택했다. 쌀국수를 먹으며 웃음으로 시작했지만 곧 눈물바다가 되었다. 그녀는 처음으로 자신의 이야기를 해 주었다. 종교 지도자 집안에서 태어난 똑똑한 소녀가 어린 나이에 정략결혼을 한 이야기였다. 사랑하지 않는 남자와의 사이에서 낳은 아이들은 그녀 삶의 전부가 되었다. 그러나 그녀는 집안에서 버려졌고 아이들은 남편에게 뺏겼다. 법정 다툼 끝에 매달 한 번 아이들을 면회할 기회를 얻었지만 아이들은 이미 깊이 세뇌당한 상태였다. 그녀는 유리 벽 너머 아무 말도 하지 않는 아이들에게 매번 사랑한다고 말했다. 언젠가 아이들을 안는 상상을 하며 매일 나무를 꼭 안아 주는 것이었다.

나는 마법에 걸린 듯 한 번도 꺼내지 못한 묵은 감정을 털어놓았다. 연약한 여자였던 엄마가 겪은, 감당하기 벅찬 누명과 세상의 배신에 대한 이야기였다. 마음이 병들어 어린 딸을 외면할 수밖에 없었던 엄마와, 그런 엄마를 원망한 내 이야기를 들으며 그녀는 깊이 울어 주었다. 오랜 시간을 거쳐 한 여자로서 엄마를 이해하게 된 나처럼 그녀의 딸도 언젠가 마음을 열 거라고 진심 어린 위로를 건넬 때 나는 마음이 뻥 뚫리는 기분이었다. 내 마음 한구석에 자리 잡은, 나조차도 인지하지 못했던 엄마에 대한 마지막 응어리가 풀어지는 것을 느꼈다. 서로를 꼭 안아 주며 나는 나보다 한 살 어리다는 그녀의 맏딸을 위해 기도했다.

우리는 지금도 종종 메일로 안부를 묻는다. 지구 반대편에 서로를 생각하는 마음이 있다는 사실이 큰 위로가 된다. 내가 그녀에게서 우리 엄마의 모습을 보았듯 그녀도 나를 보며 자신의 딸을 생각했을까. 시간에는 어떤 관계에서 기적을 일으킬 힘이 있음을 믿는다. 그날이 올 때까지 그녀가 편히 자신의 인생을 살아가기를 바란다.

자아를 빛낸 6월의 신부

최영식 님

1966년 6월. 환한 빛을 내며 스물둘의 신부가 내게 왔다. 혼자서 두고 두고 보고픈 신부였는데, 결국 생활의 여인으로 돌아간다. 고운 저고리, 치마도 거추장스럽다 벗어 버리고 다른 여인 틈에 끼어 까르르 웃기도 한다. 나 때문이다.

서울 청계천의 평화 시장을 돌아보는 도중 옷값이 내가 운영하는 양장점과 양복점에서 파는 값의 반의반인 것을 보고 놀랐다. 맞춤옷을 고집하던 내가 우물 안 개구리였다는 것도 깨달았다. 나는 정신을 놓고 겨울옷 50여 벌을 매입했다. 내 가게 '호산나'에 내려놓자 어머니도 아내도 놀랐다. 옷을 만드는 사람이 기성 옷을 몽땅 사 왔으니. 이윤만 생각했지 판로는 생각하지 않았다. 아무리 싸다 하더라도 우리 의상실 앞에 진열해 팔 수는 없었다. "에라이! 이 속없는 사람아! 아무리 싸다 해도 그렇지. 어쩌자고 이를……."

어머니의 성화에 옆에서 보고 있던 아내가 나섰다. "어머님! 제가 팔아 볼게요. 멀리 시골 동네 남모르는 곳에 들어가 팔아 볼래요." 아내는 이 옷들을 팔지 못하면 손해를 본다는 것을 훤히 내다봤다.

"무슨 소리여? 네가 어떻게 이걸 가지고 나가? 말도 안 된다. 버렸으면 버렸지." 어머니는 단호했다. "영식이 네가 처리 못하면 그냥 필요한 사람들에게 나눠 줘라."

이튿날 새벽, 천사 같은 아내는 스카프로 머리와 귀를 단단히 싸맸다. 커다란 옷 보따리를 머리에 이고 나를 향해 말했다. "갔다 올게요!"

가슴이 터져 버리는 것 같았다. 의상실을 나서는 아내의 뒷모습에 부끄러웠고 스스로를 원망했다.

아내는 당당하게 나섰지만, 가슴이 천 갈래 만 갈래로 찢겼을 것이다. 어디 후미진 곳에 보따리를 내려놓고 앉아 자신의 운명을 한탄하고 있는지 모른다. '왜 이런 사람과 결혼했나!' 후회하다가 엉엉 울고 있는지도. 눈물범벅 된 얼굴을 그리다가 나도 울었다.

'사랑하는 마음 하나로 결혼까지 해서 아내에게 이 고통을 준단 말인가. 이 추운 날씨에 어디서……' 그냥 무사히 돌아오기만을 바랐다.

어느 틈에 해가 사라졌다. 사방이 어둑해지고 추워지자 나는 더 주눅들었다. 의상실 문이 열리고 아내가 들어왔다. 하루 동안에 춥고 지쳐 얼굴이 헬쑥해졌다. 나는 아내에게 아무 말도 할 수 없어 그저 바라보다가 고개를 숙여 버렸다. 어머니는 어린 며느리에게 미안해하며 "아가! 고생했다. 얼마나 추웠냐? 이리 불 가까이 앉아라." 하고 앉아 있던 자리를 내주었다.

"어머님! 제가 그 옷 다 팔았어요." 아내는 환하게 웃으며 빈 보자기를 들어 보였다. 어머니도 나도 아내를 따라 웃었지만, 가슴이 시리고 아팠다. 이 많은 물건을 머리에 이고 이 집 저 집 다니며 얼마나 부끄럽고 창피하고 슬펐을까. 그 아픈 순간들이 내 가슴에 쏟아져 들어왔다. 그래도 아내에게선 원망하는 모습 하나 보이지 않았다. 소녀처럼 방실대며 팔아 온 경로를 말했다.

"처음에는 겁났어요. 대낮인데도 동네가 조용해 사람이 보이지 않아요. 한 집에 들어가 인기척을 냈지요. '계시오?' 하고. 그제야 방문이 열리더니 온 식구가 내다보는 거예요. '저…… 따뜻하고 새 패션으로 나온 옷이어요. 한번 보고 마음에 들면 사세요.' 그러자 주인아주머니가 그래요. '아이고, 어서 들어와요. 추운데 몸이라도 녹이고 가요.' 정말 추위 염치 불고하고 들어갔어요. 옷을 펼치자 아저씨가 맨 먼저 잠바를 입어 보고 다 큰 아들 둘도 흡족한 듯 하나씩 입어 보는 거예요. 꼬마들에게는 맞는 옷이 없어 미안했지요."

이렇게 팔고 온 이야기를 흔연스럽게 말했다. 아내는 45년 동안 내 앞을 밝히고 삼 남매를 다 키웠지만, 자신은 편안하지 못했다. 그냥 앞장서서 뛰어다녔다. 그러다가 9년 전 나만 남겨 둔 채 떠나 버렸다. 지금도 아내가 마실 갔다가 돌아오지 않는 것처럼 기다려진다. 그러나 떠나 버린 아내는 10여 년을 기다려도 오지 않는다. 이제는 내가 찾아 나서야 할 것 같다.

코미디의 왕

김진영 님

남편은 코미디언이 되고 싶었다고 했다. 그래서인지 연애 시절 끝도 없이 나를 웃기려 했다. 나는 남편의 유머 감각이 좋았으나, 사실 남편은 코미디에 소질이 없었다. 대체로 슬랩스틱 코미디거나 요즘 말하는 '아재 개그'였다. 그는 어이없는 말장난에도 웃어 주는 나를 보려고 매일같이 두 시간 거리를 달려왔다. '이렇게 잘 맞는 인연도 드물 거야.' 싶어 결혼을 결심했다.

신혼집은 어린아이 둘만 사는 집 같았다. 우리는 질세라 서로를 웃기는 데 여념이 없었다. 남편은 조용하다 싶으면 얼굴에 밥풀을 묻히거나 앞니에 김을 끼우고, 나는 남편을 놀라게 하려 장롱에 숨었다가 까무룩 잠들었다. 우리는 서로 얼굴만 보면 까르륵까르륵 웃었다. 가끔 이웃집에서 애들 좀 조용히 시키라는 주의를 받기도 했다.

'철없는 둘이 아이를 낳으면 애가 우릴 키워야 하지 않을까.' 실없는 걱정을 하면서도 내심 얼른 셋이 되어 같이 놀고 싶다고 생각했다. 그리고 아이가 찾아왔다. 시부모님은 발을 동동 구르며 기뻐했다.

내 인생 가장 찬란하게 빛났던 신혼은 아이를 유산하고 난임 진단을 받으면서 끝났다. 퇴원하는 날 우리는 강제로 어른이 된 얼굴을 하고 있었다.

보일러 온도를 높여도 집에 한기가 돌았다. 태어날 때부터 웃어 본 적 없는 사람처럼 대화도 줄었다. 남편이 점점 낯설게 느껴졌다.

어느 날 남편이 고백했다. 평생 주식이란 건 생각도 안 해 본 사람이 태어날 아이에게 해 주고 싶은 것이 많아 욕심이 났단다. 귀신에 홀린 듯도 하다고 주절거리는데 결론은 상당한 빚을 졌다는 것이다. 나는 몸도 추스르지 못하고 백방으로 돈을 구하러 다녔다. 일자리도 찾아 헤맸다.

차라리 일에 미치는 편이 낫겠다 싶었다. 퇴근길, 집에 가까워질수록 발걸음이 무거웠다. 시부모님 앞에서 죄인이 된 것 같은 기분도 싫었다. 철없는 남편이 한심해 보였다.

남편은 자신 때문에 내가 고생한다는 사실이 미안한지 내 기분을 풀어 주겠다며 다시 농담하고, 장난을 걸었다. 빚진 상황이야 둘이 열심히 벌면 극복할 테지만, 웃으려니 얼굴에 힘을 줘야 했다. 웃는 데에 많은 근육을 써야 한다는 사실을 그제야 알았다.

남편의 장난이 즐겁지 않았다. 어린아이를 데리고 사는 기분이었다. 아니, 같이 놀던 놀이터에서 나만 홀쩍 어른으로 자란 듯했다. 쓸쓸하고 외로웠다. 상담 선생님은 권태기 같다며, 배우자에게 솔직히 밝히고 도움을 청하는 것이 좋겠다고 했다.

집에 들어가니 남편이 저녁 밥상을 치우고 있었다. "여보, 얘기 좀 해." 남편은 싱크대에 그릇을 놓다가 멈칫했다. 등 돌린 채 가만히 서 있는 모습이 '올 게 왔구나.' 하는 것 같았다.

"당신 도움이 필요해. 나⋯⋯."

남편이 굳은 표정으로 서서히 돌아섰다. "귀, 권태기래!" 일단 하려던 말을 던지고 남편 얼굴을 본 순간 나는 웃음이 터지고 말았다. 울 것 같은 표정으로 돌아선 남편 뺨에 하얀 밥풀 하나가 붙어 있었다.

덩치는 곰만 한 남자가 싱크대 앞에서 나를 웃기겠다고 일단 뺨에 밥풀은 붙였는데, 분위기가 심각해 어쩔 줄 몰라 하고 있었다니. 나는 바닥을 데굴데굴 굴렀고, 남편도 나를 따라 영문도 모른 채 구르며 웃었다. 남편이 헉헉대며 물었다.

"근데…… 권태기가 왜 웃겨?"

남편의 말에 나는 다시 웃음보가 터졌다. 그렇게 웃다가 울음을 터뜨렸다. 우리는 그동안 각자 어떤 죄책감에 시달렸는지, 또 그 죄책감이 어떻게 미움으로 변해 갔는지 허심탄회하게 털어놓았다. 웃음 덕에 권태기가 줄행랑쳤다는 사실이 신기하기만 했다. 사실 삶의 위기마다 그랬다. 웃을 수 있으면 견딜 만했다.

'코미디의 왕, 앞으로도 잘 부탁해요.'

엄마들의 외계어

남진우 님

10대 시절 이대(이화 여자 대학교) 앞 미용실에서 곱슬머리를 좍좍 펴 주는 스트레이트 파마를 하는 것이 로망이었다.

나는 엄마를 닮아 곱슬머리로 태어났다. 습도가 높은 날이면 구불구 불한 머리가 도드라져 촌스러움이 최대치에 달했다. 고통을 호소했지 만 엄마는 오히려 매력적이라는 말로 무마하며 이대 앞 떡볶이만 사 주 었다.

엄마는 남다른 교육열을 지닌 사람이었다. 동네에 새로운 학원이 생 기면 곧바로 나를 데려가곤 했다. 중학교 1학년 여름 방학이었다. 집에 서 혼자 빈둥거리고 있는데 엄마가 허겁지겁 들어왔다. 새로 문을 연 과학 학원에 당장 가 보자는 것이었다. 싫다고 했다가 등짝만 맞고 엄 마 손에 끌려갔다.

도착한 학원에는 같은 반 친구와 그 아이의 엄마도 와 있었다. 친구 도 나처럼 입을 삐죽거렸다. 엄마들끼리 아이들을 데리고 오기로 약속 한 모양이었다.

우리 엄마는 나와 친하지도 않은 친구의 엄마를 어떻게 알았을까.

시든 콩나물처럼 엄마 옆에 앉았다. 엄마는 원장님의 질문에 의욕 없 이 답하는 나를 보더니 무리수를 두었다. "원장님, 과학 성적 오르면 애 한테 '스트레스 파마' 시켜 주기로 약속했거든요."

이런! 이 상황에서 스트레스 파마라니. 얼굴이 서서히 달아올랐다. 엄마의 옆구리를 찌르며 '스트레이트'라고 고쳐 주었다. 엄마는 내 찌르기 공격에도 아랑곳하지 않았다.

"뭐? 스트레트? 스트레스? 그래, 스트레스!" 엄마는 마치 스트레스 파마 홍보 대사 같았다. 그러더니 친구 엄마에게도 말했다. "우리 같이 애들 데리고 이대 가서 스트레스 파마 해 줍시다." 다급해진 나는 학원에 다닐 테니 어서 가자며 엄마의 팔을 잡아끌었다.

몇 달 후 엄마의 바람대로 과학 성적이 조금 올랐다. 마침내 파마를 하러 이대 앞에 갔다. 엄마는 미용실에서도 말실수를 반복하며 스트레이트가 아닌 스트레스 파마를 주문했다.

하필 그날 미용실에서 뜨거운 기계를 실수로 내 볼에 대었다. 오른쪽 뺨 끝에는 지금까지 흉터가 남아 있다. 정말 스트레스 파마가 아닐 수 없었다.

나는 이 사건을 오랫동안 끌어안고 있었다. 예민했던 사춘기 시절, 친하지도 않은 친구 앞에서 창피를 당한 기억 때문에 그날 이후 나는 스트레이트 파마를 하지 않았다.

결혼 첫해, 시어머니가 내게 요구르트를 건네며 말했다. "이걸 먹으면 '헬리콥터 균'을 없애 준다지 뭐니."

그 순간, 돌아가신 엄마의 스트레스 파마가 기억 끄트머리에서 떠올랐다.

우리 엄마뿐이 아니구나. 엄마들은 왜 그렇게 언어를 재창조하게 되었을까? 엄마들의 외계어인가?

시간이 흘러 나도 두 아이의 엄마가 되었다. 어느 순간부터 아이들의 이름을 바꿔 부르기 시작했다. 아이들이 좋아하는 만화 캐릭터는 매번 다른 이름이 되었다.

아이들은 "으하하!" 웃음을 터뜨리기도, 황당하다며 장난기 섞인 비난을 하기도 한다. 사춘기가 와도 아이들이 이렇게 웃어 줄까? 살짝 겁

난다.

아이스크림 가게에서 아이들과 '엄마는 외계인'이라는 아이스크림을 고르며 생각했다. '엄마들은 외계인이 될 수밖에 없구나.' 엄마들은 참 정신이 없다. 두 아이가 옆에서 재잘거리는 와중에 식사 준비부터 청소까지 모든 일을 해내야 한다.

엄마는 기억에 스트레이트라는 단어를 꾹꾹 눌러 담을 시간과 여유가 없었을 것이다. 스트레스건 스트레이트건 중요한 게 아니었겠다. 마흔이 되어서야 엄마를 이해했다. 그때로 돌아간다면 엄마에게 말하고 싶다. "그래, 스트레스 파마 좀 시켜 줘."

퇴근 후 아이와 휴대폰 게임을 같이하기로 했다. 오늘도 캐릭터들의 이름을 몇 번이나 잘못 부를지, 얼마나 아이에게 구박을 받을지 상상하니 웃음이 난다. 사실 엄마는 외계인이라고 수줍게 고백해야겠다.

편집장이
말하는
좋은생각

김정아(2005.08~2009.10)
김익겸(2009.11~2011.08)
이하림(2012.03~2016.08)
고유선(2023.02~현재)

좋은생각은 우리에게 '착한 마음'의 소중함을 깨닫게 합니다. 가슴 찌릿한 감동을 주고 때로 안타까운 눈물과 흐뭇한 미소를 짓게 하는 아름다운 사연들은 모두 이 '착한 마음'에서 비롯됩니다. 자신보다 가족을, 친구를, 이웃을, 사회를 먼저 생각하고 보여주는 희생과 사랑은 4차산업혁명 AI시대라는 지금 더욱 값지게 다가옵니다. 선정을 위해 지난 시절의 좋은생각을 보며 따뜻함을 만끽할 수 있어 감사했습니다. 좋은생각의 '사람의 온기'가 50년, 100년 넘게 이어지길 소망합니다.

김정아(2005.08~2009.10)

좋은생각의 30주년을 축하드려요.

늘 좋은님들의 글을 읽는 것은 잡지를 만들면서 누리는 특별 보너스 같은 감동이었습니다.

한 사람의 진솔한 글이 힘을 주고 생명을 주는 것처럼 참 좋았거든요.

30돌이면 아직 멀었네요. 요즘 100세는 기본 아닙니까?

늘 그 자리, 잘 지켜주셔서 감사합니다.

늘 응원해요. 좋은생각 축복합니다.

김익겸(2009.11~2011.08)

좋은생각은 '영원한 선(善)'입니다. 좋은생각을 소장한 동안 언제든 다시 읽고 배우고 사랑을 되새길 수 있으니까요. 좋은 글은 사라지지 않고 책에 남아 영원히 이어집니다.

무심코 책장에서 2011년 10월 호 좋은생각을 꺼내 보다 콧잔등이 시큰

해집니다. 청개구리 아이를 어찌 육아할지 고민하다, 책에서 그 길을 찾고 탄복합니다.

좋은생각은 우리 생의 등불이자, 나침반임을 다시금 깨달으며 제 가방에 넣고 다니며 틈틈이 읽습니다.

좋은생각 창간 30주년! 그 오랜 세월 동안 따뜻한 글을 꾸준히 보내 준 귀한 독자들, 빛나는 책을 함께 만든 좋은생각 직원들, 큰 갈채를 보냅니다. 앞으로도 창간 40주년을 맞이하며 함께 축하 나누길 소망합니다.

이하림(2012.03~2016.08)

매일 누군가의 인생 한 귀퉁이를 들여다보는 일은 기쁘기도 하고, 슬프기도 합니다. 그 무게가 너무 무거울 때는 버겁다 느낄 때도 있습니다. 하지만 우리의 일이 누군가에게는 희망을, 누군가에게는 긍지를, 누군가에게는 용기를 줄 수 있다는 사실이 늘 편집실을 다시 돌아가게 합니다.

좋은생각은 지난 30년간 그래왔던 것처럼 앞으로도 좋은님들이 '좋은생각의 구독자'라는 자부심을 가질 수 있도록 늘 최선을 다할 것입니다. 수많은 인생 이야기를 껴안고 다듬으며 좋은님들과 함께하겠습니다. 앞으로 이어질 좋은생각 50주년, 100주년을 내다보며 단단히 마음을 다잡습니다. 늘 함께해 주셔서 고맙습니다.

고유선(2023.02~현재)

POSITIVE THINKING ESSAY 100

좋은생각 에세이 100 1992-2022

초판 1쇄 발행	2023년 9월 15일
엮은이	좋은생각 편집부
펴낸이	허대우
기획	도건홍, 김서연
프로젝트 디자인	도미솔, 길수진
외주 스태프 디자인	스튜디오 수박
경영지원	박상민, 안보람, 황정웅
펴낸곳	㈜좋은생각사람들
주소	서울시 마포구 월드컵북로22 영준빌딩 2층
이메일	book@positive.co.kr
출판등록	2004년 8월 4일 제2004-000184호

ISBN 979-11-93300-00-8 (03810)

좋은생각은 긍정, 희망, 사랑, 위로, 즐거움을 불어넣는 책을 만듭니다.

positivemagazine_insta   www.positive.co.kr

30 YEARS

POSITIVE THINKING
ESSAY 100